Chris Bienert
„Kein Lolli für den Mörder"
1.Fall für Sam und Viktoria aus Hannover
Eine Spur führt zur Kanarischen Insel La Palma

Für Dietmar und Dennis

Zu diesem Buch

Eigentlich will sich Erzieherin Sam nur das Schloss ansehen, in dem das renommierte Auktionshaus Rebmann Antiquitäten versteigert. Stattdessen findet sie die Leiche des Seniorchefs und lernt die unkonventionelle Witwe Viktoria kennen, die den Mord an ihrem Chef unbedingt selbst aufklären will. Das Motiv für den Mord steht schnell fest: Ein wertvolles Armband wurde dem Opfer gestohlen. Ein Blutfleck auf Sams Bluse und weitere Indizien lassen sie unter Tatverdacht geraten. Um ihre Unschuld zu beweisen, lässt sie sich von Viktoria und deren Sohn Olli überreden, den Mörder zu suchen. Die Spur führt nach La Palma.

Trotz unprofessioneller Vorgehensweise gelingt es den ungleichen Amateurdetektivinnen, den Fall mit Charme und Witz aufzuklären.

Zur Autorin

Chris(tine) **Bienert** lebt mit ihrer Familie in der Region Hannover. Sie hat in verschiedenen Berufen gearbeitet, u.a. als Erzieherin, Journalistin, Dozentin und Verlegerin. Mit ihren Lyriktexten und Kurzgeschichten ist sie in zahlreichen Anthologien namhafter Verlage vertreten und hat als Herausgeberin mehrere Anthologien zusammengestellt. Zudem schreibt sie kurzweilige Krimis und Romane.

Als leidenschaftliche Fotografin sind ihre Fotos und Foto-Kunstarbeiten in Zeitungen, Büchern und Kalendern veröffentlicht worden. Sie nimmt auch an Ausstellungen teil.

Mit ihren Geschichten möchte die Autorin unterhalten und Leser auf möglichst originelle, witzige und/oder spannende Weise aus den Problemen des Alltags in eine Welt entführen, in der es meist ein „Happy End" gibt.

Homepage der Autorin: www.chrisbienert.de

<u>*Von der Autorin sind derzeit im Verlag erhältlich:*</u>

2.Fall für Sam und Viktoria: „Erdbeeren für den Zeugen"

Lyrikbuch mit Fotos, Christine Bienert:
„lebenlichtschattenmomente"

Anthologien, herausgegeben von Christine Bienert und Dagmar Seidel-Raschke:
„Hundeschwätzchen", „Katzenschwätzchen"

CHRIS BIENERT

Kein Lolli
für den Mörder

Roman

*Bibliografische Information der Deutschen Bibliothek:
Die Deutsche Bibliothek verzeichnet diese Publikation in der
Deutschen Nationalbibliografie; detaillierte bibliografische Daten
sind im Internet über <http://dnb.ddb.de> abrufbar.*

Überarbeitete Neuauflage 2/2017

Personen und Handlungen sind frei erfunden.

© Originalausgabe 3/2003, Schmöker Verlag, Garbsen

Umschlaggestaltung/Fotos: Christine Bienert
Autorenfoto: Dennis Bienert

Herstellung und Verlag:
Books on Demand GmbH, Norderstedt

ISBN 978-3-7431-0933-9

1

Ich werde nie wieder eine Münze werfen. Bis zu jenem trüben Samstag im Juni hatte diese Entscheidungshilfe immer funktioniert, wenn ich nicht wusste, ob ich an einem freien Tag lieber Zuhause herumgammeln oder etwas unternehmen sollte. Bild stand fürs Zuhause bleiben. Zahl bedeutete Aktivitäten, die meist Geldausgaben in Form von Eintrittsgeldern oder Einkäufen nach sich zogen. Egal wie die Münze fiel, stets hatte ich einen angenehmen Tag verbringen können, ohne mit der Polizei in Konflikt zu geraten.
Dieses Mal lag die Zahl oben. Die interessanteste Veranstaltung, die ich in der Hannoverschen Tageszeitung entdecken konnte, war eine Kunst- und Antiquitätenauktion im Schloss Ricklingen, in der gleichnamigen Ortschaft etwa zwanzig Kilometer nordwestlich von Hannover. Als Attraktion war die Versteigerung eines edelsteinbesetzten Armbandes eines französischen Jugendstilkünstlers angekündigt. Von Kunst, Antiquitäten oder Schmuck hatte ich etwa so viel Ahnung wie eine Maus vom Domino spielen. Schlösser und Burgen dagegen faszinierten mich, seit mir meine Großtante in Kindertagen aus den Grimm'schen Märchen vorgelesen hatte. Warum sollte ich also nicht auf diesem Weg ein Schloss besichtigen?
Da das Schloss einst von gefürchteten Raubrittern bewohnt worden war, die von ahnungslosen Kaufleuten Schutzzölle erpresst hatten, erwartete ich einen geheimnisumwitterten Bau mit dunklen Erkern, Giebeln und Türmchen vorzufinden. Stattdessen demonstrierte das dunkelgelbe Schlösschen kühle Vornehm-

heit ohne Schnörkel. Lediglich die steinernen Statuen, die zwischen sorgsam beschnittenen Büschen an der Stirnseite standen, gaben ihm einen spielerischen Touch. Durch ein Eichenportal gelangte ich in die hohe, geräumige Schlosshalle, die an einer breiten Schlosstreppe endete. Sah ich von einer gewissen Geschäftigkeit ab, wirkte die Halle wie ein überdimensioniertes, altmodisches Nobel-Wohnzimmer, von dem verschiedene Räume abzweigten. An einer weiß getünchten Wand, die in einer Stuckdecke endete, hing ein riesiges Wandgemälde mit einer düsteren Waldlandschaft. Darunter saßen versnobt aussehende Leute plaudernd in plüschigen, weinroten Sesseln und verfolgten über einen Monitor das Geschehen im Auktionssaal.

Während ich unschlüssig überlegte, welchen der rechts und links neben dem Eingang gelegenen Räume ich zuerst erkunden sollte, hatte ich das unbestimmte Gefühl beobachtet zu werden. Tatsächlich entdeckte ich eine Überwachungskamera, die auf das Portal und somit auf mich gerichtet war. Der Raum unter der Kamera beherbergte die Garderobe. Dort bekam jeder Kunde nach Angabe seiner Personalien eine Bieterkarte, die ihm die Möglichkeit gab, sich an der Auktion zu beteiligen. Ich verzichtete. Geld, etwas zu ersteigern, hatte ich sowieso nicht.

Eine Kordel versperrte mir den Zugang zum rechts gelegenen Raum, der auf mich wie eine große Abstellkammer im Flohmarktstil wirkte, in der Porzellan, Stickereien und antike Haushaltsgegenstände gelagert wurden. Scheinwerfer strahlten die Objekte an. Zwei seriös gekleideten Damen verwalteten sie und brachten abwechselnd mit Nummern versehene Stücke

durch einen Durchgang im hinteren Teil des Raumes in den mittelalterlichen Auktionssaal. Um ebenfalls in den Auktionssaal zu gelangen, musste ich die Halle zum nächstgelegenen Raum durchqueren. Vor einer wandgroßen Blauskizze, die eine von Glocken umrankte Gartenlaubenidylle zeigte, thronte der Auktionator.
»Will niemand diese großartig gearbeiteten Damasttücher? Sie haben ein Jahrhundert überdauert und sind noch gebrauchsfähig.«
Er wies auf einen Stapel weiße Handtücher, die von einer Auktionsmitarbeiterin hochgehalten wurden.
»Mindestgebot nur 60 Euro.«
Sein Blick glitt auffordernd über die Gäste und blieb hinter mir hängen. Ich sah verlegen weg. Dabei fiel mir ein weiterer Auktionsmitarbeiter vor der breiten Schlosstreppe auf, der auf einem erhöhten Podest mit Bildschirm und Telefon saß und Blickkontakt mit dem Auktionator hielt. Er schien für nicht anwesende Kunden zu bieten. Auf das Kopfschütteln seines Kollegen hin, versuchte der Auktionator ein weiteres Mal seine Tücher loszuwerden, die so gestärkt wirkten, als würden sie auf der Haut kratzen. Keiner wollte sie haben. Wer kaufte für diesen Preis alte Handtücher, wenn er für weniger Geld flauschige Neue bekommen konnte?
»Gut.«
Er machte sich ein Zeichen auf einer Liste, die vor ihm auf dem Tisch lag.
»Dann kommen wir zu einer Kostbarkeit, zur Nummer 124 ...«
Er sprach die Zahl für seine Kolleginnen etwas lauter aus. »Ein Kaffeekännchen aus Meißner Porzellan, von 1880, Schätzwert 3200 Euro. Mindestgebot ...«

Bevor er seinen Satz beendet hatte, trat eine Auktionsmitarbeiterin mit einem geblümten Porzellannachttopf ein und hob diesen präsentierend hoch.

»Hm, unter Umständen könnte man auch aus diesem Gefäß einen Kaffee servieren«, meinte der Auktionator schmunzelnd, »aber als besonders stilvoll würde ich dies nicht bezeichnen.«

Um mich herum wurde verhalten gekichert. Ein mittelgroßer Mann mit Brille und ergrauter Halbglatze, der am Eingang des Auktionssaales stand und den ich in seinem dunklen Anzug für einen leitenden Angestellten hielt, runzelte kritisch die Stirn und entfernte sich. Ich hoffte, er würde der Dame mit dem Nachttopf nicht zu große Vorhaltungen wegen ihres Fehlers machen. Ich fand die ungewollt witzige Einlage recht gelungen. Die Dame mit dem Nachttopf verschwand mit hochrotem Kopf und einer Entschuldigung auf den Lippen.

Im nächsten Moment stand eine andere Mitarbeiterin mit einem kleinen, geblümten Kaffeekännchen dort. Für stolze 3900 Euro ging das Kännchen an einen unbekannten Telefonkunden. Ich verfolgte eine Weile wie sich die Zuschauer gegenseitig überboten, ohne zu begreifen, woher der Auktionator wusste, wer sich an der Auktion beteiligte. Hob jemand gut sichtbar seine Hand, leuchtete es mir ein, wenn der Auktionator den Preis erhöhte.

Doch zu meiner Verwirrung schien es eine Geheimsprache mit versteckten Gesten zu geben, die der Auktionator und erprobte Kunden offenbar beherrschten. Für mich sah es aus, als würde das Zupfen am Ohr ebenso ein Zeichen des Bietens sein, wie das Schnäuzen der Nase.

Als mir eine meiner vorwitzigen, dunklen Locken vors Auge fiel, traute ich mich nicht, sie wieder an ihren Platz zu befördern, aus Angst durch diese Handbewegung als mögliche Käuferin angesehen zu werden. Einen Moment verharrte ich bewegungslos auf meinem Platz und wartete, mit einem Auge auf den Auktionator schielend, auf eine Pause. Natürlich musste ich mich endlos gedulden, bis nach einem Biet-Marathon eine Frau als Siegerin gekürt wurde. Für knapp zehntausend Euro hatte sie eine blumenbemalte Vase ersteigert, die ich als Unkundige nicht einmal als Geschenk angenommen hätte. Als das nächste Stück offeriert wurde, verließ ich die Schnäppchenjagd im gehobenen Stil.
Gemächlich schlenderte ich die Treppe hinauf und blieb auf halber Höhe stehen, um von oben die Schlosshalle betrachten zu können. Noch bevor ich den Blick auf mich wirken lassen konnte, prallte ein athletischer Typ gegen mich. Er war anscheinend in großer Eile die Treppe heruntergekommen und hielt seinen Blick unvorsichtigerweise auf die Schlosshalle gerichtet.
»Oh, Mann«, fluchte ich, ohne eine Antwort zu erhalten.
Er war fast einen Kopf größer als ich, trug einen grau melierten Baumwollpullover, der nach einem angenehmen Duftwasser roch. Sekundenlang klammerte er sich an meinen Oberarmen fest. Ob er um sein Gleichgewicht fürchtete oder um meines, ließ er nicht erkennen. Klein wie ich war, sah ich hauptsächlich seinen sehnigen Hals und sein glattrasiertes Kinn, an dessen unterer Spitze eine zentimetergroße, kaum erkennbare Narbe verlief. Seine vollen, dunkelblon-

den Haare kräuselten sich im unteren Nackenbereich. Im nächsten Moment hatte er sich an mir vorbei geschoben und stürmte weiter.

Kopfschüttelnd machte ich mich auf den Weg, die obere Etage des Schlosses zu inspizieren. Das Rauschen einer Toilette, die hinter schmalen, mit Bauernmalerei verzierten Holztüren verborgen lag, erinnerte mich daran, diesem Ort ebenfalls einen Besuch abzustatten, sobald das Besetztzeichen an der Damentoilette verschwunden wäre.

»War's das endlich?«, hörte ich eine missmutige Frauenstimme über den Flur an mein Ohr dringen.

Ich beschloss das gewisse Örtchen später aufzusuchen und folgte neugierig der Stimme. Sie kam aus einem Raum neben der Treppe, dem eine duftige Parfümwolke entströmte. Vier Frauen, deren Haare von kurz bis lang in unterschiedlichen Blondtönen schimmerten, standen in einem Raum verteilt, in dem Schmuckvitrinen mit dunklem Samt und zwei Standuhren in den Ecken die Hauptanziehungspunkte bildeten.

Die Kleinste der Frauen, die betreten auf eine Vitrine schaute, mochte Mitte Fünfzig sein und wirkte mit ihrer dunkel umrandeten Brille und der Turban-Frisur reichlich bieder, passte aber bestens zu den Antiquitäten. Neben ihr machte eine kräftige Endvierzigerin mit Pagenfrisur, die von ihrer Statur her gut als Mann durchgegangen wäre, ein ärgerliches Gesicht. Ihr schien die Stimme zu gehören, die mich angelockt hatte. Eine hochgewachsene, schlanke Frau Ende Dreißig, die ihre langen Haare zu einem eleganten Zopf gebunden hatte und an der Türschwelle zum Flur stand, schaute sie hochnäsig an.

»Es gibt Dinge, die nicht oft genug wiederholt werden können, Frau Fiedler.«

Die vierte Frau im Zimmer, die mich mit ihrer Frisur an Marilyn Monroe erinnerte, lehnte lässig an einer Vitrine neben dem Mannweib und wirkte neben deren massigen Körper geradezu mickrig, obwohl sie größer war als ich. Kaum entdeckte sie mich, straffte sich ihr Körper und sie verzog ihr Gesicht zu einem Lächeln.

»Da alles geklärt ist, sollten wir uns besser unseren Gästen zuwenden«, meinte sie schlichtend mit Blick auf mich.

Prompt schauten die anderen drei in meine Richtung und setzten ebenfalls ein künstliches Lächeln auf. Mit ihren einheitlich schwarzen Kostümen und den weißen Blusen kamen sie mir wie Pinguine vor, die soeben einen fetten Fisch erspäht hatten, den alle auf einmal erbeuten wollten. Ich lächelte gezwungen zurück und sah mich nach einem geeigneten Fluchtweg um. Der Raum gegenüber, der in grüngraue Farbtöne getaucht war und neben Kleinmöbeln eine weitere Vitrine enthielt, schien mir wenig geeignet, ihrer beflissenen Aufmerksamkeit zu entkommen. Also strebte ich bis zum Ende des Flures, wo eine weitere Tür einladend geöffnet war.

Zufrieden, dass mir keine der Pinguin-Damen gefolgt war, betrat ich den Raum und blieb versehentlich mit meiner Tasche an einem großen, geschmiedeten Schlüssel hängen, der aus dem Türschloss herausragte und lautlos auf dem goldfarbigen Plüschteppich landete. Verlegen sah ich mich nach den Pinguinen um. Keine hatte mein Malheur entdeckt. Schnell hob ich den Schlüssel auf und steckte ihn zurück ins Schloss. Der Raum mit seiner goldgelben, mit Ornamenten versehenen Stofftapete versetzte mich in die Rokokozeit. Jedenfalls vermutete ich dies, denn auf einem durchsichtigen, schmalen Plastikschild neben der Tür stand in schwarzen Schriftzeichen ›Rokoko-Salon‹. Passend zur Tapete hingen neben den Fenstern bis zur Erde reichende Vorhänge, die einen malerischen Hintergrund zu einer Sitzecke mit zwei Sesseln und einem Rauchertisch bildeten.

Mein Forscherdrang ließ mich durch einen Rundbogen in den hinteren Teil des Zimmers gehen, der zwei kleine mit Intarsien verzierte Kommoden und einen wuchtigen Kleiderschrank beherbergte. Bei einer der Kommoden, die zwischen einem Fenster und dem Rundbogen stand, war die oberste Schublade ein Stück herausgezogen.

Der dunkelgebeizte Kleiderschrank mit verschnörkelten Schnitzereien fesselte mein Interesse. Einen ähnlichen Schrank hatte meine Großtante einst besessen. Darin hatte ich mich als Kind versteckt, um nicht nach Hause zu müssen. Dummerweise hatte mein Niesen mich damals verraten. Denn die Duftmischung aus Mottenkugeln und Kölnisch Wasser, die in den Kleidern gehangen hatte, war mir in die Nase gestiegen.

Da die massive Tür des Schrankes angelehnt war, zog ich sie erwartungsvoll mit leisem Knarren auf. Fast rechnete ich damit, die altbekannte Großtanten-Duftmischung im leeren Schrank vorzufinden. Stattdessen strömte mir ein leichter Geruch nach Sekt und etwas Undefinierbarem entgegen. Er ging von einem älteren Mann im dunklen Anzug aus, der im schummerigen Licht des Schrankes zusammengekrümmt ein Nickerchen zu halten schien. Ungläubig wich ich zurück.

In Hannovers City hatte ich abends vereinzelt Obdachlose betrunken in Hausecken herumliegen sehen. Aber hier in diesen erlauchten Räumen antiquierter Vornehmheit hatte ich nicht damit gerechnet. Dezent wollte ich die Schranktür schließen, als hätte ich nichts bemerkt. Doch dann siegte mein soziales Gewissen als langjährige Erzieherin.
»Kann ich Ihnen helfen?«
Der grauhaarige Mann mit den buschigen Augenbrauen antwortete nicht. Vorsichtig tippte ich seinen Arm an. Er bewegte sich auch nicht. Offenbar hatte er eine allzu reichliche Dosis Alkohol konsumiert und schlief seinen Rausch aus. Ich hielt es für besser, die Mitarbeiterinnen zu informieren, die sich um die Vitrine gescharrt hatten. Als hätte sie meinen Gedanken erraten, stand wie aus dem Boden gewachsen die Frau mit der Marilyn-Monroe-Frisur im Rundbogen. Mit ihrem sorgfältig geschminktem Gesicht und ihrer sportlichen Figur schätzte ich sie auf Mitte Vierzig. Ihr plötzliches, lautloses Auftauchen ließ mich zusammenschrecken.
»Interessieren Sie sich für den Schrank?«, fragte sie und musterte mich neugierig.
»Im Schrank sitzt ein Betrunkener«, antwortete ich und zeigte mit der Hand darauf.
»Ein Betrunkener? Im Schrank?«, echote sie.
Nachdem sie mich in meiner preiswerten hellen Sommerhose und meiner grün gemusterten Bluse offenkundig taxiert hatte, fügte sie herablassend hinzu:
»Sie müssen sich irren.«
Ihrem grinsenden Gesichtsausdruck nach zu urteilen, schien sie mich für die Betrunkene zu halten, die Un-

mengen des unten gereichten Sektes in sich hinein gegossen haben musste.

»Sehen Sie doch selbst nach«, gab ich verstimmt zurück.

Noch immer grinsend trat sie an den Schrank heran. Augenblicklich schlug ihr Gesichtsausdruck in Entsetzen um. Ich sah es mit Genugtuung.

»Großer Gott! – Der sieht aber ziemlich tot aus«, stieß sie hervor.

»Was?«

Ich musste mich verhört haben. Der Mann war betrunken, nichts weiter.

Die Frau griff beherzt an seinen Hals und murmelte: »Er ist noch warm, aber tot ist tot. – Na ja, der jüngste war er nicht mehr.«

Das war nicht möglich. Der Mann konnte nicht tot sein.

»Jetzt irren Sie.«

Sie wandte sich zu mir um. »Ich habe jahrelang als Krankenschwester gearbeitet. Da erkenne ich den Unterschied zwischen einem Toten und einem Betrunkenen.«

Kopfschüttelnd musterte sie erneut den Mann. »Aber wieso liegt er im Schrank? Das ist sehr merkwürdig.«

Plötzlich schien sie etwas entdeckt zu haben. Vorsichtig drehte sie seinen Kopf zur Seite. Undeutlich konnte ich einen dunklen Fleck seitlich am Hinterkopf erkennen, von dem eine Blutspur an seinem Haar entlang auf den dunklen Anzug verlief.

»Fantastisch«, sie strahlte mich an, als hätte ich ihr ein wunderbares Geschenk bereitet. »Er scheint erschlagen worden zu sein, ermordet. – Endlich! Endlich erlebe ich einen Mordfall in der Realität.«

Ihr makabrer Enthusiasmus ließ mich erzittern.
»So Kindchen, beginnen wir gleich mit den Ermittlungen, bevor ich die Kripo rufe. Wer sind Sie? Warum haben Sie ...«
Ich träumte. Jawohl, alles war nur ein Traum. Es gab keinen Toten. Es gab diese verrückte Frau nicht. Alles war in bester Ordnung. Gleich würde ich in meinem Bett aufwachen, mir den Schlaf aus den Augen reiben, aufstehen und mich über diesen Alptraum wundern.
»... Moment mal! Was ist das? An Ihrer Bluse ist Blut! Haben Sie ihn etwa umgebracht?«
Warum hörte dieser Alptraum nicht auf? In meinem Kopf schwirrte alles. Die Frau begann sich zu drehen, ihre Stimme entfernte sich mehr und mehr. Es wurde dunkel vor meinen Augen. Jetzt würde ich wohl aufwachen.

»Sandra Alwine Martin?«
Ein untersetzter Fünfziger mit offenem, beigen Sommermantel, unter dem er ein weißes Hemd und eine graue Hose trug, hielt mir eine Polizeimarke vor die Nase, als ich Stunden später meine Wohnungstür öffnete. Musste er denn meinen zweiten Alte-Tante-Vornamen derart betonen, über den sich bereits die Krankenschwester im Krankenhaus amüsiert hatte? Natürlich erwartete ich von diesem wildfremden Polizisten keineswegs, dass er mich wie meine Freunde kurz Sam nannte: S A M wie die Initialen meines Namens englisch ausgesprochen. Diesen Spitznamen hatten mir netterweise Mitschüler vor knapp zwanzig Jahren gegeben.
»Ich bin Gunter Melzner, Hauptkommissar bei der Kriminalpolizei. Darf ich hereinkommen?«

Er nahm seine vom Nieselregen feuchte Baskenmütze ab, die seine schütteren, leicht ergrauten Haare verdeckt hatte, schüttelte sie kurz aus und steckte sie in seine Manteltasche. Bereitwillig ließ ich ihn in meine geräumige Zwei-Zimmer-Wohnung eintreten, die ich seit einem dreiviertel Jahr bewohnte. Nach dem Scheitern meiner Ehe hatte ich mich in der niedersächsischen Hauptstadt um eine Stelle in einem Kindergarten in der Südstadt beworben und sie erhalten.

Mit Hannover verband ich angenehme Kindheitserinnerungen. Hier war ich oft bei meiner inzwischen verstorbenen Großtante zu Besuch gewesen, wenn unsere Familie wieder einmal umgezogen war, weil mein Vater die Karriereleiter als Offizier der Bundeswehr eine Sprosse höher klettern wollte. Die Stadt verfügte über herrlich viele Grünzonen und versprühte als Messestandort ein gewisses Weltstadtflair. Trotzdem hatte sie sich einen liebenswerten Charme an Provinzialität bewahrt, den ich mochte.

»Sie kommen bestimmt wegen des Toten, den ich im Schrank gefunden habe«, mutmaßte ich und führte ihn in mein Wohnzimmer.

»Ganz recht.« Er setzte sich in einen meiner Sessel und musterte mich.

Nachdem ich vor einer Stunde nach einer gründlichen Untersuchung aus dem Krankenhaus nach Hause gekommen war, hatte ich als erstes geduscht. Jetzt trug ich meine bequeme, abgewetzte Haus-Jeans und einen meiner Schlabberpullis. Ich war nicht geschminkt und wirkte nach dem Föhnen mit meinen in alle Richtung wehenden, schulterlangen Wuschelhaaren wahrscheinlich wie eine nachlässige Jugendliche. Als Einunddreißigjährige wurde ich selten eingestuft.

Woran das lag, wusste ich nicht genau. Mein Ex-Mann hatte einmal gemeint, es wäre der kindlich-naive Ausdruck in meinen braunen Augen, der eine genaue Altersschätzung unmöglich machte.
»Sie leben allein hier?«, fragte Melzner beiläufig, während er umständlich einen Notizblock und einen Bleistift aus einer Innentasche seines Mantels holte.
»Ja.«
»Kein Freund oder etwas Ähnliches?«
»Nein. Nach meiner Scheidung war mir nicht nach neuen Beziehungen. Ist das wichtig für den Fall?«
Ich fand mein Privatleben ging ihn nichts an. Er betrachtete mich mit einem merkwürdigen Blick.
»Das weiß ich noch nicht. Lebt Ihr geschiedener Mann ebenfalls in Hannover?«
»Nein. Ich bin extra aus Bremen hierher gezogen, damit der Abstand zwischen uns groß genug ist. Wieso fragen Sie mich das alles?«
»Kannten Sie Carl Rebmann?«, fragte er, ohne auf meine Frage einzugehen.
»Wer ist Carl Rebmann?«
»Der Ermordete. Er war zusammen mit seinem Sohn Raimund Betreiber des gleichnamigen Auktionshauses, das im Schloss seit Jahren Auktionen abhält. Sind Sie ihm wirklich nie begegnet?«
»Nein.«
»Haben Sie seinen Anzug durchsucht?«
»Wieso sollte ich seinen Anzug durchsuchen?«, fragte ich verwirrt.
»Wie wir inzwischen erfahren haben, wurde dieses wertvolle Armband gestohlen, das er zum Zeitpunkt seines Todes bei sich getragen hatte.« Er kramte aus einer Innentasche eine Fotografie heraus.

»War das nicht sehr leichtsinnig von ihm?«, rutschte es mir heraus.
»Offensichtlich, sonst wäre er jetzt nicht tot«, meinte er trocken und hielt mir die Abbildung eines goldenen, diamantenbesetzten Armbandes unter die Nase.
»Ist das das Armband, von dem in der Zeitungsankündigung der Auktion die Rede war?«
Er nickte. »Sie kennen das Armband?«
»Nein. – Haben Sie schon eine Spur?«
Nachdem ich mich von meinem ersten Schock erholt hatte, kehrten meine Lebensgeister zurück und mit ihnen eine gewisse Portion Neugier.
»Ich stelle hier die Fragen.« Hauptkommissar Melzner klang ungehalten.
»Aber ich habe noch nie einen Ermordeten gefunden und ...«
»Frau Martin ...«, polterte er jäh los »... mein Bedarf an Möchte-gern-Detektivinnen ist für heute gedeckt. Wenn Sie nicht riskieren wollen, dass ich mich gleich vergesse, beantworten Sie bitte meine Fragen. – Warum waren Sie auf der Auktion? Wollten Sie Antiquitäten erwerben?«
Er blickte sich in meinem mit preiswerten Kiefernmöbel eingerichteten Wohnzimmer aufmerksam um.
»Ich hatte einfach die Idee dorthin zu fahren«, erklärte ich kurz.
»Hm, hatten Sie auch einfach die Idee in den Schrank hinein zu sehen?«
»Ich konnte doch nicht wissen, dass ein Toter darin lag«, entschuldigte ich mich halb bei ihm.
»Hm ...« Meine Antwort schien ihn nicht zu befriedigen.
»Auf Ihrer Bluse, die wir im Krankenhaus sicherge-

stellt haben, befanden sich Blutflecken, die offenbar vom Toten stammen. Können Sie mir erklären, wie sein Blut an Ihre Bluse gekommen ist?«
»Nein«
Für einen Moment krampfte sich mein Magen zusammen. In der Hoffnung, die Realität würde an Bedrohlichkeit verlieren, versuchte ich mir vorzustellen, ich hätte alles in einem Kriminalroman gelesen, einer heimlichen Schwäche von mir.
»Vielleicht habe ich mich angeschmiert, als ich ihn angetippt habe, um ihn zu fragen, ob ich ihm helfen kann.«
Ich atmete tief durch, während mir die Erinnerung kalte Schauer über den Rücken jagte. Wie hielten das die Menschen aus, die von Berufswegen ständig mit Toten zu tun hatten?
Melzner stierte mich mit seinen graugrünen Augen, die von leichten Tränensäcken untermalt waren, durchdringend an.
»Das ist unmöglich, Frau Martin. Der Fleck befand sich am rechten Oberarm Ihrer Bluse und erinnerte stark an einen verwischten Fingerabdruck, so als hätte sich der Tote im Sterben an Sie geklammert.«
Sein Ton gefiel mir nicht.
»Was wollen Sie damit andeuten?«
»Haben Sie ihn zufällig umgebracht? Oder waren Sie bei der Tat anwesend?« Unverzüglich kamen seine Gegenfragen.
Das war ungeheuerlich. Er verdächtigte mich einen Mann auf dem Gewissen zu haben? Mich, Sam, eine harmlose, friedfertige Erzieherin, die nicht einmal einem Regenwurm etwas zu Leide tun konnte?
»Wie kommen Sie dazu, mich zu verdächtigen? Er

war tot, als ich ihn fand«, schrie ich ihn empört an, während sich meine aufgestauten Emotionen in Tränen der Wut entluden.
Ungerührt wartete er ab, bis ich mich beruhigt hatte. Während ich mir die Nase putzte, kam mir plötzlich ein Gedanke.
»Wenn der Sterbende sich an mich geklammert hätte, müssten Blutspuren an seinen Händen gewesen sein. Hatte er Blut an seinen Fingern?«, schniefte ich.
»Zum letzten Mal, ich ...«, er tippte sich mit der Hand auf die Brust, »... stelle hier die Fragen!«
Nervös trommelte er mit den Fingern auf der Sessellehne meines mit dunkelblauem Stoff bespannten Kiefernsessels herum. »Was ist Frau Martin? Wie sind die Blutspuren auf Ihre Bluse gekommen?«
»Woher soll ich das wissen? Bin ich Polizist oder Sie«, gab ich bockig zurück.
Er ging mir langsam auf die Nerven. Das Trommeln seiner Finger verstärkte sich.
»Sie haben den Toten gefunden. Sie haben sein Blut an ihrer Bluse. Und Sie scheinen sich nicht über Ihre Lage im Klaren zu sein. Also, denken Sie nach, sonst könnte ich versucht sein, Sie bis morgen früh auf dem Revier zu verhören.«
»Und ich könnte versucht sein, Sie aus meiner Wohnung zu werfen, wenn Sie weiterhin so unfreundlich sind.«
Es reichte mir. So ließ ich nicht mit mir umgehen.
»Sie ...«
Aufgebracht sprang er auf und begann in meinem Wohnzimmer auf und ab zu laufen. Vor meinem vier Meter breiten bis zur Decke reichenden Bücherregal, in dem sich neben pädagogischer Fachliteratur haupt-

sächlich Kriminalromane und Thriller stapelten, blieb er schließlich stehen.
»Haben Sie die alle gelesen?«
»Ja, warum?«
»Kennen Sie zufällig Frau von Langen näher?«
Er kam auf mich zu.
»Wer ist Frau von Langen?«
»Das ist die Auktionsangestellte, die mit Ihnen Carl Rebmann gefunden hat.«
»Ach, diese merkwürdige Frau meinen Sie.«
»Ich würde sagen ›merkwürdig‹ ist eine harmlose Beschreibung für sie. Nehmen Sie bitte meinen Rat an und halten Sie sich von dieser Dame fern.«
»Warum? Ist sie ein Fall für den Psychiater? Oder hat sie etwas mit dem Mord zu tun?«
»Frau Martin, ich sage es Ihnen zum dritten Mal: Ich stelle hier die Fragen.« Seine Stimme klang gepresst, fast so, als sei er krampfhaft bemüht, nicht erneut die Beherrschung zu verlieren. »Bitte, denken Sie in aller Ruhe nach. Wie könnte der Blutfleck auf Ihre Bluse gekommen sein.«
Das hörte sich freundlicher an. Ich ging in Gedanken noch einmal Schritt für Schritt durch die Auktion. Halt! Ich war beim Hochgehen auf der Treppe mit dem gut aussehenden Mann zusammengestoßen, der sich an mir festgehalten hatte ...
»Ich glaube, der Mörder hat mich angefasst«, entfuhr es mir verstört.
»Der Mörder?«
Augenblicklich war sein Interesse geweckt. Er setzte sich, hörte mir zu, machte sich Notizen und ließ sich den Mann genauestens beschreiben.
»Gut, Frau Martin. Ich muss Sie bitten, noch heute

aufs Revier zu kommen, damit wir ein Phantombild von dem Mann anfertigen können. Außerdem brauchen wir routinemäßig von allen Anwesenden Fingerabdrücke und werden ein minutiöses Protokoll von Ihrem Besuch in der Auktion anfertigen.«
Sein Ton erlaubte keine Widerrede. Er erhob sich und wollte gehen, als mir die Überwachungskamera einfiel, die ich in der Schlosshalle gesehen hatte.
»Es müsste Aufzeichnungen von den eintretenden Personen geben. Bestimmt würde ich den Mann darauf wiedererkennen«, stellte ich nicht ohne Stolz über meine Beobachtungsgabe fest.
Augenblicklich schien sich der eben beherrschte Hauptkommissar wieder in einen zornigen Stier zu verwandeln.
»Fühlen Sie sich etwa ebenfalls zur Detektivin berufen, weil Sie diverse Krimis gelesen haben?«, brüllte er mich an.
Mit einer Handbewegung auf meine Bücherregale weisend, fuhr er eine Nuance lauter fort: »Das sind keine Lehrbücher der Kriminalistik, sondern Romane. Also versuchen Sie nicht – versuchen Sie niemals – mir zu erzählen, wie ich meine Arbeit zu erledigen habe. Verstanden?!«
Ich nickte. Was hätte ich sonst machen sollen? Erstens war er Choleriker und zweitens hatte er vermutlich Recht.
»Hm«, sich umständlich räuspernd unterbrach er die Stille.
»Entschuldigen Sie. Leider hat es eine kleine Panne betreffs des Speichermediums gegeben. Es ist ... hm ... leider verschwunden.«
»Verschwunden? Glauben Sie, der Mörder könnte es

mitgenommen haben, damit er nicht erkannt werden kann? Aber wie ...«
»Frau Martin«, unterbrach er mich unwirsch. »Zerbrechen Sie sich unter gar keinen Umständen meinen Kopf, sonst werden Sie mächtig Ärger mit mir bekommen. Verstanden?! – Ich lasse Sie in einer Stunde von einem Kollegen abholen.«
Alleingelassen mit meinen Fragen, kam ich mir vor, als würde ich im Zeitlupentempo einen Kriminalroman lesen, in dem fast alle Seiten fehlten.

2

»Peng, peng! Ich hab dich getroffen.«
Florians Stock zielte genau auf seinen Spielkameraden, der über den Rasen lief.
Es war Montag. Dann wurde öfter im Kindergarten geschossen, als an anderen Tagen. Das lag an den Wochenenden, an denen einige der Kinder Stunden mit Monitor-Babysittern bei Action-Filmen oder Computerspielen zugebracht hatten. Die häufigen Gewaltdarstellungen, die sie nicht verarbeiten konnten, animierten sie dazu, die Szenen nachzuspielen.
»Du musst jetzt umfallen. Peng! Peng!«, schrie Florian.
»Gar nich. Pepepepepeng!«
Sein Freund hatte mittlerweile hinter einem Baum Deckung gesucht und schoss mit gezückter Schaufel zurück. Daraufhin löste sich außerhalb des Kindergartengeländes ein dunkelhaarig gelockter, schnurrbärtiger Mann mit grauem Trenchcoat aus dem Schatten des Baumes und eilte davon.
»He, hast du einen neuen Verehrer? Er hat seine Augen die ganze Zeit nicht von dir abgewendet«, frotzelte meine Kollegin Britta, die neben mir stand und in Montagslaune ebenfalls die Kinder ihrer Gruppe draußen beaufsichtigte.
»Mein Bedarf an Männern ist nach dem Desaster mit meinem Ex gedeckt«, wiegelte ich ab. »Die fühlen sich nur ihrer Hose verpflichtet. Erst erzählen sie, du wärst die Einzige, die sie je lieben könnten und dann findest du eines Tages heraus, dass es Dutzende von Einzigen gibt, mit denen sie dich jahrelang betrogen haben. Männer sind das Letzte. Ohne sie bist du besser dran.«

Ich konnte meine Verbitterung über das Ende meiner achtjährigen Ehe noch nicht ganz unterdrücken. Am meisten wurmte mich jedoch meine Vertrauensseligkeit, mit der ich jahrelang all die Lügen meines Ex-Mannes geglaubt hatte.

»Nicht alle Männer sind so. Meiner ist in Ordnung«, verteidigte sie ihren Partner, den sie in Kürze heiraten wollte, und deswegen aus meiner Sicht als neutrale Sachverständige ausschied.

»Möglich ist alles«, gab ich mich einsichtig, um ihre Illusionen nicht gänzlich zu zerstören.

»Wenn der Mann vom Zaun kein Verehrer von dir ist, warum hat er dich dann beobachtet? – Hach ...« Als hätte sie einen Schreck erlitten, zog sie die Luft reißerisch ein. »Könnte er der Mörder sein?«

In einem Anflug von Mitteilungsbedürfnis hatte ich Britta heute früh in kurzen Zügen von meiner grausigen Entdeckung und von Hauptkommissar Melzner erzählt. Ihre Miene hatte eine derart lüsterne Mischung aus Angst, Neid und Sensationsgier widergespiegelt, dass ich mich geärgert hatte, überhaupt mit ihr darüber gesprochen zu haben. Jetzt bekam sie wieder diesen Ausdruck.

»Nein, das war nicht der Mörder. Der sah viel besser aus.«

»Kannst du mir nicht das Phantombild von ihm zeigen, das du gestern anfertigen musstest?«

»Das hat die Polizei behalten.«

»Warum haben die das nicht an die Zeitung weitergegeben und zur Mithilfe aufzurufen? In dem heutigen Zeitungsartikel war kein Foto von dem Mörder abgebildet. Es gab nur Bilder vom Armband und dem Toten. Auch von einer Zeugin war keine Rede.«

»Weiß ich doch nicht, warum die Polizei das nicht weitergegeben hat. Wahrscheinlich würde das ihre Ermittlungen beeinträchtigen«, meinte ich gereizt.
Das war nicht ganz die Wahrheit. Die Sache mit dem Phantombild war aus meiner Sicht gründlich danebengegangen. Obwohl ich mich stundenlang abgemüht hatte, war am Ende ein Gesicht herausgekommen, das höchstens entfernt an den Mörder erinnert hatte.
Britta ließ nicht locker: »Womöglich will die Polizei dich schützen und sie haben dich deshalb nicht als Zeugin erwähnt. Wenn mich einer beobachten würde, nachdem ich einen Mörder gesehen hätte, würde ich vor Angst vergehen. Mörder bringen Zeugen oft um. – Hast du keine Angst?«
Bisher hatte ich die nicht gehabt. Doch jetzt begann, von allzu vielen Kriminalromanen geschädigt, meine Fantasie furchtsam Purzelbäume zuschlagen. War der Mann ein Freund des Raubmörders, sein Komplize oder gar ein von ihm beauftragter Killer? Sollte ich sicherheitshalber Hauptkommissar Melzner anrufen? Er hatte mir seine Telefonnummer gegeben, falls mir etwas Wichtiges einfallen sollte. – Nein, entschied ich, mit diesem Bullerkopf würde ich mich nicht auseinander setzen. Wahrscheinlich war alles völlig harmlos.
»Kannst du 'nen Moment auf meine Kids achten, Britta?«
Allen Mut zusammennehmend, eilte ich auf die Straße. Ich würde den Mann einfach fragen, was er hier machte. Ein Killer würde zwar kaum seine Absicht zugeben, aber umbringen würde er mich auf offener Straße auch nicht. Oder doch? Mit klopfendem Herzen rannte ich die Straße ein Stück entlang. Von dem bärtigen Lockenkopf war nirgends eine Spur zu entdecken.

Um diese Zeit war die Straße nur mäßig belebt. Autos fuhren selten durch die kleine Nebenstraße in der Südstadt Hannovers. Eine Frau radelte vorbei. Eine andere schob einen Kinderwagen in einen weiter entfernt liegenden Hauseingang eines vierstöckigen Mehrfamilienhauses aus den fünfziger Jahren. In einem der am Straßenrand parkenden Autos glaubte ich eine Bewegung wahrzunehmen. Doch vermutlich war es lediglich eine Sonnenspiegelung auf der Scheibe gewesen.
Ich beschloss Brittas Geschwätz zu vergessen. Wie konnte ich mich von ihr in die Irre leiten lassen? Wahrscheinlich war der bärtige Lockenkopf ein Kinderfreund und hatte zufällig in meine Richtung geschaut. Allerdings fragte ich mich, warum er so hastig verschwunden war, wenn er nichts zu verbergen hatte.

Am Nachmittag hatte ich alleine Spätdienst. Das letzte Kind war gerade von seiner Mutter abgeholt worden. Wie immer wollte ich die Eingangstür ordnungsgemäß verschließen, als ich plötzlich spürte, wie jemand hinter mich trat und mir etwas Spitzes in den Rücken drückte.
»Drehen Sie sich nicht um. Gehen Sie rein. Ich will mich in Ruhe mit Ihnen unterhalten«, flüsterte eine Stimme.
Der bärtige Lockenkopf! Er war zurückgekommen. Jetzt würde er mich umbringen. Unfähig, mich einen Schritt vorwärts zu bewegen, blieb ich wie angewurzelt vor der Tür stehen. Warum lag der Kindergarteneingang zurückgesetzt von der Straße hinter Büschen verborgen?
»Sie sollen reingehen, hab ich gesagt!«
Nein! Ich würde nicht in den Kindergarten gehen. Soll-

te er mich hier draußen mit seiner Pistole erschießen, wenn er den Mut hatte. Aber nicht drinnen im Kindergarten, wo tagsüber die Kinder spielten. Er stieß erneut zu.
»Werden Sie endlich tun, was ich gesagt habe?«
»Nein«, schrie ich todesmutig und drehte mich mit meinen angewinkelten Ellenbogen so schwungvoll um, dass der Mensch hinter mir gegen die Wand vom Kindergartenvorbau taumelte.
Statt des erwarteten Lockenkopfes ruderte eine Frau in Jeans und Lederjacke Halt suchend mit ihren Händen in der Luft herum und fluchte: »Verdammt! Was sind Sie denn für Eine?«
Völlig verdattert starrte ich die Frau an. Das war doch diese Frau von Dingsbums aus der Auktion, vor der mich Hauptkommissar Melzner gewarnt hatte.
»Legen Sie Ihre Pistole langsam auf den Boden und schieben Sie sie zur Tür«, befahl ich ihr mit dünner Stimme.
Die Frau sah mich grinsend an.
»Hier.«
Mit einer raschen Handbewegung, als hole sie aus einem imaginären Holster eine Waffe, riss sie ihre zur Pistole umgeformte Hand hoch, ähnlich, wie es meine Kindergartenkids manchmal beim Spielen taten und lachte aus vollem Halse.
»Es hat tatsächlich funktioniert. Dachte glatt so ein bescheuerter Bluff klappt nur im Fernsehen. Ha, und Sie sind auf den Scherz reingefallen.«
Ich hatte es bereits vor zwei Tagen geahnt. Diese Frau war geistesgestört. Wie verhielt man sich in solch einem Falle? Am besten so normal wie möglich.
»Fanden Sie das witzig, mich derart zu erschrecken? –

Wenn ich jetzt herzkrank gewesen wäre, was dann?«
Nach dem Schreck musste ich mich auf die Eingangsstufe setzen. Sie setzte sich dazu.
»Eine Frau wie Sie, die die Kraft aufbringt, sich jeden Tag mit diesen unberechenbaren Bälgern abzugeben, kann nur gesund sein. Tut mir leid, aber ich konnte nicht widerstehen. Als ich die Kleinen herauskommen sah, habe ich mich an meine Kindheit erinnert, wie wir Räuber und Gendarm gespielt haben. – Habe ich mich eigentlich vorgestellt?« Sie reichte mir ihre Hand. »Viktoria von Langen.«
Ich ignorierte sie. Ich war keinesfalls bereit, mich von ihren gutmütig lächelnden, blauen Augen einnehmen zu lassen, die von vielen Fältchen umrahmt wurden. Jetzt, da ich sie genauer betrachtete, sah ich, dass sie um einiges älter sein musste, als ich zuerst gedacht hatte. Darüber täuschten auch ihr sorgfältig restauriertes Gesicht und ihre legere Kleidung nicht hinweg.
»Von einer ›von‹ könnte ich ein gesetzteres Verhalten erwarten.«
»Du liebe Zeit! Sie reden fast so beschränkt daher, wie die blasierte Großmutter meines verstorbenen Mannes. – Mein liebes Kind ...« Sie sprach mit hoher, gekünstelter Stimme weiter und tat, als würde sie mit abgespreiztem, kleinen Finger aus einer Tasse trinken, «... auch wenn wir von Langen, unglücklicherweise durch die unselige Spielleidenschaft unseres Vaters einen Großteil unseres Vermögens verloren haben, sind wir trotzdem unserem blaublütigen Geschlecht zur Ehre verpflichtet.«
Verständnislos schüttelte ich den Kopf.
»Sehen Sie sich als Komikerin?«
Sie lachte.

»Das war der Originalton besagter Großmutter. Sie entstammte Kaiser Wilhelms Zeiten und konnte sich mit den gesellschaftlichen Veränderungen nie anfreunden. – Von mir aus können Sie das ›von‹ weglassen, ich habe es nicht abgelegt, weil es sich manchmal als nützlich erwiesen hat. Sie glauben nicht, wie viele Idioten es gibt, die noch heute einen inneren Bückling vor dem kleinen Wörtchen machen.«

Ein Kopfschütteln verriet überdeutlich, was sie von autoritätsgläubigen Menschen hielt. Mit ernster Miene fuhr sie fort: »Aber kommen wir zur Sache, ich würde mich gern mit Ihnen über den Mord an Carl Rebmann unterhalten, Frau Martin.«

»Woher wissen Sie, wie ich heiße und wo ich arbeite?«

»Och, das war nicht schwer. Nachdem Sie in der Auktion ohnmächtig geworden waren, habe ich Ihre Handtasche durchsucht. Wie es sich für einen anständigen Staatsbürger gehört, hatten Sie Ihren Ausweis dabei. Und dass Sie im Kindergarten arbeiten, habe ich von einem Ihrer Nachbarn erfahren, mit dem ich gestern ins Gespräch gekommen bin, als ich Sie nicht angetroffen habe.«

»Sie haben meine Tasche durchsucht und mir nachspioniert? Was fällt Ihnen ein?«

Meine Empörung wuchs.

»Carl Rebmann war mein Arbeitgeber. Da ist es meine Pflicht, mich um die Aufklärung des Mordfalles zu kümmern«, erklärte sie, als sei dies die größte Selbstverständlichkeit der Welt.

»Das erledigt die Polizei«, entgegnete ich.

»Die Polizei?«

War sie eben einigermaßen freundlich erschienen, verfinsterte sich ihr Blick zunehmend.

»Na, die können wir vergessen. Dieser Melzner hat nicht die mindeste Ahnung von Verbrechensaufklärung.«
»Ach, aber Sie?«, bezweifelte ich spöttisch.
Sie erhob sich und baute sich mit in die Hüfte gestemmten Armen vor mir auf. »Ich kenne mich mit Verbrechen aus. Was glauben Sie, wie viele Kriminalromane ich gelesen und im Fernsehen gesehen habe? – Tausende. Und wenn ich als nicht ausgebildete Detektivin, einem ausgebildeten Hauptkommissar erst auf wichtige Beweismittel hinweisen muss, dann werde ich, verdammt noch mal, nicht tatenlos zusehen, wie dieser schwachsinnige, unverschämte Ochse die ganze Sache vermasselt.«
Sie hatte sich in Rage geredet und holte tief Luft, bevor sie etwas ruhiger fortfuhr: »Ich weiß, Sie halten mich für total übergeschnappt und vielleicht bin ich das. Vielleicht liegt es aber in meinen Genen. Mein Vater und Großvater waren beide bei der Polizei. Zeit meines Lebens habe ich davon geträumt, einmal, ein einziges Mal, einen Kriminalfall zu lösen. Wahrscheinlich wäre es nie dazu gekommen, wenn das Schicksal mich nicht mit diesen Mord konfrontiert hätte. Unter diesen Umständen muss ich einfach handeln, egal, was alle von mir denken? Verstehen Sie das?!«
Ihre Augen funkelten mich energiegeladen an. Sie strotzte vor Überzeugung das Richtige zu tun. So ungern ich es zugeben mochte, insgeheim konnte ich sie verstehen. Auch ich hatte Träume. Träume von einem aufregenden, gefahrvollen, bewundernswerten Leben, in dem ich irgendetwas Wichtiges vollbringen konnte. Träume, die sich bei dem mir anerzogenen, realitätsnahen Vernunfts- und Sicherheitsdenken nie erfüllen

würden. Es war meine Pflicht, ihr klar zu machen, warum manche Träume besser in der Fantasie existierten.
»Das ist viel zu gefährlich für eine Frau.«
Sie runzelte kurz die Stirn, dann brach sie erneut in schallendes Gelächter aus. »Und so etwas Angestaubtes stammt aus dem Mund einer jungen, emanzipiert wirkenden Frau. Kaum zu glauben. Was ist mit euch jungen Leuten los? Noch nicht trocken hinter den Ohren und schon scheintot. Olli redet auch öfter so 'n Blödsinn.«
»Wer ist Olli?«
»Mein Sohn, netter Bengel, nur in manchen Punkten furchtbar altmodisch. Weiß gar nicht, von wem er das hat. Na ja, wenigstens ist er an Kriminalfällen genauso interessiert wie ich. Er hatte sogar eine Ausbildung bei der Polizei begonnen. Ärgerlicherweise hat er alles hingeworfen und ist Fotograf geworden. Nun betreibt er mit einem Freund ein Fotostudio und arbeitet nebenbei für die Tageszeitung.« Sie konnte ihren Mutterstolz nicht verleugnen.
»Sie sollten sich an ihrem Sohn ein Beispiel nehmen. Lassen Sie die Detektive in ihren Krimis handeln. Hauptkommissar Melzner versteht sein Handwerk und wird sicher bald den Mörder festnehmen können.«
Ich war automatisch in den bedächtigen Tonfall geraten, den ich bisweilen bei meinen Kindern anwandte.
Sie setzte eine gequälte Miene auf.
»Hören Sie mal, Kindchen, auch wenn ich fast sechzig bin, heißt das nicht, ich wäre eine senile Tante, der Sie mit solchen Schmus kommen können. Abgesehen davon, ist mein Sohn Olli recht angetan, seine detektivische Ader endlich ausleben zu können. Haben Sie zum

Beispiel bemerkt, wie Sie heute von ihm beschattet wurden?«
Ach, er war der bärtige Lockenkopf am Zaun gewesen.
»Richten Sie ihm von mir aus, er solle lieber Fotograf bleiben. Auffälliger hätte er sich nicht benehmen können. Wenn er wenigstens nicht diesen grauen Trenchcoat angehabt hätte ... So ist ja schon Humphrey Bogart in uralten Filmen als Detektiv herumgelaufen.«
»Olli besitzt keine Mäntel. So altmodisch ist er nicht. Der Kerl mit dem Mantel kann nur ein Kripobeamter gewesen sein. Wer sonst stellt sich derart duselig beim Beschatten an, dass alle Welt es mitkriegt. Olli hat ihn ebenfalls bemerkt und den Kopf über seinen Dilettantismus geschüttelt. Ich sagte ja, Olli wäre ein guter Kommissar geworden und kein Stoffel wie dieser Melzner«
»Sie meinen der bärtige Mann im Mantel war von der Polizei? Wieso das?«
»Ganz einfach, weil Sie verdächtig sind. Das ist der Grund, warum Olli und ich Sie ebenfalls beschattet haben.«
»Ich soll verdächtig sein? Wenn hier jemand verdächtig ist, dann Sie. Wer hat denn in der Auktion gearbeitet? Sie haben sicher im Vorfeld von dem Armband erfahren und hätten sich einen Mordplan ausdenken können. Sogar Hauptkommissar Melzner hat mich vor Ihnen gewarnt.« Der Grad meines Ärgers nahm merklich zu.
»Dieser Melzner kann mich nicht ausstehen, weil ich ihm seine Inkompetenz vor Augen geführt habe. Glauben Sie mir, ich stehe auf der Seite des Gesetzes. Ich bin viel zu klein. Deswegen könnte ich Carl Rebmann nicht erschlagen haben«, rechtfertigte sie sich.

Ich schaute demonstrativ zu ihr hoch und konterte: »Sie sind bestimmt sieben Zentimeter größer als ich. Da falle ich als Mörderin erst recht weg.«
»Kein Mensch hat behauptet, Sie seien die Mörderin. Sie sind bloß die Komplizin und Geliebte des Mörders. Außerdem waren Sie die einzige, die nicht nach dem Armband durchsucht wurde, weil Sie vorgeblich ohnmächtig geworden sind und mit dem Krankenwagen abtransportiert wurden. Sie hätten es auf diesem Weg aus der Auktion schmuggeln können.«
»Moment mal! Sie haben mir vorhin erzählt, Sie hätten meine Tasche durchsucht. Dann hätten Sie das Armband finden müssen. Und wieso kommen Sie auf die unlogische Idee, der Mörder sei mein Geliebter?«
»Das Armband hätten Sie in Ihrer Kleidung verstecken können. Im Übrigen ist es überhaupt nicht unlogisch Sie als Geliebte des Mörders zu sehen. Viele Frauen werden aus Liebe zur Verbrecherin. Und der Blutfleck auf Ihrer Bluse hatte Ähnlichkeit mit einem verwischten Fingerabdruck. Ich habe mit Olli versucht, die Geschichte zu rekonstruieren. Unserer Meinung nach, dürfte der Mörder Sie in den Arm genommen haben. So.«
Sie demonstrierte es mir, in dem sie mit beiden Händen meine Oberarme umfasste. »Wahrscheinlich hat Ihr Geliebter Carl Rebmann im Affekt erschlagen, als der nicht gleich das Armband rausrücken wollte. Bestimmt wollte er ihn nicht töten. – Wollen Sie nicht lieber Ihr Herz erleichtern und ein Geständnis ablegen? Ich würde mich für Sie einsetzen und Ihnen einen guten Anwalt besorgen.«
Sie sprach leise und beruhigend auf mich ein, richtig vertrauenswürdig klang sie. Offenbar glaubte diese

Frau den Unsinn, den sie von sich gab. Ich schüttelte perplex den Kopf. »Sie sollten zur Übung ein paar Krimis lesen. Ich habe keinen Geliebten und ich weiß nicht, wie der Mörder heißt. Also lassen Sie mich in Ruhe.«

»Sie wollen mir weismachen, Sie würden den Mörder nicht kennen? Hören Sie auf, mich für dumm zu verkaufen. Die Spuren sind eindeutig«, schrie sie mich derart jäh an, dass ich zusammenschrak und meine Beherrschung endgültig verlor.

»Sie sind ja nicht ganz richtig im Kopf. Ich kenne den Mörder nicht. Ich bin zufällig auf der Treppe mit ihm zusammengestoßen. Dabei hat er sich an mir festgehalten. Das war alles!«

Kaum war die Wahrheit heraus, merkte ich, welchen unverzeihlichen Fehler ich begangen hatte. Ich konnte bloß hoffen, dass nicht womöglich sie die Komplizin des Mörders war, die ausspionieren wollte, was ich wusste. Denn sonst: »Gute Nacht, Sam.«

3

Ohne Viktoria von Langen weiter zu beachten, schwang ich mich auf mein Fahrrad und fuhr nach Hause in meine Wohnung im hannoverschen Stadtteil Döhren mit seiner Nähe zu einem Landschaftsschutzgebiet und schneller Anbindung an die City. Hier fanden sich Häuser und Baumbestände, die den zweiten Weltkrieg mehr oder weniger unbeschadet überstanden hatten, während ein Großteil Hannovers durch Bombenangriffe in Schutt und Asche gelegt worden war. Auch das alte Backsteinhaus, in dem außer mir fünf weitere Parteien wohnten, gehörte zu den glücklichen Überlebenden vergangener Zeiten.
Was immer die Motive der älteren Dame für ihren Auftritt gewesen waren, ich wollte jetzt meine Ruhe haben. Der Fall Rebmann konnte mir gestohlen bleiben. Oder sollte ich Hauptkommissar Melzner über Viktoria von Langens Verhalten informieren? Während ich darüber nachdachte, klingelte es zaghaft an meiner Wohnungstür. Wenn mir diese von Langen gefolgt sein sollte, konnte sie von mir aus bis zum nächsten Morgen vor meiner Tür warten. Ein Blick durch meinen Türspion zeigte mir einen kleinen Jungen. Es war der sechsjährige Sohn der Familie, die über mir in der zweiten Etage wohnte. Aufatmend öffnete ich ihm.
»Hallo, Andy, was möchtest du denn?«
»Guck mal, ich kaufe mir ein neues Auto«, erklärte er mir stolz und hielt einen Geldschein hoch. »Den hat mir die Frau geschenkt.«
›Die Frau‹ löste sich von der Mauer neben meinem Türrahmen, an der sie wie angepresst gestanden hatte,

schob Andy beiseite und stellte sich direkt vor meine Nase.
»Als ich den kleinen Bengel draußen spielen sah, kam mir die Idee, ihn klingeln zu lassen. Ich hatte den Eindruck, als wollten Sie nicht weiter mit mir reden.«
»Das haben Sie richtig erkannt«, fuhr ich sie an und wollte die Tür zuknallen. Ihr Fuß war schneller.
Andy suchte hastig das Weite. Ihm war sein Fehler offensichtlich klar geworden. Ich würde später mit ihm reden, kein Geld von Fremden anzunehmen. Jetzt galt es, diese von Langen loszuwerden.
»Ich muss dringend mit Ihnen sprechen. Sehen Sie, was ich hier habe.«
Wichtigtuerisch hielt sie mir ein Speichermedium unter die Nase. »Wir werden gleich sehen, ob Sie die Wahrheit gesagt haben. Hier sind alle Kunden festgehalten. Na, was sagen Sie?«
Ich sagte gar nichts. Ich starrte sie nur ungläubig an. Diese von Langen hatte die Filmaufzeichnung gestohlen, die Hauptkommissar Melzner suchte.
»Dacht' ich mir doch, dass Sie das sprachlos macht«, triumphierte sie, schob mich beiseite, spazierte durch meinem Flur und lugte hinter jede Tür, die von ihm abzweigte. Dann stolzierte sie in mein Wohnzimmer, und zog ein Tablet aus ihrer Jacke heraus.
»Kommen Sie, Kindchen. Zeigen Sie mir den Mörder auf der Aufnahme.«
Mit reichlich Verspätung regte sich angesichts ihres dreisten Verhaltens endlich mein Widerspruchsgeist.
»Raus hier! Das ist Hausfriedensbruch!«, brüllte ich sie an und ließ meiner Wut freien Lauf.
»Sie können ja richtig zickig werden«, stellte sie anerkennend fest.

»Ich wiederhole mich ungern. Also verschwinden Sie und übergeben Sie die Aufzeichnung der Polizei. Beweismaterial zu unterschlagen ist strafbar. Damit will ich nichts zu tun haben«, erklärte ich ihr in ruhiger werdendem Ton.

»So würde ich das nicht sehen. Schließlich war ich diejenige, die sofort an die Aufnahme der Überwachungskamera gedacht und sie sicherheitshalber an sich genommen hat. Wenn ich Melzner nicht auf die Kamera am Eingang aufmerksam gemacht hätte, wüsste der Idiot nichts davon. Sie hätten erleben sollen, wie er getobt hat, als dieses wichtige Beweisstück verschwunden war.«

Jetzt wurde mir einiges klar. Kein Wunder, dass der Hauptkommissar derart übler Laune gewesen war, als er mich das erste Mal befragt hatte.

»Warum haben Sie das getan? Ihretwegen hatte der Mörder genug Zeit zu entwischen. Und Sie wollen Detektivin sein? Entweder sind Sie etwas dümmlich oder Sie sind die Komplizin des Mörders und wollen auf diese Weise herausfinden, ob ich mich an ihn erinnern kann?«

Einen Moment sah sie aus, als wollte sie mich in der Luft zerreißen. Dann entspannten sich ihre Gesichtszüge und sie lächelte mich unsicher an.

»Okay, ich fürchte, Sie haben Recht. Möglicherweise war es nicht so schlau, die Aufnahmen einzukassieren. Olli hat mich deswegen auch angepfiffen. Aber ich wollte ein wichtiges Beweismittel sicherstellen, bevor es der Mörder an sich nehmen konnte. Wenn dieser Melzner nicht so unverschämt und inkompetent gewesen wäre, hätte ich es ihm längst gegeben. Nun kann ich es nicht mehr ändern. Ich verspreche Ihnen, ich

liefere es gleich morgen anonym bei der Polizei ab. Bis dahin könnten wir es anschauen, finden Sie nicht?«
Ich schwankte zwischen Neugier und der Angst, sie könne die Komplizin des Mörders sein.
Wäre es nicht besser, sie in meiner Wohnung unter einem Vorwand allein zu lassen und von Andys Eltern aus Hauptkommissar Melzner anzurufen? Was machte ich aber, wenn er nicht im Revier war? Da es inzwischen kurz vor achtzehn Uhr war, war dies wahrscheinlich. Oder sollte ich meinerseits versuchen, herauszufinden, ob sie die Komplizin war und damit Hauptkommissar Melzner zuarbeiten? Wie viele Krimi-Leserinnen verfolgte ich mit unermüdlichem Forschergeist die Welt der Fantasieverbrechen und hatte des Öfteren die richtigen Eingebungen gehabt, auch wenn dieser Bullerkopf-Kommissar Krimis für keine geeignete Schulungslektüre hielt.
Ich könnte sie ein bisschen aushorchen. Wer der Mörder war, brauchte ich ihr nicht zu sagen, falls ich ihn erkennen sollte. Im allerhöchsten Notfall könnte ich mich mit meiner auf dem Couchtisch stehenden schweren Glasblumenvase gegen sie verteidigen, in der verblühte Wiesenblumen meiner letzten Radtour standen. Oder ich könnte mir die halbvolle Mineralwasserflasche greifen, die vom Vortag neben einem nicht weggeräumten Glas stand. Ein Hang zur Unordentlichkeit hatte eben manchmal Vorteile, selbst wenn meine Eltern die gegenteilige Ansicht vertreten hatten.
»Lass bloß die Finger davon«, warnte mich mein vorsichtiger Verstand. »Das könnte schief gehen.«
»Tu es«, schrie urplötzlich ein kleines Teufelchen aus Neugier, Übermut und Zwanglosigkeit in mir, das

mich bereits in Kindertagen zu allen möglichen Streichen angestachelt hatte.

Im Laufe der Jahre war es zunehmend unter den autoritären Erziehungsmethoden meiner Eltern verstummt, die mir mit Schlägen oder Strafarbeiten eindringlich versucht hatten beizubringen, gehorsames Angepasst-Sein sei der Schlüssel zum Glück. Aus der Norm zu fallen, hätte dagegen stets Schwierigkeiten zur Folge.

»Gut, sehen wir uns den Film an«, erklärte ich mit unterschwelligem, aufflackerndem Trotz und freute mich gedanklich über meine Aufmüpfigkeit, die bei meinen Eltern garantiert Missbilligung hervorgerufen hätte.

Viktoria von Langen, die unterdessen mein Bücherregal begutachtete, strahlte mich warmherzig an. »Scheint, als hätten wir 'ne Menge Gemeinsamkeiten. Wir würden ein gutes Team abgeben, Kindchen.«

Ein Psychologe hätte interessante Studien darüber betreiben können, wie die einzelnen Besucher der Auktion, die von der Überwachungskamera aufgenommen worden waren, die Schlosshalle betraten. Einige schritten langsam und gemächlich herein, andere hatten es eilig. Die meisten Besucher kannten sich aus und gingen zielstrebig in Richtung Garderobe. Nur wenige schauten sich suchend um. Der Auktionsmitarbeiter, der während der Auktion kritisch die Stirn über die Verwechslung mit dem Nachttopf gerunzelt hatte, war offensichtlich später gekommen. Er ging gleich zielstrebig weiter in die Halle hinein. Ihm folgte Händchen haltend ein topp gestyltes Pärchen in den Zwanzigern. Zwei ältere, angeregt miteinander plaudernde Frauen waren die nächsten. Eine geschäftsmäßig aus-

sehende, große Frau richtete sich beim Eintreten mit der linken Hand ihre kurzen Haare. Als ein junger, schlaksiger Mann in Jeans, T-Shirt und Sakko eintrat, stoppte Viktoria.
»Das ist mein Sohn Olli. Er wollte an dem Tag ein paar Bilder für die Zeitung machen. Empfinden Sie seine Teilnahme an der Auktion nicht auch als Wink des Schicksals?«, zwinkerte sie mir zu.
»Ich würde es Zufall nennen. – Was haben Sie bisher herausgefunden? Ehrlich gesagt, wundert es mich, dass Carl Rebmann ein derart wertvolles Armband bei sich trug. Gab es keine Sicherheitsmaßnahmen?«
Diese Fragen beschäftigten mich die ganze Zeit, denn in der Zeitung hatten keine Einzelheiten gestanden.
»Ein Kunde wollte sich persönlich von der Echtheit des Armbandes überzeugen und sich nicht auf die Expertise verlassen. Deshalb hatte es Carl Rebmann vorübergehend aus der gesicherten Vitrine genommen. Da das Büro abseits liegt, wollte er sich mit dem Kunden im Rokokosalon treffen, der den gesicherten Vitrinen am nächsten liegt. Dort war eine Sitzecke eingerichtet, in der sie sich kurze Zeit ungestört besprechen konnten.«
»Kannte Carl Rebmann den Kunden gut? Wissen Sie zufällig wer der Kunde war?«
»Das ist das Problem. Der Kunde wollte unerkannt bleiben, solange er sich nicht entschieden hatte. Carl Rebmann hatte sich an die Abmachung gehalten. Seiner Meinung nach, war der Kunde König. Deswegen gab es im Vorfeld Streit in der Familie. Carl Rebmann wollte nicht einmal seinem Sohn Raimund den Namen nennen oder ihn dabei haben. Das ärgerte Raimund. Ihm war das Sicherheitsrisiko zu hoch. Immerhin wur-

de der Wert des Armbandes auf eine viertel Million veranschlagt. Aber der alte Rebmann konnte sehr starrköpfig sein, wenn es um Geschäfte ging. Das hat ihm nun das Leben gekostet.«
»Wer hat außer dem Kunden gewusst, dass Carl Rebmann das Armband bei sich trug?«
Meine Kombinationsgabe erwachte. Sie nickte zustimmend.
»Ich sehe, Sie denken mit, Kindchen. Kunden waren nicht anwesend, als er es aus der Vitrine genommen hat. Dafür hat er gesorgt und kurz die Tür zugesperrt. Aber alle Mitarbeiter, die oben Dienst hatten, haben es natürlich mitbekommen. Ich war oben, Frau Jokisch, Frau Fiedler und Carl Rebmanns Frau Anne.«
»Ja, ich erinnere mich. Sie Vier standen in dem Raum mit den Schmuckvitrinen zusammen. Ich hatte den Eindruck, Sie waren sich nicht einig.«
»Och, ja. Anne Rebmann hatte sich über einen Kratzer an einer Standuhr aufgeregt, die von einem Kunden ersteigert worden war. Das war natürlich eine ärgerliche Sache. Ewig darüber zu lamentieren, hielten Frau Fiedler und ich zwar für überflüssig, aber Anne Rebmann muss ab und zu die Chefin herauskehren.«
»War sonst niemand oben? Rebmanns Sohn? Er war sicher neugierig auf den Kunden, wenn sein Vater so geheimnisvoll tat.«
»Neugierig war Raimund allerdings. Aber nach dem Streit um Sicherheitsfragen, herrschte Eiszeit zwischen Vater und Sohn. Außerdem hatte Raimund unten zu tun. Nachdem Carl Rebmann das Armband an sich genommen hatte, ist er allein in den Rokokosalon gegangen. Er vertraute seinem langjährigen Kunden. Ich habe Carl sogar hineingehen sehen.«

Einen Moment hielt sie inne und verzog traurig das Gesicht.
»Da habe ich ihn das letzte Mal lebend gesehen.«
»Und was haben Sie dann getan?«, fragte ich gespannt.
»Ich bin mit Anne Rebmann wie üblich die Räume abgegangen. Es ist unsere Aufgabe ein wachsames Auge auf das Mobiliar zu haben, damit nichts beschädigt oder gestohlen wird.«
»Und ihre Kolleginnen?«
»Die Fiedler und die Jokisch blieben, wie im Aufgabenplan vorgesehen, bei den Vitrinen. Da zu dieser Zeit einige Prunkstücke versteigert wurden, waren die meisten Kunden unten. Wenig später entdeckte Anne Rebmann zufällig den Kratzer am Eckschrank. Wie's weiterging, wissen Sie. – Sie sind mir übrigens gleich aufgefallen.«
Nachdenklich betrachtete sie mich.
»Wenn Sie erneut andeuten wollen, ich hätte ihn umgebracht, können Sie sofort gehen«, erwiderte ich schroff und erhob mich.
»Schon gut«, grinste sie beschwichtigend.
»Ich glaube Ihnen. Sehen wir uns das Filmchen weiter an. Dann werden wir wissen, wer der Mörder ist, der Sie mit seinen blutigen Fingern berührt hat.«
Es war schrecklich und beklemmend, als ich an den Mann auf der Treppe dachte, der kurz zuvor einen Mord begangen hatte. Doch irgendwie war das alles auf sonderbare Weise auch spannend und aufregend. Ich schämte mich für meine widersprüchlichen Gefühle, für meine Neugier und dieses unangebrachte Kribbeln in meinem Bauch, das ich immer verspürte, wenn mich etwas Außergewöhnliches aus meinem täglichen Trott und meiner Sicherheit riss.

»Das ist irre, was?«
Viktoria von Langen musterte mich genau.
»Ich habe mir oft in meinen Träumen Mordfälle ausgemalt und diese mit Bravour gelöst. Und jetzt ist tatsächlich jemand umgebracht worden, den ich kannte. In meinem ersten Schock habe ich mich schändlicherweise gefreut, weil sich mein Traum erfüllt hat. Erst später, als ich allein war, ist mir klar geworden, was es bedeutet. Ich habe geheult wie lange nicht mehr. Ja, ich habe sogar reuevoll mit dem Gedanken gespielt, alle meine Krimis der Stadtbücherei vermachen und das sind einige mehr, als sie besitzen. Am nächsten Morgen fiel mir das Speichermedium wieder ein. Ich habe es mir angesehen und plötzlich wusste ich, was das Schicksal von mir erwartet: Ich soll diesen Fall lösen! Ein Mensch, der einen anderen aus Geldgier tötet, muss sich vor Gericht dafür verantworten. Da ist es die Pflicht eines jeden Staatsbürgers sich an der Aufklärung des Falles zu beteiligen, so gut er kann. Verstehen Sie mich?«
Ich nickte. Wie eine Gefangene dieses Augenblicks fühlte ich mich ihr auf eigenartige Weise verbunden und vergaß meinen Verdacht, sie könnte die Komplizin des Mörders sein.
»Der kleine Junge vorhin hat Sie ›Sam‹ genannt. Das gefällt mir. Darf ich Sie auch so nennen und ›du‹ sagen?«
Zum ersten Mal wirkte diese selbstbewusst auftretende Frau schüchtern und verletzlich, fast wie ein Kind, das Angst hatte, von der Person seiner Zuneigung abgewiesen zu werden. Auf einmal wusste ich, weshalb sie mir trotz ihrer eigentümlichen Ideen sympathisch war. Sie war innerlich ein Kind geblieben und scheute sich

wie die meisten Kinder nicht, ihre verrückten Ideen auszuleben. Kinder hatte ich immer für ihre Spontaneität bewundert. Wahrscheinlich deshalb, weil ich mir selbst mit meinen Ängsten und meiner Unsicherheit oft im Weg stand. Gerührt ging ich auf das ›du‹ ein, nicht ahnend, wie sehr ich es bereuen würde.
»Lass uns die Aufzeichnung weiter ansehen. Ich will wissen, wer es war.«
Wir konzentrierten uns auf die Aufzeichnung. Weitere Besucher kamen, darunter ich. Ein Mann stürmte mit abgewandtem Kopf in die Schlosshalle hinein und sah sich suchend um, wendete das Gesicht zur Kamera ...
»Das ist er«, entfuhr es mir, ehe mir mein Verstand zuvorkommen und mich an meinen anfänglichen Verdacht Viktoria gegenüber erinnern konnte.
Mein Blick wanderte zweifelnd zu ihr, meine rechte Hand tastete nach der Mineralwasserflasche.
»Der? So 'ne Scheiße«, meinte Viktoria kopfschüttelnd.
»Na, na, diese Ausdrücke dürftest du in Gegenwart meiner Kinder nicht gebrauchen. – Kennst du ihn?«, fragte ich und goss mir Mineralwasser in mein gebrauchtes Glas.
»Nein, aber sieh dir seinen knackigen Po an. Da hätte ich gern hineingekniffen.« Sie bekam einen verklärten Blick.
»Wie bitte?« Ich verschluckte mich beim Trinken.
»Wohl zu hastig getrunken, was?«
Sie klopfte mir mütterlich auf den Rücken, um meinen Hustenanfall zu mindern.
»Oder bist du genauso prüde wie Olli. Der regt sich auch auf, wenn ich die Dinge beim Namen nenne. Dabei gibt es nichts besseres als die zwei K's.«

»Was sind die zwei K's?«, fragte ich in Erwartung eine Lebensweisheit von ihr zu hören.
»Na, Krimis und Kerle, meine größten Leidenschaften«, lachte sie dröhnend.
Ich war irritiert. »Ich dachte, ältere Frau interessieren sich nicht mehr für Männer.«
»Da dachtest du falsch. Glaubst du, bloß weil ich im Großmutteralter bin, müsste ich wie eine vertrocknete, alte Schachtel herumlaufen und mir meine heißesten Gelüste verkneifen? Ich denke nicht daran«, ereiferte sich Viktoria empört.
Derartige Themen waren mir als Erzieherin eines religiösen Kindergartens, die von einer moralorientierten Mutter erzogen worden war, ein wenig peinlich. Nicht, dass ich keinen Spaß beim Sex gehabt hätte, im Gegenteil. Aber es zu tun oder frivol darüber zu reden, waren zweierlei Dinge für mich. Ich fand, erotische Gefühle gingen andere nichts an. Verschämt versuchte ich sie mit dem anderen ›K‹ abzulenken.
»Was wirst du im Fall Rebmann weiter unternehmen?« Sie sprang sofort darauf an.
»Ich werde meine Kolleginnen aus der Auktion nach ihm befragen. Möglicherweise kennt eine den Mann. Olli hat eine Kopie von der Aufnahme gemacht und kann bestimmt ein Bild des Mörders herauskopieren. In ein paar Tagen werden Olli und ich dann an Carl Rebmanns Beerdigung teilnehmen. Willst du mitkommen?«
»Ich hasse Beerdigungen. Was willst du dort?«
»Na, du stellst Fragen. Mörder sind fast immer auf den Beerdigungen ihres Opfers, um sich von ihrem Ableben zu überzeugen. Das steht in vielen Kriminalromanen.«

»Und an die Fantasiegespinste von Autoren glaubst du?«
»Nicht unbedingt, aber irgendwo müssen wir ansetzen. Willst du nicht mit uns zusammen recherchieren? Du bist genauso krimigeil wie ich. Das sehe ich an deiner Nasenspitze.«
»Ich lese gern Krimis«, erklärte ich fest. »Das ist alles.«
Sie schaute mich zweifelnd und seltsam wissend an.
»Wenn du meinst ...«

Mittagszeit im Kindergarten, ich verabschiedete die Kinder der Vormittagsgruppe, schloss Reißverschlüsse an Jacken, band Schnürbänder zu und hörte mir zum x-ten Mal die Tiraden einer Mutter an.
»Meine Tochter hat kaum etwas zum Frühstück gegessen. Ihre Brottasche ist fast voll. Das arme Kind bekommt Bauchschmerzen, wenn es nichts isst.«
Tönnchen, wie die anderen Kinder sie recht treffend nannten, stand mit großen Augen und krümeligem Kuchenmund kauend daneben. Da ihre Mutter aus unerfindlichen Gründen befürchtete, ihr Töchterchen könnte verhungern, stattete sie sie mit jeder Menge Leckereien aus, obwohl wir Erzieherinnen das nicht gern sahen und dies den Eltern mitteilten. Selbst Tönnchen mit ihrem Appetit schien das zu viel zu sein, denn sie beschenkte mich regelmäßig mit Lollis, einem kleinen Laster von mir.
»Wir haben im Kindergarten gleitendes Frühstück und lassen die Kinder selbst entscheiden, wann und ob sie essen möchten. Wahrscheinlich hat sie keinen Hunger. Das Thema ›Ernährung‹ wird übrigens nach den Sommerferien als Vertiefungsgebiet angeboten. Be-

stimmt interessiert Sie das.« Sie würde sich wundern, was sie dann über eine gesunde Ernährungsweise zu hören bekäme. Süßigkeiten zum Frühstück gehörten eindeutig nicht dazu.
Zwei Polizisten in Uniform kamen schnurstracks auf mich zu.
»Frau Martin?« Während mich der eine ansprach, stellte sich der andere hinter mich.
»Ja?«
»Würden Sie bitte mitkommen?«
»Wieso? Ich habe zu tun. Das sehen Sie doch.«
»Es ist wichtig. Kommen Sie bitte!«
Der Polizist hinter mir schob seinen Arm unter meinen und zog mich von Tönnchen weg, die mich zum Abschied drücken wollte. Dass mir auf diese Weise ihre Kuchenkrümel auf meiner Hose erspart blieben, fand ich vertretbar. Mich aber von dem Polizisten fast wie eine Verbrecherin abführen lassen zu müssen, erregte meinen Widerstand.
»Was soll das?«
»Bitte machen Sie kein Aufsehen und kommen Sie.« Der Griff des Polizisten verstärkte sich.
»Wer hier wohl für Aufsehen sorgt?!«
Die Kinder, einige Eltern und meine Kolleginnen starrten schaulustig hinter mir her. Lediglich Britta fühlte sich bemüßigt allen mit atemloser Stimme zu erzählen, ich hätte einen Toten gefunden und sei eine wichtige Zeugin.

»Und ich dachte die Polizei wäre mein Freund und Helfer«, beschwerte ich mich eine halbe Stunde später bei Hauptkommissar Melzner im zuständigen Kommissariat in Garbsen.

»Ihre Polizisten haben sich unmöglich benommen. Was sollen alle im Kindergarten von mir denken?«
»Tut mir leid, Frau Martin. Offensichtlich haben meine Kollegen von der Streife etwas übereifrig gehandelt. Sie dachten wahrscheinlich, Sie wollten sich widersetzen. Das kommt bei Verdächtigen häufiger vor.«
»Verdächtigen?«
Also doch! Viktoria hatte die Lage richtig eingeschätzt. Auch die Polizei brachte mich mit dem Mord in Verbindung.
»Ich verstehe das Ganze nicht. Mehrfach habe ich Ihnen erklärt, wie der Blutfleck auf meine Bluse kam. Wieso glauben Sie, ich sei verdächtig?«
Er saß zurückgelehnt auf seinem Schreibtischstuhl und fixierte mich nachdenklich, während er mit über seinem Bauch zusammengefalteten Händen einen schnellen Takt mit den Daumen trommelte.
»Solange wir den Täter nicht haben, ist jeder verdächtig. Leider gibt es einige Ungereimtheiten, die wir zu klären haben. Sicher erinnern Sie sich, dass wir am Sonntag Ihre Fingerabdrücke genommen haben?«
»Ja, Sie sagten, Sie müssten von jedem Anwesenden die Fingerabdrücke haben, weil sie hofften, durch Vergleiche die Abdrücke des Mörders herausfiltern zu können.«
»Ja, das sagte ich, Frau Martin. Soweit ich mich erinnere, benutzen Sie, glaube ich, Papiertaschentücher?«
»Ja. Was soll die Frage?«
»Welche Sorte?«
»Meistens die Tücher aus Recyclingpapier. Ich kaufe umweltbewusst ein. Warum interessiert Sie das?«
»Benutzen Sie diese Sorte?«
Er zog aus seiner Schublade eine Plastiktüte mit einem

angefangenen Paket Papiertaschentücher meiner bevorzugten Marke.
»Ja.«
Ich wusste beim besten Willen nicht, was der Hauptkommissar mit den Papiertaschentüchern wollte.
»Frau Martin«, er beugte sich über seinen mit Akten voll belegten Schreibtisch zu mir vor, »Wissen Sie, wo wir dieses Paket Taschentücher gefunden haben?«
Ich schüttelte arglos den Kopf.
»Unter dem alten Kleiderschrank, in dem Sie die Leiche von Carl Rebmann gefunden haben. Und wissen Sie, wessen Fingerabdrücke darauf waren?«
»Woher soll ich das wissen, ich bin keine Hellseherin.«
Sein Frage- und Antwortspiel behagte mir nicht.
»Ihre.«
Er lehnte sich auf seinem Stuhl zurück und beobachtete die Wirkung seiner Worte auf mich. Zunächst war ich sprachlos. Ich hatte außer dem Schrank nichts angefasst.
»Das verstehe ich nicht.«
»Eine solche Antwort habe ich erwartet. Sie glauben nicht, wie oft ich das aus dem Mund von Tätern gehört habe.«
»Tätern? Sie halten mich für die Mörderin?«, fragte ich entsetzt.
»Wie gesagt, es gibt Ungereimtheiten. Wir haben Ihre Abdrücke als einzige am Türgriff und der Tür zum Rokokosalon gefunden. Teilabdrücke waren am Schlüssel. Was für eine Erklärung haben Sie dafür?«
»Am Schlüssel bin ich hängen geblieben und habe ihn in die Tür gesteckt«, erläuterte ich.
»Hm, vermutlich war die Tür kurze Zeit verschlossen,

während der Raubmord geschah. Garantiert wollte der Mörder sicher gehen, nicht überrascht zu werden. Wie gesagt, es waren ausschließlich Ihre Abdrücke dort zu finden. Haben Sie dafür eine Erklärung?«
»Das verstehe ich nicht.«
»Sie wiederholen sich, Frau Martin.«
Er schaute mich abwartend an, während ich fieberhaft versuchte, einen Grund zu finden, warum nur meine Fingerabdrücke am Türschloss gewesen waren. Jetzt zeigte sich, wie das Lesen von Krimis den Verstand schulen konnte.
»Wenn nur meine Fingerabdrücke dort waren, könnte der Mörder das Türschloss und den Schlüssel nach dem Mord abgewischt haben. Sonst müssten jede Menge Abdrücke zu finden sein.«
»Hm. Leider haben wir weitere Fingerabdrücke von Ihnen gefunden, zum Beispiel an der Schranktür.«
»Das ist logisch. Ich habe die Tür geöffnet.«
Er nickte.
»Wir haben außerdem Ihre Fingerabdrücke auf weiteren sehr wichtigen Beweisstücken gefunden. Und das Frau Martin, wundert mich am meisten.«
Ich starrte ihn verwirrt an und flüsterte fast.
»An was für einem Beweisstück denn?«
Er holte zunächst ein Plastiktütchen mit einem Speichermedium aus seiner Schublade, dann den an ihn adressierten Umschlag, den Viktoria und ich geschrieben hatten. Ich hätte mich am liebsten in Luft aufgelöst.
»Das ist vermisste Aufnahme aus der Überwachungsanlage, die wir seit dem Mord gesucht haben und die heute Morgen in unserem Postkasten lag. – Wie erklären Sie mir dies?«

Vorerst gar nicht. Ich saß zusammengesunken vor ihm und verfluchte Viktoria innerlich auf die schlimmste Weise. Warum hatte ich mich von ihr überreden lassen, die Aufnahme anzusehen? ›Sei nicht ungerecht, Sam‹, belehrte mich mein Verstand, ›Du warst selbst neugierig.‹
Warum waren wir nicht auf die Idee gekommen, unsere Fingerabdrücke abzuwischen? Das wäre einem Profi nicht passiert. Schlagartig wurde mir klar, wie die Taschentücher unter den Schrank gekommen waren. Sie mussten Viktoria beim Durchsuchen meiner Handtasche herausgefallen sein. Verflixt, was hatte mir diese Verrückte eingebrockt?
»Ich höre, Frau Martin.«
Hauptkommissar Melzner klang barsch.
Es hatte keinen Zweck, ihn anzulügen. Mir fiel keine geeignete Ausrede ein. Zähneknirschend erzählte ich Melzner die Wahrheit. Es war sonst nicht meine Art eine Freundin anzuschwärzen. Aber war Viktoria überhaupt eine Freundin? Ich kannte sie doch kaum.
»Habe ich Sie nicht gewarnt und Ihnen gesagt, Sie sollten sich von Viktoria von Langen fernhalten.«
Ärgerlich schlug Hauptkommissar Melzner mit der flachen Hand auf den Tisch.
»Sie wirkte vertrauenswürdig«, wandte ich zaghaft ein.
»Ja, natürlich. Zwei verwandte Seelen haben sich gefunden. Das hatte ich befürchtet, als ich Ihre Krimi-Bücherwand entdeckte. Es gibt nichts Schlimmeres für Kriminalbeamte, als wenn neugierige Bürger sich anmaßen, Detektiv spielen zu wollen. Falls Sie es nicht wissen sollten, das ist Privatpersonen in Deutschland verboten. Ich könnte Sie wegen Unterschlagung von Beweismaterial und Irreführung der Polizei anzeigen.

Ist Ihnen das klar?«
»Mich? Ich habe die Aufnahme nicht entwendet, im Gegenteil!«
»Ich sagte, ich könnte. Treffen Sie sich nicht mehr mit Frau von Langen. Dann lasse ich Sie in Ruhe, verstanden?!«
Ich nickte eingeschüchtert. Er erinnerte mich stark an meinen Vater und dessen Zurechtweisungen.
»Gut, zeigen Sie mir jetzt den Mörder. Mit dem Phantombild kommen wir nicht weiter. Hat Frau von Langen Ihnen erzählt, was Sie tun wird, nachdem Sie ihr den Mörder gezeigt haben.«
»Nein«, diesmal log ich.
Alles musste dieser Bullerkopf nicht wissen. Schließlich war es kein Verbrechen, wenn sie sich mit ihren Kollegen unterhielt und die Beerdigung ihres Chefs besuchte. Er führte mich in einen anderen Raum. Bereitwillig zeigte ich ihm den Mörder, den die Überwachungskamera aufgezeichnet hatte.
»Das ist der Mann mit dem Sie auf der Treppe zusammengestoßen sind und der sich bei Ihnen festgehalten hat? Sind Sie sicher? Möchten Sie sich die Aufzeichnung noch einmal ansehen?«, fragte er mich irritiert.
»Und wenn ich sie mir hundert Mal ansehe. Das ist der Mörder«, erklärte ich ihm fest.
Er holte aus seiner Tasche das zusammengefaltete Phantombild, das nach meiner Aussage angefertigt worden war und wedelte damit vor meiner Nase herum.
»Finden Sie nicht, dass zwischen diesem Bild und dem Mann, den Sie mir gerade gezeigt haben, ein ziemlich großer Unterschied besteht?«
»Eine gewisse Ähnlichkeit ist aber da. Ich habe Ihnen

bereits am Sonntag gesagt, wie schwierig es für mich war, das Bild zu erstellen, weil ich ihn von unten nach oben gesehen habe«, rechtfertigte ich mich.
»Sie sollten sich eine Brille kaufen, Frau Martin. Es sei denn, Sie haben absichtlich ...«, er unterbrach sich und fuhr mit einer völlig anderen Frage fort. »Haben Sie zufällig die Absicht das Land zu verlassen?«
Ich sah ihn verwundert an.
»Warum fragen Sie mich das?«
»Es ist Urlaubszeit und wir haben im Kindergarten ein Hinweisschild gesehen, er würde in Kürze für drei Wochen schließen. Fahren Sie weg?«
Er ging nicht auf meine Frage ein.
»Ja, ich wollte nach Kreta, warum?«
»Wo haben Sie das Geld für diese Reise her?«
»Ich wüsste nicht, was Sie das angeht.«
»Ich würde gern Ihre Finanzen überprüfen. Dazu brauchen wir Ihre Einwilligung.«
»Das wird ja immer schöner«, ereiferte ich mich. »Dazu haben Sie kein Recht.«
»Soll ich annehmen, Sie seien nicht bereit mit der Polizei zusammenzuarbeiten, weil Sie als Komplizin des Mörders einiges zu verbergen haben?«

4

Viktoria hatte ich aus meinem Leben gestrichen. Nach allem, was sie angerichtet hatte, hielt ich es für ratsamer, Melzners Rat zu folgen. Noch immer spukte in mir der Funke eines Verdachts herum, Viktoria könne selbst die Komplizin des Mörders sein, egal wie unschuldig sie wirkte. Deshalb hatte ich nicht auf ihre zahlreichen Anrufe reagiert und getrost meinen Anrufbeantworter laufen lassen. Statt mich weiterhin mit dem realen Mord an Carl Rebmann zu beschäftigen, widmete ich mich meinen Kriminalromanen. Da bekam ich die Lösung mitgeliefert und brauchte mich nicht mit der Polizei herumzuärgern. Gerade steckte ich in einem brisanten Mordfall und lutschte zur Beruhigung an einem braunen, knubbeligen Lolli mit Schokogeschmack, den mir Tönnchen großzügig geschenkt hatte.
Stürmisch klingelte es an meiner Wohnungstür. Wahrscheinlich war es einer dieser lästigen Vertreter, die ausgerechnet während meiner ersten beiden Ferientage die Gegend unsicher machten. Einer hatte mir ein Zeitschriftenabonnement aufschwatzen wollen, ein anderer den neuesten Staubsauger. Nun schienen sie sogar abends unterwegs zu sein. Erst beim dritten Klingeln, siegte meine Neugier und ich schaute durch den Türspion.
Draußen stand ein großer, schlanker Mann mit hellblonden, etwas zipfeligen Haaren. Er stützte sich mit einer Hand am Türrahmen ab und präsentierte mir seinen Rücken. Die Hinteransicht seines bunten Hemdes mit den aufgerollten Ärmeln war zwar nicht uninteressant, sein Gesicht wäre mir lieber gewesen. Als

hätte er meine Gedanken gehört, drehte er sich um und drückte erneut den Klingelknopf. Ich erkannte ihn sofort. Er war Viktorias Sohn, den sie mir auf der Aufnahme gezeigt hatte.
»Wer sind Sie?«, fragte ich trotzdem und öffnete die Tür einen Spaltbreit
»Oliver von Langen«, nuschelte er kaum verständlich und strahlte mich aus seinen Augen an, die fast die gleiche saphirblaue Farbe hatten, wie die seiner Mutter.
»Was wollen Sie?«
»Äh ... ich wollte ... ha, ha, ha«, ein Lachanfall brach aus ihm hervor, der im Treppenhaus widerhallte.
Er erschien mir etwas merkwürdig, doch da ich Viktoria bereits kannte, wunderte ich mich nicht übermäßig über das Verhalten ihres Sohnes. Offenbar neigte die gesamte Familie zu sonderbaren Auftritten. Unversehens öffnete sich die Haustür auf der gegenüberliegenden Seite des Flures. Mir schwante seit längerem, dass mein Nachbar, der miesepetrige, alte Knasterbart, wie ich ihn insgeheim titulierte, seine Zeit damit verbrachte, hinter Türen zu lauern, um sich über seine Mitmenschen aufregen zu können.
Prompt empörte er sich: »Das ist ruhestörender Lärm. Wenn das nicht aufhört, rufe ich die Polizei.«
Oliver von Langen drehte sich zu ihm um, murmelte: »Tschuldigung« und hielt sich mir zugewandt eine Hand vor den Mund, um weiter in sich hineinzukichern. Angesichts des Knasterbartes, meiner aufkeimenden Neugier und der ansprechend lächelnden, blauen Augen, fragte ich ihn unwillig, ob er eintreten wollte. Er wollte. Unsicher folgte er mir ins Wohnzimmer und sah sich suchend um. Schließlich lehnte er

sich gegen die Ecke meiner Couch. Verlegen kramte er mit einer Hand in seiner Hosentasche, während die andere gegenruderte, als wollte er das Gleichgewicht nicht verlieren.
»Warum haben Sie gelacht?«
Sofort machte seine Unsicherheit einem breiten Grinsen Platz. »Sie ... äh ... Schoklade«, gluckste er und zeigte mit seinem Finger auf meinen Mund.
Ich verschwand kurz in den Flur und blickte in den großen Spiegel, der meinen kleinen Flur ein wenig größer erscheinen ließ. Mein Mund wurde von verschmiertem Schoko-Lolli wenig dekorativ eingerahmt. Na schön, das war sicher kein alltäglicher Anblick bei einer erwachsenen Frau. Aber musste er deswegen derart irre lachen? Ich wusch mir schnell den Mund ab.
»Was wollen Sie hier?«, fragte ich ihn forsch, als ich zurückkam.
Er lehnte beharrlich an meiner Couch, als hätte ich ihn wie einen nicht gebrauchten, zusammengefalteten Schirm dort abgestellt.
»Bitte, Entschuldigung, aber...meine Mutter, äh, ist nicht hier, oder?«
»Sehen Sie sie irgendwo?«
Ich überlegte, was ihn veranlasst haben konnte, seine Mutter bei mir zu suchen.
»Äh, nein ..., ich wollte ..., äh, hat sie versteckt ...äh ... ich kenne meine Mutter, äh, wissen Sie?«
»Ah, ja.«
Langsam begann ich mich zu fragen, ob der junge Mann überhaupt in der Lage war, einen ganzen Satz grammatisch einwandfrei mit Prädikat, Subjekt und Objekt, ohne ›äh's‹ und langatmige Pausen herauszubringen.

»Ich bin sehr beschäftigt. Sagen Sie mir, was Sie hier wollen.«
»Oh, ja, äh, ... Verzeihung, ich weiß nicht ..., äh, is' schwierig, äh, zu er-erkläre-ren.«
Jetzt fing er auch noch an zu stottern. Armer Junge, was hatte Viktoria bloß aus ihm gemacht. Als Erzieherin mit einem leichten Faible für Psychologie war mir klar, wie sehr eine dominante Mutter die Persönlichkeit ihres Kindes negativ beeinflussten konnte. Trotzdem hatte ich keine Lust, mich weiter mit dem offenbar erziehungsgeschädigten Knaben auseinander zusetzen.
»Wie gesagt, Viktoria ist nicht hier und da Sie mir nicht sagen können, worum es geht, sollten Sie gehen.«
Ich zeigte in Richtung Wohnzimmertür und dachte, er würde meine Wohnung genauso schnell verlassen, wie er hereingekommen war. Als hätte ich ihm eine Ohrfeige verabreicht, ließ er sich mit einer Kehrtwendung auf die Couch fallen und starrte mich ungläubig an. Kein Wort, kein ›äh‹, nur Schweigen.
»Die Tür ist dort«, wies ich ihn höflich, aber mit zunehmender Schärfe an.
Er stierte weiter vor sich hin, als würde er jeden Moment einschlafen. Sein Anblick erinnerte mich unwillkürlich an den Besuch einer psychiatrischen Anstalt während meiner Ausbildung. Einige der Patienten hatten genauso irrsinnig geguckt. Gab es bei den von Langens etwa vererbbare Geisteskrankheiten? In einem Krimi, den ich einst gelesen hatte, brachte der psychisch kranke Sohn einer Frau alle ihre Freunde aus Eifersucht um. Carl Rebmann musste etwa in Viktorias Alter gewesen sein und bei ihrer frivolen Einstellung...

Mir traten jäh Schweißperlen auf die Stirn. Wie hatte ich so dumm sein können, ihn hereinzulassen?

»Raus hier!« Ich versuchte, meiner plötzlich heiseren Stimme einen ruhigen Klang zu geben und wies mit meiner Hand in Richtung Tür.

»Toll.« Laut und deutlich kam dies Wort aus seinem Mund.

»Was ist toll?«

»Sie.«

Er versuchte sich von meiner Couch zu erheben, doch seine Beine knickten weg. Schon saß er wieder in den Polstern. Irgendetwas stimmte nicht mit ihm.

»Fehlt Ihnen etwas?«

Meine Hilfsbereitschaft schlug durch. Ich beugte mich beim Sprechen zu ihm herunter, wie ich es bei meinen Kindern tat, um nicht durch meine Größe einschüchternd zu wirken. Endlich roch ich zwischen Pfefferminzbonbonschwaden seine Alkoholfahne.

»Sind Sie etwa betrunken?«

»Ja.«

Es klang mehr wie das Japsen eines Hundes. Ich wollte mich aufrichten, um alkoholfreie Luft einatmen zu können, da schlangen sich seine Arme krakenartig um meinen Oberkörper und zogen mich zu sich herab.

»He, was soll das? Lassen Sie mich sofort los!«

Statt einer Antwort drückte er mir einen minzigen, alkoholversetzten Kuss auf die Lippen. Erschrocken riss ich mich los. Hatte er eine ähnlich schamlose Einstellung wie seine Mutter? Wollte er mich am Ende vergewaltigen? Als seine Hände erneut nach mir griffen, schlug ich ihm voller Wucht mit meiner rechten Faust unter das Kinn. Augenblicklich fiel er in sich zusammen.

Ungläubig starrte ich auf meine sonst friedliche Hand. Sie hatte soeben einen Mann niedergeschlagen.

»Hm, es ist tatsächlich mein Sohn Oliver.«
Viktoria betrachtete kopfschüttelnd den friedlich vor sich hin schnarchenden Mann auf meiner Couch.
»Als du mich anriefst, dachte ich, du seist betrunken. Mein Sohn trinkt nämlich nicht.«
»Das sehe ich.«
»Du glaubst mir nicht, was?«
»Angesichts seines Zustandes ist das ein bisschen viel verlangt. Sogar hinterhältig geküsst hat er mich. Ich dachte, er wollte mich vergewaltigen.«
Ich war noch immer verwirrt über sein Verhalten.
Viktoria schüttelte den Kopf. »Das würde Olli nie tun, glaub mir. Und was ist gegen einen Kuss einzuwenden? Ich fürchte, Kindchen, du bist viel zu verklemmt.«
Sie legte mütterlich ihren Arm um mich. »Aber wenn ich es mir recht überlege, passt ihr beide in diesem Punkt gut zusammen. Olli ist genauso. Umso mehr wundert mich sein Verhalten. Er ist sonst die Treue in Person und seit fünf Jahren mit dem blödesten Weib verlobt, das ich je kennen gelernt habe. Aber möglicherweise wird er endlich vernünftig und legt sie ad acta.«
Überlegend sah sie mich an. »Eigentlich würdest du mir als Schwiegertochter weitaus besser gefallen. Würde dir Olli auch gefallen? Er ist wirklich ein lieber Kerl und schlecht sieht er nicht aus.«
Sicher sah er nicht schlecht aus. Glattrasiertes, rundes Kinn, eine kräftige, hübsch geformte Nase und der Mund schien sogar im Schlaf leicht zu lächeln. Er er-

innerte mich an eines meiner Kindergartenkids, nur dass er ein bisschen zu lang geraten war.
»Findest du ihn nicht ein bisschen zu jung für mich?«
»Zu jung? Er ist fast siebenundzwanzig, genau das richtige Alter.«
»Und ich bin einunddreißig. Nein danke, es reicht mir, wenn ich im Kindergarten auf meine Kinder aufpassen muss. Abgesehen davon, habe ich vom männlichen Geschlecht seit meiner Scheidung die Nase gestrichen voll.«
»Gerade dann solltest du für neue Beziehungen offen sein. Das ist die beste Medizin.«
»Bei dir vielleicht. Ich habe im Moment keinen Bedarf. Erst recht nicht mit so einem Kindskopf.«
»Na, ja manchmal ist er das. Aber so sind die Männer, egal wie alt sie sind.« Viktoria grinste erfahren.
»Meinst du das interessiert mich? Was machen wir mit deinem Söhnchen? Falls du überlegst, ihn hier pennen zu lassen, vergiss es. Mit deinem angeblich verklemmten Knaben bleibe ich nicht allein in der Wohnung.«
»Keine Sorge, ich bleibe ebenfalls hier.«
In der ihr eigenen Selbstverständlichkeit machte sie es sich in meinem Liegesessel bequem, in dem ich vorher meinen Krimi gelesen hatte.
»Findest du es richtig von anderer Leute Wohnung Besitz zu ergreifen, ohne sie vorher zu fragen?«
»Wenn du es schaffst, den Bengel mit mir in dein Auto zu hieven und uns nach Hause fährst, machen wir 'ne Biege. Auf meinem Motorrad kann ich ihn in diesem Zustand schlecht mitnehmen.«
»Motorrad?!?«
»Ja, es gibt nichts Geileres, als auf 'nem heißen Ofen zu fahren. Aber ich kann nur einen Hintermann ge-

brauchen, der sich festhalten kann.«
Ich gab es auf. Ärgerlich schnappte ich meinen Krimi und machte mich in Richtung Schlafzimmer auf.
»Das Klo ist geradeaus. Von mir aus nimm meine Wolldecke zum Zudecken. Und nun: Gute Nacht!«
Sie hielt mich fest. »Moment mal, Sam. Jetzt verschwindest du nicht. Ich muss mit dir reden.«
»Muss das sein?« Ich konnte mir vorstellen, was sie wollte. »Hat Melzner dich ebenfalls verhört?«
»Allerdings. Der Mistkerl hat mich zur Sau gemacht und gedroht, mich anzuzeigen. Ich könnte mich ohrfeigen, weil ich nicht an unsere Fingerabdrücke gedacht habe. Tut mir leid, deswegen warst du bestimmt sauer auf mich.«
»Nicht allein deswegen. Du hast beim Durchsuchen meiner Tasche meine Taschentücher ...«
»Ja, ja«, unterbrach sie mich schuldbewusst, »Du brauchst mir nicht alle meine Fehler unter die Nase zu reiben. Es ist eben noch kein Detektiv vom Himmel gefallen. – Aber halt dich fest, was Olli und ich herausgefunden haben: Melzner ist in den Raubmord an Carl Rebmann verstrickt.«
Ich glaubte meinen Ohren nicht trauen zu können. Jetzt war sie endgültig abgedreht.
»Hauptkommissar Melzner ist Polizeibeamter.«
»Na und? Das macht ihn zu keinem besseren Menschen. Was glaubst du, wie viele käufliche Polizisten es gibt? Du weißt selbst, wie die Lebenshaltungskosten in den letzten Jahren gestiegen sind und Polizisten sind keine Großverdiener.«
»Such dir eine andere Dumme für deine Märchen. Oder führe ein nettes Gespräch mit einem Psychologen.«

Ich entfernte demonstrativ ihre Hand von meinem Arm, um mein Wohnzimmer zu verlassen.
»Warte! Das ist die Wahrheit. – Hier sieh dir das an.«
Sie kramte aus ihrer Jackentasche ein Handy heraus und zeigte mir ein Foto. Zwei Männer in dunklen Anzügen standen dicht nebeneinander auf einem Friedhof und schienen sich zu unterhalten. Die Auflösung war nicht gut, doch Hauptkommissar Melzner konnte ich erkennen. Und der andere war ... der Mörder!
»Das gibt es nicht!«
Fassungslos starrte ich auf das Foto und versuchte fieberhaft einen belanglosen Grund zu finden, warum die Männer sich unterhalten haben könnten.
»Möglicherweise hat Hauptkommissar Melzner ihn verhört?«
»Verhört? Auf der Beerdigung von Carl Rebmann? Nein, Kindchen, das halte ich für ausgeschlossen. Die kannten sich. Erst haben sie so getan, als würden sie sich nicht kennen. Dann haben sie sich wie zufällig zusammengestellt, kurz miteinander geredet – da hat Olli auf den Auslöser gedrückt. Ein flüchtiges Nicken, dann sind sie getrennt weggegangen.«
»Dafür muss es eine harmlose Erklärung geben. Er könnte ein verdeckter Ermittler sein.«
Ich tippte auf den Mann, der seinen Blutfinger auf meiner Bluse hinterlassen hatte.
»Och, Sam, ich verstehe ja, wie schwer es dir fällt, an eine Verflechtung zwischen Mörder und Kommissar zu glauben. Olli und mir ging es ähnlich. Aber was hätte ein verdeckter Ermittler *vor* einem Mord auf dem Schloss zu suchen? Und selbst wenn du Recht hättest, was ich nicht glaube, auch ein verdeckter Ermittler darf keinen Menschen umbringen. Wie ich auf Umwe-

gen aus Melzner herausbekommen habe, stammte der Blutfleck an deiner Bluse hundertprozentig von Carl Rebmann. Nur der Mörder konnte mit Rebmanns Blut in Berührung kommen.«
»Ich glaube es trotzdem nicht. Es muss eine plausible Erklärung geben.«
Natürlich wusste ich aus den Medien von korrupten Polizisten, aber als ich jetzt damit konfrontiert wurde, erschütterte dies meinen Glauben an die Gesetzeshüter allzu sehr.
»Und was hättest du für eine Erklärung zu bieten?«, fragte sie herausfordernd.
Keine. Trotzdem ...
»Ich kann es nicht glauben«, wiederholte ich stoisch.
Viktoria schüttelte den Kopf.
»Du wirst es glauben müssen. Oder hast du dich beim Identifizieren des Mörders geirrt?«
»Nein, der war es«, trumpfte ich auf.
»Das wusste ich. Du besitzt meiner Meinung nach eine gute Beobachtungsgabe. Und ich besitze einen guten Instinkt. Der hat mich von Anfang an vor Melzner gewarnt.«
»Der Mörder könnte einen Zwillingsbruder haben«, fiel mir eine mögliche Erklärung ein.
Viktoria betrachtete mich geringschätzig. »Glaubst du an den Weihnachtsmann? – Willst du wissen, wie es auf der Beerdigung weiterging?«
Ich nickte, noch immer nicht bereit das Unfassbare zu glauben.
»Olli ist hinter Melzner her. Der ist aufs Revier gefahren. Ich habe mich an den Mörder gehängt. Blöderweise habe ich ihn verloren«, räumte sie mürrisch ein.
»Hast du wenigstens die Autonummer? Über die müss-

te rauszukriegen sein, wo er wohnt und wer er ist?«
Hatte ich das gefragt? Was gingen mich Viktorias Detektivspiele an? Ich würde in einigen Tagen nach Kreta fliegen und dann konnte sie mich einmal.
»Er ist dummerweise mit der Stadtbahn gefahren, die gegenüber vom Stöckener Friedhof eine Haltestelle hat. Rebmann ist dort in einem Familiengrab beerdigt worden. Ich dachte natürlich, der Mörder würde mit dem Wagen fahren und habe auf meiner Maschine gewartet. Bevor ich begriff, dass er nicht mit Auto dort war, kam die Bahn und er war weg. Ich bin neben der Bahn hergefahren und wollte schnell an der Uni parken und in die Bahn einsteigen. Aber ehe ich mein Motorrad abgestellt hatte und die Bahn erreichen konnte, schlossen sich ihre Türen und sie ist ohne mich abgefahren.«
Ihr Gesicht spiegelt deutlich wieder, wie sie sich darüber geärgert hatte.
»Wie du weißt, fährt die Bahn ab der nächsten Haltestelle Königsworther Platz unterirdisch weiter. Somit konnte ich eine weitere Verfolgung vergessen. – Aber da wir wissen, dass Melzner korrupt ist, beschatten Olli und ich ihn abwechselnd. Vielleicht begeht er einen Fehler.«
»Und was macht Olli jetzt hier?«
»Das frage ich mich schon die ganze Zeit.«

Der nächste Morgen war ein Samstag. Ich liebte meine freien Wochenenden. Da konnte ich ausschlafen und musste mich nicht in aller Frühe aus dem Bett quälen, um zu meinen Kindern in der Südstadt zu kommen.
»Mann, bist du eine Schlafmütze.« Viktoria zog mir gnadenlos die Bettdecke weg, während ich versuchte

meine Gedanken zu ordnen. Mein erster Blick fiel auf meinen Wecker. Es war zehn Minuten nach sieben.
»Weißt du wie spät es ist?«
»Olli ist aufgewacht.«
»Wie schön für ihn, dass er nicht an einer Alkoholvergiftung gestorben ist.«
Ich zog mir die Decke über den Kopf. Zu dieser frühen Stunde holte mich niemand aus dem Bett. Viktoria schien das zu bemerken, denn sie verschwand mit wütendem Gemurmel aus meinem Schlafzimmer. Plötzlich wurde mein Deckbett weggerissen. Bevor ich etwas sagen konnte, klatschte kaltes Wasser auf mein Gesicht. Ich schrie erschrocken auf und öffnete meine Augen. Viktoria stand mit einer Tasse in der Hand über mir und sah mich missbilligend an.
»Raus mit dir! Es gibt einiges zu regeln.«
»Wie?«
Ich verstand kein Wort.
»Ach, Sam, wir waren uns gestern Abend einig geworden, den Fall selbst zu lösen.«
»Waren wir das?«
Ich konnte mich nicht daran erinnern.
»Du kriegst gleich noch 'ne kalte Dusche ab, wenn du nicht augenblicklich wach wirst. Ich brauche dich jetzt. Olli hat gestern den Mörder kennen gelernt.«

Die Observierung Melzners war ein voller Erfolg gewesen. Der Hauptkommissar hatte sich nachmittags mit dem Mörder in einem Café am Kröpke getroffen, wo die beiden an den draußen stehenden Tischen mit Mühe zwei der heiß begehrten Plätze ergattert hatten. Am Kröpke pulsierte das Leben Hannovers. Der Platz mit seiner nach ihm benannten schmiedeeisernen Uhr bildete das Herz der Innenstadt. Hier trafen aus verschiedenen Richtungen die Fußgängerzonen aufeinander, die einen autofreien Einkauf in den Kaufhäusern und Boutiquen der Innenstadt ermöglichten. Unter dem Platz befand sich der zentrale U-Bahn-Haltepunkt, an dem tägliche Tausende von Pendlern und Besuchern aus-, ein- und umstiegen.

Olli hatte sich in der Nachmittagssonne auf einer dem Café gegenüberliegenden Mauer eines U-Bahn-Abganges niedergelassen. Von dort hatte er beobachten und fotografieren können, wie Melzner und der Mörder zwei größere Umschläge ausgetauscht hatten. In Melzners Umschlag war Geld gewesen. Er hatte später mit einem Schein aus dem Umschlag die Getränke bezahlt, bevor sich die beiden Männer Hände schüttelnd verabschiedet hatten. Im Gegensatz zu Viktoria hatte ihr Sohn mehr Glück mit der Verfolgung gehabt. Der Mörder war vom Kröpke aus in ein nahe gelegenes Reisebüro gegangen. Anschließend war Olli ihm quer durch die Kaufhäuser gefolgt und hatte aus seinen Einkäufen – Sonnenschutzmittel Faktor 20, Badehose, T-Shirts, Sommerhose, Filme – auf eine Reise in sonnige Regionen geschlossen. In den frühen Abendstunden hatte er sich schließlich in einem Steakrestaurant in der Nähe vom Kröpke niedergelassen.

Olli hatte sich unter dem Vorwand dazugesetzt, es sei kein anderer Tisch mehr frei. Geschickt hatte er den Mörder, der sich als Björn Schneider vorgestellt hatte, in ein Gespräch verwickelt. Nach mehreren Tequilas auf Ollis Rechnung hatte er erfahren, dass Schneider zwei Tage später nach La Palma fliegen würde, angeblich um Urlaub zu machen. Durch ein paar trickreiche Fragen hatte der clevere Olli sogar herausbekommen,

wo Schneider beabsichtigte abzusteigen, in Los Cancajos im Hotel Hacienda. Leider war der gute Olli nicht besonders trinkfest. Da auch Schneider der Alkohol zu Kopf gestiegen war, hatte Olli ihn überreden können, sich mit ihm zusammen ein Taxi zu bestellen. Schneider wohnte im nordöstlichen Stadtteil Bothfeld gegenüber einer Stadtbahnhaltestelle. Nun wunderte es uns nicht mehr, warum er zur Beerdigung von Rebmann stressfrei mit der Stadtbahn gefahren war, statt sich mit dem Auto durch die viel befahrene Innenstadt zu quälen. Nachdem Schneider ausgestiegen war, hatte Olli sich mit dem Taxi zu seiner Mutter bringen lassen, um ihr die Neuigkeiten zu berichten, sie aber nicht angetroffen. In seinem Rausch war ihm eingefallen, seine Mutter bei mir zu suchen. Sie hatte mich mit einem Besuch überrumpeln wollen, statt ewig mit meinen Anrufbeantworter zu telefonieren.
»Wo warst du gestern eigentlich, Mutter?«
Olli saß mit blassem Gesicht an meinem Frühstückstisch und rührte missmutig im Müsli, das ich meinen Gästen vorgesetzt hatte.
»Vielleicht war ich zu Sam unterwegs?«
Das war geschwindelt, denn ich hatte Viktoria erst eine gute Stunde nach Ollis Auftauchen Zuhause erreichen können.
»Hm, verstehe.«
Ollis Gesicht überzog sich mit einem leichten, rötlichen Schimmer, während er unwillig auf seinen Kaffeebecher starrte.
»Gar nichts verstehst du. Stattdessen solltest du dich bei Sam entschuldigen. Sie dachte, du wolltest sie vergewaltigen und hat dich in ihrer Angst k.o. gehauen«, grinste Viktoria ihn an.

Olli starrte sie ungläubig an.
»Das ist nicht witzig. Ich würde mich nie an einer Frau vergreifen.«
Dann schien ihm etwas einzufallen. Gedankenverloren fuhr er sich mit der Hand über sein Kinn, bevor er mich mit seinen blauen Augen verwirrt anschaute.
»Oder habe ich mich daneben benommen?«
»Du hast sie abgeknutscht«, beantwortete Viktoria glucksend seine Frage.
»Oh, dann habe ich das nicht geträumt.« Ollis Blick senkte sich schuldbewusst. »Das muss der Tequila gewesen sein. Da habe ich dich scheinbar mit meiner Verlobten verwechselt. Tut mir wirklich leid, Sam, äh, Frau Martin.«
»Macht nichts.«
Bei näherer Betrachtung machte Olli einen recht sympathischen Eindruck auf mich. Umso mehr schämte ich mich wegen meiner Überreaktion. Schläge gehörten normalerweise nicht zu meinem Kommunikationsverhalten.
»Bleiben wir ruhig beim du und bei Sam«, erklärte ich großzügig.
Er blickte erleichtert auf. Ehe er etwas erwidern konnte, ergriff Viktoria das Wort.
»Da das geklärt ist, können wir endlich weiter über unseren Fall reden.«
»Was hast du vor?«, fragte Olli, der wie ich froh zu sein schien, das Thema Tequila-Kuss beenden zu können.
»Ganz einfach, wir werden Schneider nach La Palma folgen und ihn beschatten. Er wird dort bestimmt das Armband zu Geld machen wollen. Warum sollte er sonst nach La Palma wollen? Dann werden wir ihn von

der dortigen Polizei festnehmen lassen«, erklärte Viktoria bestimmend.

»Das ist unmöglich, Mutter, er würde mich sofort erkennen.«

»Von dir habe ich nicht geredet, Olli. Du bleibst selbstverständlich hier und siehst dich in seiner Wohnung nach möglichen Beweisen um. Sam und ich werden ...«

»Niemals!«, erklärte ich rigoros. »Ich bin doch nicht lebensmüde. Ich fliege in ein paar Tagen nach Kreta. Da habe ich keine Zeit für solche Spielchen.«

»Ich fürchte, Kindchen, dir wird nichts anders übrig bleiben, als deinen Flug umzubuchen. Es ist die einzige Chance den Raubmörder im Auge zu behalten und dabei ertappen zu können, wie er das Armband verkauft. Dann haben wir ihn.«

»Das ist nicht deine oder meine Sache, sondern die der Kripo.«

Viktoria schaute mich mitleidig an.

»Du scheinst es immer noch nicht kapiert zu haben, dass Melzner in der Sache drin steckt. Er wird vom Mörder bezahlt. Das heißt, er wird ihn nicht festnehmen. Er wird stattdessen versuchen, die Schuld jemand anderem in die Schuhe zu schieben, um von seiner Korruptheit und von Schneider abzulenken.«

»Das glaube ich nicht.«

Viktoria schüttelte bekümmert den Kopf. »Du kannst nicht ständig nur das glauben, was in dein heiles Weltbild passt. Das Leben richtet sich nicht danach. Denk einmal an die Zeit des Nationalsozialismus. Da gab es viele Leute wie dich, die nicht glauben mochten, dass Hitler Menschen vergast hat. Bis es zu spät war und seine Diktatur Millionen Opfer gefordert hatte.«

»Das war etwas völlig anderes«, widersprach ich.
Wieder schüttelte sie den Kopf. Diesmal allerdings trat ein schmerzlicher Ausdruck in ihre Augen, den ich bisher nie bei ihr wahrgenommen hatte.
»Das ist nichts anderes. Mein Vater war ein Nazi und er hat seine Stellung ausgenutzt, um sich an den Besitztümern Deportierter zu bereichern. Hör auf, mir weismachen zu wollen, Polizisten wären über jeden Zweifel erhaben.«
»Tut mir leid, das wusste ich«, murmelte ich betreten.
Das ließ ihre Annahme, Melzner sei korrupt, etwas verständlicher erscheinen. Allerdings lebten wir nicht zu Hitlers Zeiten, sondern nach der Jahrtausendwende. Und hier ging es um einen Mordfall. Ich wartete einen Moment bis Viktoria aufhörte, mich vorwurfsvoll anzustarren.
»Selbst wenn du Recht hättest und Melzner tatsächlich bestechlich wäre, würde es nichts bringen, wenn wir dem Mörder nach La Palma folgten. Wir wüssten weder wie wir vorgehen sollten, noch könnten wir uns der spanischen Polizei verständlich machen, falls wir etwas herausfinden sollten.«
»Das wird sich finden. Wir müssen ...«
»Nein«, unterbrach ich sie. »Das ist mir zu gefährlich.«
»Schön, dann bleibst du hier. Aber wundere dich nicht, wenn Melzner dich in Kürze als Komplizin irgendeines Unbekannten festnehmen wird. Wenn du Glück hast, schickt er den dümmlichen Lockenkopf, der dich beobachtet hat. Dem könntest du gegebenenfalls entfliehen und dich irgendwo verkriechen. Melzner entgingest du sicher nicht. Der ist wie ein Pitbull, der sich festgebissen hat.«

»Melzner kann mich nicht festnehmen. Ich habe überhaupt nichts getan. Und was den bärtigen Lockenkopf angeht, habe ich ihn seit dem Montag nach dem Mord nicht mehr bemerkt«, widersprach ich.
»Tja, dann wird Melzner ihn abgezogen haben, damit er sich persönlich um dich kümmern kann. Nach allem, was ich bei den Vernehmungen herausgehört habe, scheint er jede Menge Beweise gegen dich zu haben.«
»Beweise? Er hat von Ungereimtheiten gesprochen. Und das war allein deine Schuld. Ohne deine stümperhaften Detektivspielchen wäre ich nie in Verdacht geraten.«
Ich starrte sie feindselig an.
»Das tut mir leid, Sam«, sagte sie zerknirscht. »Glaub mir, das wollte ich nicht. Aber ganz allein bin ich nicht dafür verantwortlich. Ich habe dich nicht aufgefordert, die Tür und den Schlüssel vom Rokokosalon zu berühren.«
»Trotzdem kann Melzner mich nicht ernsthaft verdächtigen. Ich hätte kein Motiv.«
»Ein Motiv lässt sich zusammenbasteln. Neben Liebe und Hass ist Geld der häufigste Grund für Mord. Ich hoffe, du hast keine Schulden. Das würde dich noch verdächtiger machen.«
»Wegen eines Einrichtungskredites über ein paar tausend Euro würde ich mich nicht an einem Raubmord beteiligen«, begehrte ich auf. »Das wäre total unsinnig.«
»Es sind schon Menschen für zehn Euro ermordet worden. Melzner wird ein Motiv finden. Und sein Rat, dich nicht mehr mit mir zu treffen, zeigt eindeutig, wie viel Angst er hat, wir könnten ihm auf die Schliche kommen.«

Ich schüttelte den Kopf. »Selbst wenn du Recht hättest, Melzner kann sich nicht irgendwelche Beschuldigungen ausdenken, um mich statt des wahren Mörders hinter Gitter zu bringen. Er arbeitet nicht allein an dem Fall.«
»Na und? Er sitzt am längeren Hebel. Wenn jemand eine Ermittlung beeinflussen und Beweismittel fälschen kann, dann er. Versteh endlich, welche Machtposition er hat. Wenn er dich zur Komplizin des Mörders machen will, kann er es ohne Probleme. Selbst wir hatten dich anfangs für verdächtig gehalten. Du hättest im Raum sein und die Tür abschließen können, als der Mörder Rebmann erschlagen hat. Der Mörder ist getürmt, du bist an den Tatort zurückgekehrt ...«
»Das ist schwachsinnig«, unterbrach ich sie. »Warum sollte ich zum Tatort zurückkehren?«
»Du könntest beispielsweise bemerkt haben, dass du deine Taschentücher dort verloren hast. Als du sie holen wolltest, kam ich herein und sah dich. Da du das Armband bei dir hattest, ist dir nichts Besseres eingefallen, als mir von dem angeblich Betrunkenen zu erzählen, in Ohnmacht zu fallen und es auf diese Weise hinauszuschmuggeln. Um die Polizeiarbeit zu behindern und dem Mörder zu helfen, hast du Melzner die Beschreibung einer Person geliefert, die mit dem wahren Mörder keine Ähnlichkeit hat.
Melzner könnte weiter behaupten, du hättest aus diesem Grund die Speicherkarte aus der Kamera gestohlen. Er könnte sagen, du hättest der Polizei den falschen Täter darauf gezeigt: einen unbescholtenen Bürger, über den nach genauester Überprüfung nichts Verdächtiges herausgefunden werden konnte. Spätestens, wenn du nach Kreta fliegen willst, wird er dich

wegen Fluchtgefahr festnehmen. – Wollen wir wetten?«
In meinem Kopf wirbelte alles durcheinander. So wie Viktoria es darstellte, hätte ich tatsächlich als Komplizin angeklagt werden können. Es hatte öfter Justizirrtümer und bestechliche Polizeibeamte gegeben. Das beste Beispiel hatte Viktoria in der eigenen Familie. Aber war Melzner wirklich korrupt und arbeitete mit dem Mörder zusammen? Es fiel mir trotz allem schwer, daran zu glauben. Außerdem war ich nicht die einzige Verdächtige.
»Du und Olli, ihr seid ebenso in der Auktion gewesen. Genauso gut könntest du die Komplizin des Mörders sein und Olli der Mörder.«
Viktoria sah mich verstört an. Auch Olli, der gerade aus seiner Kaffeetasse trinken wollte, setzte diese erschrocken ab, wobei der Kaffee in die Untertasse schwappte. »Du hast Recht. Wir könnten es theoretisch genauso gewesen sein«, stimmte Olli mir zu.
»Wie kannst das von uns glauben? Ich dachte, wir wären Freundinnen, Sam«, fiel ihm Viktoria entgeistert ins Wort.
»Wieso sollte Sam es nicht glauben, Mutter? Wir schneien bei ihr herein, überfallen sie mit verworrenen Verdächtigungen. Ja, du hast sie durch deine Verhaltensweise sogar tiefer in den Fall verstrickt.«
»Das wollte ich nicht. Aber die Fotos von Melzner und dem Mörder auf dem Friedhof sind eindeutig«, warf Viktoria ein.
»Sam könnte denken, ich hätte bei den Fotos getrickst. Wenn ich Sam wäre, wäre ich ebenfalls misstrauisch. Normal ist es jedenfalls nicht, wenn irgendwelche Leute, die nicht das geringste mit der Polizei zu tun

haben, anfangen in einem Mordfall zu recherchieren.«
»Eben«, rutschte es mir heraus.
Er lächelte. »Ehrlich gesagt, war ich nicht begeistert, als meine Mutter sich in den Kopf gesetzt hat, den Fall lösen zu wollen. Aber langsam habe ich mich an ihre Verrücktheiten gewöhnt und verstehe sogar das eine oder andere.«
»Und warum beteiligst du dich an ihren Ermittlungen?«
»Ich arbeite nebenbei für die Tageszeitung. Hat Mutter dir das nicht gesagt? Eigentlich sollte ich Fotos von der Auktion liefern und eine kurze BU ..., also Bildunterschrift, zu dem Armband. Jetzt soll ich weiter an der Sache dranbleiben.«
»Glaubst du wirklich, dass Melzner mit dem Mörder zusammenarbeitet? Oder würde dir das gut ins Konzept passen? Käufliche Polizisten sind bestimmt eine Schlagzeile wert.«
Olli betrachtete mich stirnrunzelnd.
»Ich halte nichts vom Sensationsjournalismus, wie ihn Boulevardzeitungen vertreten. Solange der Mörder nicht gefasst ist, werde ich mit dem, was wir herausgefunden haben, nicht an die Öffentlichkeit gehen. – Hier sieh dir die Fotos an, auch das Datum und die Zeit.«
Er zeigte mir seine Digitalkamera mit den Fotos, die seine Ausführungen bestätigten.
»Aber hättest du sie nicht theoretisch manipulieren können. Ich habe gehört, es gäbe Programme, mit denen sich Fotos verfälschen lassen.«
»Sicher, aber wann und wie hätte ich das tun sollen? Ich bin direkt zu dir gekommen. Um eine glaubhafte Montage herzustellen, bräuchte es am Computer Stunden.«

5

»Würden Sie bitte die Sicherheitsgurte anlegen?«
Eine geschäftsmäßig lächelnde Stewardess überprüfte routinemäßig, ob alle Fahrgäste ihren Sicherheitsgurt angelegt hatten. Ich hatte dies, völlig in Gedanken vertieft, vergessen. Noch immer grübelte ich darüber nach, ob es richtig war, mit Viktoria zu fliegen. Ollis Fotos waren für mich der Ausschlag gewesen. Er hatte mir seine Fotoserie vergrößert am Computer gezeigt. Klar erkennbar hatte Melzner mit dem Mörder an einem Tisch gesessen. Sie hatten Umschläge getauscht und Melzner hatte mit einem Fünfziger aus seinem Umschlag die Kellnerin bezahlt. Eindeutiger konnte seine Bestechlichkeit nicht bewiesen werden.
Trotzdem hatte ich gezögert, meinen Flug von Kreta nach La Palma umzubuchen. Einen Raubmörder zu verfolgen, schien mir keineswegs sicherer zu sein, als einen korrupten Polizeibeamten auf den Fersen zu haben. Das Risiko, dass der Mörder mich erkennen könnte, war mehr als groß. Viktoria hatte beruhigend gemeint, Männer hätten im Allgemeinen ein schlechtes Gedächtnis für Gesichter. Und selbst wenn er mich erkennen könnte, würde er mich kaum aus dem Weg räumen, weil sie mich als Verdächtige brauchten. Um Verständigungsschwierigkeiten mit der spanischen Polizei vorzubeugen, hatte Viktoria sich von einem befreundeten, spanisch sprechenden Anwalt, einen erklärenden Brief aufsetzen lassen.
Ich hatte das Gefühl, von einem nicht enden wollenden Alptraum überrollt worden zu sein. Egal, welche Entscheidung ich traf, es konnte die falsche sein. Bliebe ich hier, wäre ich Melzners Willkür ausgeliefert. Flog

ich nach La Palma, konnte mich der Mörder ausschalten. Allerdings hatte ich dort die Chance, mit meinen Beobachtungen dazu beizutragen, den Mörder zu überführen und meine Unschuld zu beweisen. Dachte ich allerdings an unsere Unwissenheit als Amateurdetektivinnen, fragte ich mich, ob es nicht klüger gewesen wäre, sich einem korrupten Kriminalbeamten auszuliefern und auf die Gerechtigkeit der Justiz zu hoffen.
Unversehens erfasste mich Panik. Warum hatte ich meinen Flug umgebucht? Warum hatte die Dame im Reisebüro nicht sagen können, das ginge nicht? Ich kämpfte mit einem jähen Impuls, schreiend aufzuspringen und in letzter Minute das Flugzeug zu verlassen. ›Flieg‹, lockte plötzlich das kleine Teufelchen in mir. ›Geh einfach ein Risiko ein.‹
›Oder stirb‹, antwortete mein Verstand. Mit ihm traten meine Eltern in meine Gedanken ein. Sie bestätigten meine Ängste und Vorbehalte und schienen mich aus dem Flugzeug zerren zu wollen. ›Du bist als Frau zu schwach, dich mit Kriminellen anzulegen. Was sollen die Leute sagen, wenn du so unvernünftig bist? Wer sich in Gefahr begibt, kommt darin um ...‹
Ihre Beschwörungen lärmten drohend in meinen Ohren. Oder waren es die Turbinen, die angelassen worden waren? Die Turbinen? Ich blickte aus dem Fenster. Zu spät zum Aussteigen! Die Boeing 737 rollte auf die Startbahn zu. Das Flughafengebäude mit dem Hannover-Schriftzug verschwand aus meinem Blickfeld. Die stereotyp lächelnden Stewardessen zeigten, wie im Notfall die Schwimmwesten anzulegen waren und wo die Sauerstoffmasken herausfielen, falls es einen Druckverlust geben sollte. Das Flugzeug kam einen Moment zum Stillstand, die Maschinen wurden lauter,

als würden sie Anlauf nehmen. Das Flugzeug wurde schneller und schneller, bis ich spürte, wie sie sich schwerfällig in die Luft erhob. Die Landschaft und die Häuser unter uns wurden stetig kleiner. Mein Magen machte eine Art Luftsprung. Auf einmal musste ich lächeln.
»Geht's dir gut, Sam?« Viktoria sah mich besorgt von der Seite an.
Ja, es ging mir gut. Mit jedem Kilometer, den wir uns vom Boden entfernten, schien es, als würden meine Ängste und Vorbehalte auf dem Boden zurückbleiben. Ich flog! Ich flog meinen Konventionen davon, hinein in ein verrücktes Abenteuer, dessen Ausgang mehr als ungewiss war.
Als hätte Viktoria meine Gedanken erraten, sagte sie bestätigend: »Du tust das Richtige, Sam. Egal, was uns diese Reise bringt, wir beide werden bestimmt viel Spaß haben.«

Der ›Spaß‹ begann damit, dass Viktorias Reisetasche den Flug nicht unbeschadet überstanden hatte. Der Reißverschluss war aufgegangen und Teile ihrer Kleidung hingen heraus. Besonders dekorativ machte sich auf dem roten Untergrund der Tasche ein spitzenbesetzter, schwarzer BH. Einmal lief die Tasche auf dem Gepäckband herum. Allgemeines Gelächter und Gucken, wem die Tasche gehörte, war die Folge.
»Ist das nicht deine Tasche?«, flüsterte ich Viktoria zu.
»'Türlich! Aber ich kann mich nicht zum Gespött der Leute machen. Ich bin als seriöse alte Dame hier. Und alten Damen tragen keine Reizwäsche.«
»Und wie willst du an deine Tasche kommen?«
»Wir warten, bis wir die letzten sind. Dann holst du die

Tasche. Aber pass auf die Packung mit den Kondomen auf. Die liegen oben. Wäre ärgerlich, wenn sie herausfallen.«
»Kondome?«
»Noch nie was von Aids gehört, hm? Ich will schließlich hundert werden und nicht vorzeitig abkratzen, weil ich ab und zu mit 'nem Kerl ...«
Sie konnte es nicht lassen, mir ihre sexuellen Gepflogenheiten unter die Nase zu reiben. Ich zuckte desinteressiert die Schultern. Die Tasche lief ein zweites und drittes Mal herum, aber die Menschen, die um das Gepäckband standen, wurden nicht weniger.
»Es wird langsam peinlich, Sam. Holst du nun die Tasche?«
»Ich denke nicht daran.«
»Sam, meine ganze Tarnung fliegt auf, wenn ich die Tasche hole. Bitte hol du sie. Du hast dann etwas gut bei mir.«
Sie sah mich flehentlich an. Als die Tasche ein viertes Mal herumlief, fasste ich mir schließlich ein Herz und drängelte mich zwischen Koffern, Gepäckkulis und wartenden Fluggästen hindurch. Mit hochrotem Kopf griff ich die Tasche, schob mich ein paar Schritte rückwärts durch die Menge und prallte prompt gegen jemanden, der hinter mir stand. Ohne mich umzusehen murmelte ich kurz: »Entschuldigung«.
»Oh, das macht gar nichts. Kommen Sie, ich helfe Ihnen«, antwortete eine angenehme tiefe Männerstimme hinter mir.
Sogleich fasste eine starke Hand nach der Tasche, während sich die andere beschützend um meine Schulter legte und mich durch die feixende Menschenmenge an ein freies Plätzchen führte. Dankbar drehte ich mich

zu dem Mann um. »Das war sehr nett von ...«
Entsetzt hielt ich inne. Von einer Sekunde auf die andere schienen sich meine Knie in Pudding zu verwandeln und ich wünschte mir nichts sehnlicher, als im Boden zu versinken. Mit anerkennendem Lächeln ließ der Mörder Björn Schneider seinen Blick über meine Rundungen wandern.
»Gern geschehen,« meinte er.
»Ich ... ich ... muss zu meiner Mutter.«
Mit dem Mut einer Verzweifelten griff ich nach der Tasche und wollte sie mit einer schnellen Bewegung an ihm vorbeischwenken, als die Packung mit Kondomen herausfiel, direkt neben Schneiders Füße. Immer noch lächelnd hob er sie auf.
»Na, wenn das kein Zeichen ist ...«
Ich ließ ihn stehen und rannte geradewegs zu Viktoria.
»Du ...«
»Scht«, zischte sie mir zu. »Mach bloß kein Theater. Denk dran, warum wir hier sind. Benimm dich ganz unauffällig.«
»Unauffällig? Wessen Tasche hat das gerade verhindert?«
»Okay, okay, du hast Recht.« Viktoria tat gelassen. »Bloß nicht nervös werden, Kindchen.«
»Das sagst du so leicht. Hast du nicht gesehen, wer mir geholfen ...?«
Ein Stoß in die Rippen ließ mich verstummen. Ich folgte Viktorias Blick.
»Gestatten, Schneider, Björn Schneider.«
So gut es ging, deutete er in der Menschenmenge eine kleine Verbeugung an und reichte mir mit vielsagendem Lächeln das Päckchen.
»Sie hatten etwas vergessen.«

So eine Skrupellosigkeit! Erst tötete er kaltblütig einen Menschen wegen eines Armbandes und dann flirtete er unverschämt mit mir. Das war zu viel für mein angstgestresstes Nervenkostüm, das den Umgang mit Mördern nicht gewohnt war. Meine neuerdings unberechenbare Hand machte sich selbstständig und gab ihm eine schallende Ohrfeige.
»Wagen Sie es nicht, sich irgendwelche Schwachheiten einzubilden. Die Sachen habe ich für eine Freundin mitgenommen. Verschwinden Sie! Sonst klebe ich Ihnen noch eine.«
Das hatte er sicher nicht erwartet. Jetzt ging es mir besser.
»Verzeihung, aber ich ...« Ich hob warnend die Hand.
»Entschuldigung. Ich gehe.« Seine beschwichtigenden Worte verschwanden mit ihm in der Menschenmenge.
»Mann, bist du ein schlagkräftiges Weib.«
Viktoria schüttelte den Kopf.
»Machst du das mit allen Männern so?«
»Nicht nur mit den Männern«, sagte ich drohend, während ich kritisch meine Hand anstarrte.
Außer in meiner Kindheit hatte ich damit nie auf männliche Wesen eingeprügelt. Es wurde Zeit, sie unter Kontrolle zu bekommen.
»Und ich dachte, Erzieherinnen wären so sanfte Wesen ...« Viktoria grinste.
»Du gefällst mir immer besser, Kindchen.«

Ursprünglich hatten wir vor gehabt, als Mutter und Tochter getarnt, Schneider unauffällig zu beschatten. Das mit dem ›unauffällig‹ konnten wir jetzt vergessen.
»Bestimmt hat er mich wiedererkannt. Er hat mich so komisch angesehen.«

»Klar hat er dich angesehen und zwar eindeutig. Er ist scharf auf dich. Erkannt hat er dich nicht, dann hätte er anders geguckt«, versicherte mir Viktoria.
»Und wenn doch?«
»Ach, komm Sam, mit solch dummen Gedanken sollten wir uns nicht beschäftigen. Freuen wir uns lieber, im selben Hotel wie Schneider ein Apartment bekommen zu haben. – Und nun machen wir uns mit der Insel vertraut, die wegen ihrer natürlichen Schönheit berühmt ist. Sie wird deshalb ›La Isla bonita‹ genannt. Die vielfältige Vegetation und die ausgedehnten Naturschutzgebiete gelten als einzigartig unter den kanarischen Inseln. Das Klima ist relativ ausgeglichen, doch sollte man Sonnenschutzmittel auftragen. Der Wind täuscht leicht über die intensive Sonneneinstrahlung hinweg. La Palma gilt als Wanderparadies, deshalb ist festes Schuhwerk ...«
Ich nahm Viktoria den Reiseführer weg, den sie sich kurz vor dem Abflug in einem Buchladen auf dem hannoverschen Flughafen besorgt hatte.
»Wie wär's, wenn wir uns zunächst mit dem Gedanken beschäftigen, die Koffer auszupacken? Sonnenmilch und Schuhe sind nämlich da drin.«
»Das ist eine gute Idee.«
Viktoria erhob sich vom Bett, auf das sie sich gleich nach unserer Ankunft gesetzt hatte und trat auf die Terrasse heraus, die direkt in den Garten der Hotelanlage führte.
»Ich werde mich in der Zeit, in der du die Koffer auspackst, ein bisschen umsehen. Vielleicht bekomme ich heraus, wo Schneider sein Apartment hat.«
Im nächsten Moment war sie zwischen Büschen und Palmen verschwunden, während ich vor den vollen

Koffern stand. Na, warte, Viktoria! Meine Wut wegen der Tasche war ohnehin noch nicht verebbt. Also packte ich meine Sachen aus, hängte sie auf die wenigen verfügbaren Bügel und verteilte sie so großzügig im Wandschrank, bis für Viktorias Kleidung kaum Platz blieb.

Als ich fertig war, verschloss ich unser Apartment mit dem einzigen Schlüssel, den wir bekommen hatten und begab mich ebenfalls auf Entdeckungsreise.

Die Hotelanlage bestand aus mehreren zwei- bis dreistöckigen Häuserblocks und einem großzügig angelegten subtropischen Garten. Obwohl der Strand nur wenige Meter von unserer Anlage entfernt war, tummelten sich um den Swimmingpool, der im Zentrum des Gartens lag, jede Menge Feriengäste. Viktoria oder Schneider waren nicht zu sehen. Durch ein Tor in der hohen Gartenmauer gelangte ich auf eine Straße, die unsere Hotelanlage von der schwarzsandigen Strandbucht und dem Atlantik trennte.

Zerklüftete, teilweise haushohe Lavafelsen, die aus dem Meer herausragten, wiesen auf den vulkanischen Ursprung der Insel hin. Sie waren genauso schwarz wie der Sand und bildeten einen starken Kontrast zu den teilweise weiß aufschäumenden Wellen, die mit ungeheurer Wucht gegen sie donnerten. Den Felsen vorgelagert waren mehrere riesige Betonklötze, die offensichtlich das Ziel hatten, die gewaltigen Wellen des Atlantiks zu brechen, damit das Baden überhaupt möglich war. Ich sah die Notwendigkeit ein, trotzdem wirkten diese gleichmäßigen Sechsecke wie Fremdkörper im tosenden Auf und Ab des Meeres. Weiter draußen konnte ich ein Schiff entdecken, das auf dem Weg nach Santa Cruz de la Palma war, der Hauptstadt

der kleinen Kanareninsel, die nur wenige Kilometer von Los Cancajos entfernt, eingebettet zwischen Bergen in einer Talsohle direkt am Meer lag. Von hier aus konnte ich sogar die Häuser der Stadt erkennen.
Der Strand leerte sich, während auf der schmalen, leicht ansteigenden Straße um diese spätnachmittägliche Zeit große Betriebsamkeit herrschte. Autos rangierten hin und her, Fußgänger in leichten Sommersachen und Badetaschen liefen dazwischen herum. Alles war in Aufbruchsstimmung. Die Essengerüche, die in meine Nase drangen, während ich die Straße an einigen kleinen Bistros, Geschäften und Hotelanlagen vorbeischlenderte, ließen meinen Magen an den Rückweg denken. Was ich fürs Erste gesehen hatte, enttäuschte mich. Los Cancajos war kein gewachsener Ort, sondern eine Siedlung, die offenbar eigens für Touristen angelegt worden war. Nur einige wenige Bungalows, die wie Oasen aus der ursprünglichen Busch- und Trockengraslandschaft herausragten, schienen einheimischen Bewohnern zu gehören.
Als ich unserer Apartment erreichte, drangen von drinnen Schritte an mein Ohr. Viktoria konnte es nicht sein, die hatte keinen Schlüssel und die Terrassentür hatte ich geschlossen. Sofort fiel mir Schneider ein. Hatte er uns erkannt und durchsuchte unser Apartment? Einen Moment stand ich unschlüssig vor unserer Tür.
Dann schloss ich sie leise auf. Langsam öffnete ich sie Stück für Stück, bis ich hineinsehen konnte. In der Küchenecke, die sich gleich links neben dem Eingang befand, waren die rechte Hängeschranktür und eine Schublade geöffnet. Beim Verlassen des Apartments waren sie geschlossen gewesen. Da war ich mir sicher.

Ich sah hinüber zur Theke, die die Küchenecke von der Wohnecke trennte und bemerkte sofort die offene Terrassentür. War Schneider dort hinaus geflohen, als er mich kommen hörte?
Nein, er war noch da. Deutlich hörte ich erneut die Schritte. Diesmal kamen sie aus dem Schlafzimmer rechts neben dem Wohnraum. Die Hitze stieg mir in den Kopf. Warum war ich nicht Zuhause geblieben? Mein Blick fiel in die Besteckschublade. Ich machte einen Schritt nach vorn, ergriff vorsichtig ein Messer, verbarg es hinter meinem Rücken, trat zurück, schloss die Zimmertür, um sie laut polternd aufzuschließen. Wenn Schneider schlau war, würde er verschwinden. Wenn nicht ... Ich nahm den Messergriff fester in die Hand.
Mit einem Ruck stieß ich die Tür so weit auf, bis sie gegen die Wand schwang und rief gekünstelt: »Hallo, Mutter, bist du zurück?«
Eine dralle Spanierin im hellgrauen Kittel kam aus dem Schlafzimmer. Sie hielt einen Kleiderbügel und eine Bluse in der Hand.
»Buenos días, Señorita. Deshago las maletas.«
Ich verstand kein Wort spanisch, aber als ich dem freundlich aussehenden Zimmermädchen verschämt lächelnd ins Schlafzimmer folgte und Viktorias halb leere Koffer und den geöffneten Kleiderschrank sah, begriff ich, warum sie hier war.
Viktoria kam durch die geöffnete Terrassentür herein. »Wo warst du? Wenn ich nicht das Zimmermädchen mit einem Universalschlüssel getroffen hätte, stände ich noch vor der Tür. – Sag mal, was willst du eigentlich mit dem Küchenmesser?«

Schneider bekamen wir weder beim Abendessen zu Gesicht, noch am nächsten Morgen beim Frühstück. Ich begann, mich zu fragen, ob er überhaupt hier abgestiegen war. Vielleicht hatte er Olli durchschaut und ihm ein falsches Hotel genannt. Viktoria verneinte dies kategorisch. Sie war felsenfest überzeugt, dass Schneider in unserem Hotel wohnte. Die Frage war nur: Wie bekamen wir seine Zimmernummer heraus?
Hier zeigte sich Viktorias weibliche Verführungskunst. Mit einem von Ollis Fotos, das sie in vorausschauender auf ihrem Handy gespeichert hatte, befragte sie mit aufreizendem Lächeln den Empfangschef des Aparthotels. Dieser, ein untersetzter Spanier mit braunem Teint, angegrauten vollen Haaren und dunklen Augen, unterhielt sich auffallend lange mit Viktoria.
Viktorias inniges Gespräch war mehr als zufriedenstellend verlaufen. Schneiders Apartment lag ein Stockwerk über unserem. Außerdem hatte sie erfahren, dass er sich ein Auto gemietet hatte.
»Jetzt, wo die Luft rein ist, sollten wir schnellstens sein Zimmer durchsuchen. Möglicherweise finden wir etwas. Außerdem interessiert es mich brennend, wie ein Mörder lebt.«
»Das geht nicht, Viktoria. Am Ende erwischt man uns beim Aufbrechen der Tür und wir werden als Diebe eingesperrt.«
»Hast du Schiss? – Nachdem unsere Internet-Recherche nichts ergeben hat, ist dies die beste Gelegenheit, was über ihn rauszufinden. Nun komm schon, die ...«, sie zog triumphierend ein Schlüsselbund aus der Tasche, »... muss ich nämlich gleich zurückbringen.«
»Wie bist du an die Schlüssel gekommen?«

»Tja, als Frau kommt man fast überall dran«, sie lächelte kokett. »Hast du den Empfangschef gesehen? Er ist zwar nicht mehr der Jüngste, aber der Mär vom feurigen Spanier will er bei mir gerecht werden. Da war es nicht schwer, ihm den Universalschlüssel der Zimmermädchen abzuluchsen. Die haben heute frei. Also komm endlich.«
Mit klopfenden Herzen schlossen wir Schneiders Apartmenttür auf. Niemand war im Zimmer.
»Fang inzwischen mit der Durchsuchung an. Ich bring schnell die Schlüssel zurück.«
»Was? Du kannst mich nicht allein lassen. Warum bringst du die Schlüssel nicht hinterher zurück?« Ich versuchte meine Stimme nicht ängstlich klingen zu lassen.
»Ich hab versprochen, sie gleich zurückzubringen, weil ich dem Freund meiner Tochter eine dringende Nachricht hinterlegen müsste. Du musst hier bleiben, damit du mir die Tür aufmachen kannst. Ich klopfe zweimal kurz, einmal lang, dann weißt du, dass ich es bin.«
»Und wenn jemand anders kommt?«
»Dann versteck dich im Wandschrank. Wenn Schneider kommt, tu so, als hättest du darauf gewartet, ihn vernaschen zu wollen.«
»So etwas mach ich nicht.«
Viktoria hörte meinen Einwand nicht mehr. Sie hatte es eilig und ich stand allein in Schneiders Zimmer. Der Schnitt des Zimmers und die Einrichtung glichen aufs Haar unserem Apartment. Trotzdem hatte dieser Raum eine andere Atmosphäre, irgendwie fremd, aber nicht unangenehm. Ein leichter Duft des Rasierwassers, das ich damals auf der Schlosstreppe wahrgenommen hatte, stieg mir in die Nase.

Ich sah mich um. Schneider hatte die Gardinen zugezogen, damit die südliche Sonne die Räume nicht zu sehr aufwärmte. Ein besonders ordnungsliebender Mensch schien er nicht zu sein, denn die Kleidung, die er gestern während des Fluges getragen hatte, lag zusammengeknüllt auf einem Sessel, dekoriert mit einer weißen Baumwollunterhose, wie sie früher mein Vater zu tragen pflegte. Besonders sexy sah sie nicht aus. Viktoria würde enttäuscht sein.
Neugierig ging ich ins Schlafzimmer. Wie in unserem Apartment stand ebenfalls ein Doppelbett darin. Da Decke und Bettlacken auf der linken Betthälfte zerwühlt waren und das Kopfkissen schief über die Bettkante hing, schloss ich daraus, dass er auf dieser Seite geschlafen hatte. Auf dem Nachttisch daneben stand das Foto einer hübschen, fast kindlichen Frau. Aha, wie mein Ex-Mann schien er auf junge Schönheiten zu fliegen. War wohl ein Mörder in der Midlife-Crisis. Nachdem ich ihm am Flughafen wiederbegegnet war, schätzte ich ihn auf Anfang Vierzig. Es klopfte zweimal kurz, einmal lang. Viktoria hatte sich wirklich beeilt.
»Na, was gefunden?«
Ich schüttelte den Kopf.
»Ich komme mir wie ein Eindringling vor.«
»Na und? Er ist ein Mörder. Da bleibt uns nichts anderes übrig.«
Forsch öffnete Viktoria den Kleiderschrank, die Schubladen, sogar in den Kühlschrank spähte sie hinein und in seine Kulturtasche.
»Nun sieh dir das an, der Kerl benutzt die gleiche Zahncreme wie du.« Ein prüfender Blick streifte mich.
»Na und? Nach den Krümeln auf seinem Teller zu

urteilen, isst er die gleichen weißen Labberbrötchen, die du so gut findest.«
»Hier gibt's wahrscheinlich nur eine Sorte. Aber wenigstens wissen wir, dass er gestern Abend und heute Morgen hier gegessen hat. Der Knabe hat sich nicht einmal die Mühe gemacht, sein Geschirr abzuwaschen. Möchte wissen, wo er die Sachen einkauft hat?«
»Fünf Minuten vom Hotel entfernt ist ein Supermarkt. Den habe ich gestern bei meinem Rundgang entdeckt. Ist das etwa für deine Ermittlungen wichtig?«
»Das nicht. Ich habe Hunger und wie du weißt, bekommen wir erst heute Abend etwas zu essen.«
»Heute ist Sonntag. Da nützt dir ein Supermarkt nichts.«
»In spanischen Urlaubsgebieten ist das anders. Die machen auch sonntags oder abends auf. Nur in der frühen Nachmittagszeit, wenn es hier am wärmsten ist, haben fast alle Läden geschlossen. Dann wird Siesta gehalten. – Möchte mal wissen, ob er das Armband im Tresor eingeschlossen hat.«
Viktoria eilte ins Schlafzimmer und schaute in den Wandschrank, der auf einer Seite einen eingebauten Safe hatte. Das schien in diesem Hotel Standard zu sein. Auch wir hatten für unsere Wertsachen einen Tresor gemietet. Eilig durchsuchte Viktoria sämtliche Kleidungstaschen. Außer einem gebrauchten Stofftaschentuch und Kaugummipapier förderte sie nichts zu Tage.
»Was soll das? Suchst du die Chipkarte für den Tresor? Selbst, wenn du sie findest, nützt dir das nichts. Jeder kann am Tresor eine eigene Zahlenkombination eingeben. Tippst du dreimal einen falschen Code ein, blockiert das Ding.«

»Ja, leider.« Viktoria blickte mürrisch auf den Safe. »Och, das macht überhaupt keinen Spaß. Hier findet sich nicht das Geringste. Hoffentlich hat Olli mehr Glück bei der Durchsuchung von Schneiders Wohnung. – Komm lass uns gehen. Dann kriegen wir im Supermarkt noch was zu essen.«
Sie war bereits an der Tür, als sie sich plötzlich umdrehte.
»Moment mal, ich hab die Sachen, die er gestern getragen hat, noch nicht durchsucht ...« Sofort fingerte sie die Taschen durch. »Ha! Ich wusste es. Sieh dir das an.«
Zufrieden schaute sie eine schwarz-weiße Kopie an, die sie in der Innentasche von Schneiders Jacke gefunden hatte. Sie zeigte das Gesicht eines südländisch aussehenden, dicklichen Mannes, dessen schwarze Haare sich an den so genannten Geheimratsecken zu lichten begannen. Sein Blick war starr geradeaus gerichtet, der schmale Mund sah verkniffen aus. Durch sein Doppelkinn schätzte ich sein Alter auf Ende Vierzig bis Anfang Fünfzig. Seltsamerweise kam er mir bekannt vor, so als hätte ich ihn bereits einmal gesehen, ohne dass ich hätte sagen können, wo. Unter der Abbildung war die Kopie mit Kugelschreiber-Ornamenten vollgekritzelt, als hätte jemand aus Langeweile darauf herumgemalt. Von den Ornamenten fast übermalt, konnten wir einen Satz entziffern: »Jetzt bist du dran, Ramirez.« Die zwei ›T‹ waren besonders hervorgehoben und sahen aus wie Kreuze. Mir lief ein Schauer über den Rücken. Viktoria nickte langsam.
»Sieht aus, als wäre er nicht nur hier, um das Armband zu verhökern. Er will den Mann offenbar killen. Nachdem wir auf Melzners Korruptheit gestoßen sind, hatte

ich gleich das ungute Gefühl, wir könnten es mit dem organisierten Verbrechen zu tun haben. Wahrscheinlich ist Schneider nicht nur ein Raubmörder, sondern ein bezahlter Killer.«
»Das ist doch Unsinn. Deine Fantasie geht mit dir durch.«
Viktoria runzelte beleidigt die Stirn.
»Du bist einfach zu wenig bereit, unangenehmen Tatsachen ins Auge zu sehen. Gerade neulich kam im Fernsehen ein Bericht über das organisierte Verbrechen. Die haben überall ihre Finger drin, auch im Kunsthandel, und bestechen mit Vorliebe Polizeibeamte. Das passt bestens ins Bild.«
»Ich glaube es trotzdem nicht.«
»Das ist nichts Neues, Sam. Du glaubst ja nie etwas. Wenn ich nur wüsste, wer dieser Mann ist, der wohl Ramirez heißt. Dann könnten wir ihn vor seinem Killer warnen. Ich werde schnell zu dem hilfsbereiten Empfangschef gehen und eine Kopie davon machen.«
»Also ich weiß nicht, Viktoria. Ich kann mir Schneider eigentlich nicht als bezahlten Killer vorstellen.«
»Und was ist mit Carl Rebmann? Hat der sich selbst ermordet, den Gegenstand mit dem er erschlagen wurde, weggezaubert und Schneider sein Blut an die Hand geschmiert? – Sam, ob du ihn dir als bezahlten Killer vorstellen kannst oder nicht, er ist in jedem Fall ein Mörder. – Und so geil, wie erst wirkte, ist er nicht. Sieh dir bloß diese Donnerbüchse an!«
Mit spitzen Fingern schwenkte sie seine getragene Unterhose wie eine Fahne.
»'Nem Kerl mit solch konservativen Moralhüterhosen kann man sowieso nicht trauen. Das sind die Schlimmsten.«

6

Die Sonne, das Meeresrauschen, der exotische Garten und die südliche Atmosphäre ließen die Angst, die sich bei mir nach der Durchsuchung von Schneiders Apartment eingestellt hatte, wie Eis im Backofen dahinschmelzen. Wir lagen am Swimmingpool, klönten, lasen, gammelten herum und behielten von dort aus Schneiders Apartment unter Beobachtung. Eine SMS von Olli, in dem er uns mitteilte, es würde länger dauern Ergebnisse zu liefern, weil ihm leider etwas Wichtiges dazwischen gekommen sei, trübte Viktorias Laune erheblich.
»Dieser Bengel ist zu nichts zu gebrauchen. Was gibt es Wichtigeres als Schneiders Wohnung auszukundschaften? Der kann etwas erleben.«
Da er sein Handy ausgeschaltet hatte, versuchte sie, ihn zu Hause zu erreichen. Als das auch nicht klappte, rief sie seinen Geschäftspartner an. Doch der sagte ihr, Olli sei ein paar Tage unterwegs.
»Den knöpfe ich mir vor, wenn wir zu Hause sind. Dieser Feigling wusste, warum er nur kurz eine SMS geschickt hat, statt anzurufen.«
Das sah ich genauso. Olli hatte ihre Vorwürfe sicher vorausgeahnt. Ich konnte ihn verstehen. In eine fremde Wohnung einzudringen, war strafbar und bestimmt nicht in seinem Sinn, da er früher ja Kriminalbeamter hatte werden wollen.
Um Schneider möglicherweise außerhalb des Hotels beschatten zu können, orderte Viktoria gegen meinen Widerstand einen Mietwagen. Ich empfand eine gemütliche Beschattung vom Pool aus als wesentlich angenehmer, statt mich in der Hitze in ein Auto zu

zwängen und irgendwelchen Gefahren auszusetzen.
Schneider kehrte erst gegen Abend in sein Apartment zurück. Er riss alle Fenster und Türen sperrangelweit auf, um die angestaute Wärme des Tages herauszulassen. Dann setzte er sich auf den Balkon, aß, las in einer Zeitung und verschwand in seinem Apartment. Als sich eine Stunde lang nichts tat, schlich Viktoria sich an seine Apartmenttür.
»Der schnarcht, wie ein ganzes Sägewerk«, stellte sie befriedigt fest.
Da wir nicht die ganze Nacht vor seinem Apartment aufpassen konnten, kam Viktoria auf die Idee, Schneiders Eingangstür zu präparieren, damit wir am nächsten Morgen wussten, ob er die Tür geöffnet hatte. Ich musste eines meiner langen Haare opfern. Vorsichtig klebte Viktoria es mit zwei winzigen Klebefilmstreifen kaum sichtbar im unteren Bereich der Tür und des Türrahmens fest. Wurde die Tür geöffnet, würde es unweigerlich zerreißen.
Wie Viktoria morgens in aller Frühe feststellte, hatte er sein Zimmer nicht verlassen. Damit wir Schneider nicht verpassten, verlagerten wir unseren Beobachtungsposten in die Empfangshalle und ließen uns in einer der vielen, bequem gepolsterten Sitzgruppen nieder, die die Gäste zu einem kurzzeitigen Verweilen einladen sollten. Unser gemeinsames Frühstück im Restaurant ließen wir ausfallen und würgten stattdessen ein trockenes Brötchen vom Vortag mit Mineralwasser herunter. Die Zeit zog sich hin. Nichts geschah. Nur der Empfangschef verließ auffallend oft seinen Arbeitsplatz hinter der dunkelgetäfelten Rezeption, um ein Pläuschchen mit uns zu halten. Aus Höflichkeit unterhielt er sich auch mit mir. Doch es war eindeutig,

wem sein Interesse galt. Viktoria genoss es, mit ihm zu flirten, verlor aber nie die Treppe und den Fahrstuhl aus den Augen, die zu Schneiders Apartment führten.
Endlich, am frühen Mittag kam Schneider in Shorts, T-Shirt, Badelatschen und einem Handtuch die Treppe herunter. Zielstrebig ging er auf einen kleinen Spanier mit angegrauten vollen Haaren zu, der seit einigen Minuten die Vitrinen mit handgearbeiteten Keramiken betrachtet hatte. Dabei hatte er seine Hände auf den Rücken gefaltet gehalten und ungeduldig mit seinem linken Fuß auf den gefliesten Fußboden getippt. Sie sprachen ein paar Worte, die der Spanier gestenreich untermalte.
Er bewegte sich derart heftig, dass seine Sonnenbrille aus der Brusttasche seines weißen Hemdes fiel. Mit einer sportlichen Behändigkeit, die ich ihm angesichts seiner vollschlanken Figur nicht zugetraut hatte, hob er sie auf. Dann begaben sie sich in die Bar, die von der Empfangshalle abzweigte und bestellten etwas zu trinken. Während sie sich unterhielten, sahen sie sich um, als hätten sie Angst, jemand könne ihnen zuhören. Schließlich zog Schneider einen Kugelschneider hervor und notierte etwas auf seinem Bierdeckel. Kurze Zeit später verabschiedeten sie sich voneinander.
»Das ist bestimmt einer vom Verbrechersyndikat«, raunte Viktoria mir zu.
Der Spanier ging schnellen Schrittes weg, während Schneider den Bierdeckel lässig in seine Shorts steckte und einen ziellosen Blick durch die Halle wandern ließ. Ich wünschte, er würde uns übersehen. Doch kaum schaute er in unsere Richtung, stutzte er. Ich fühlte mich ertappt und spürte, wie mir das Blut in den Kopf schoss.

»Bleib ruhig«, zischte mir Viktoria zu, »Er ist scharf auf dich. Das kann uns nützen. Also reiß dich zusammen und sei nicht zu abweisend zu ihm. Vergiss nicht, wenn wir ihn nicht überführen, landest du hinter Gittern.«
Nein, das vergaß ich bestimmt nicht. Schneider kam auf uns zu. Bloß gut, dass ich saß. Irgendwie schienen meine Knie auf einmal jegliche Festigkeit verloren zu haben.
»Guten Tag, die Damen. Was für eine angenehme Überraschung. Sind Sie hier im Hotel abgestiegen, oder warten Sie auf jemand?«
Mit einer angedeuteten Verbeugung begrüßte er uns und reichte uns die Hand. Viktoria ging darauf ein. Ich nicht. Schließlich brauchte er nicht zu sehen, wie meine Hand zitterte.
»Hm, Sie sind noch böse auf mich, was? Tut mir leid, ich wollte neulich nur einen Witz machen. Aber darin bin ich scheinbar nicht besonders gut.«
Freundlich lächelte er mich an. Dann setzte er sich ungezwungen auf einen freien Platz, mir direkt gegenüber.
»Ich hoffe, Frau ...«, fragend blickte er zu Viktoria, die sich nicht lange bitten ließ und ihm betont freundlich ihren Namen ohne ›von‹ nannte.
»Nun, Frau Langen, es tut mir wegen der Sache auf dem Flughafen wirklich leid. Sie müssen entschuldigen. Ich wollte Ihrer Tochter nicht zu nahe treten. Ich würde das gern gutmachen und sie als Entschuldigung heute Abend zum Essen einladen.«

»Und was machen Sie beruflich, wenn ich fragen darf?«

Viktoria spielte ihre Rolle als Mutter einer ledigen Tochter sehr gut. Wir saßen mit Schneider in einem gemütlichen Restaurant in Los Cancajos, das etwas versteckt zwischen Hotels und Geschäften lag. Wenn es nach mir gegangen wäre, hätte diese Verabredung nie stattgefunden, Viktoria hatte begeistert zugestimmt.
»Das ist die beste Gelegenheit Schneider auf den Zahn zu fühlen«, hatte sie mir in einem Ton erklärt, der keinen Widerspruch geduldet hatte.
Es hatte keinen Sinn gehabt, Viktoria umzustimmen. Ihrer Meinung nach konnten wir ihn am besten überführen, wenn wir den Kontakt zu ihm vertieften. Außerdem wollte sie unbedingt noch einmal in sein Apartment, um zu sehen, was er auf den Bierdeckel geschrieben hatte. Dazu hatte sie sich, mit welcher Ausrede auch immer, beim Empfangschef erneut den Generalschlüssel besorgt. Ihr Plan war es, ihn nach dem Essen in die Hotelbar zu locken und mich zur Ablenkung eine Zeit mit ihm allein zu lassen.
Mir passte das alles überhaupt nicht. Ich zitterte innerlich vor Angst, einem Mörder gegenübersitzen zu müssen. Andererseits ging es um meinen Kopf. Ich hatte mich auf dieses Spiel eingelassen, also musste ich notgedrungen mitmachen.
»Nichts Weltbewegendes«, antwortete Schneider ausweichend.
»Und was machen Sie beide?«
»Meine Tochter ist Erzieherin und ich lebe hauptsächlich von der Rente meines verstorbenen Mannes.«
»Erzieherin sind Sie?«
Trotz meiner abweisenden Haltung, versuchte er mit mir ins Gespräch zu kommen.

»Da haben wir etwas gemeinsam. Ich habe lange Jahre als Lehrer gearbeitet. Mit Kindern zu arbeiten, kann sehr viel Spaß machen.«
»Ja«, antwortete ich knapp.
»Ach, Sie waren Lehrer? Warum haben Sie aufgehört zu arbeiten? Waren Ihnen die Kinder zu anstrengend?« Viktoria nahm den Faden wieder auf. Sie wollte so viel wie möglich über Schneider erfahren. Ich hielt das für unsinnig. Er würde uns sowieso das Blaue vom Himmel herunterlügen.
»Nein, eigentlich habe ich gern in der Schule gearbeitet, aber als ich meine zweite Frau geheiratet habe, musste ich mich entscheiden, entweder Schule oder ihr Geschäft. Es reizte mich, etwas anderes auszuprobieren. Deswegen habe ich das Geschäft gewählt.«
»So, Sie sind verheiratet?«
Viktorias Neugier kannte keine Grenzen.
»Nein, geschieden, zum dritten Mal, wie ich ehrlich gestehen muss. Dummerweise hatte ich die veraltete Angewohnheit eine Frau, die ich gerade liebte, zu heiraten. Meine erste Frau und ich hatten uns irgendwann nichts mehr zu sagen. Meine Zweite war mehr mit ihrem Geschäft als mit mir verheiratet und meine dritte Frau hielt nichts von Treue. Die Richtige war leider nicht dabei.«
Ich fühlte, wie seine Augen auf mir ruhten.
»Haben Sie Kinder«, versuchte ich ihn abzulenken.
»Ja, eine Tochter. Ich habe sie fast allein großgezogen und sie ist das einzige weibliche Wesen, mit dem ich immer gut ausgekommen bin. Ich liebe sie sehr. So oft ich Zeit habe, bin ich mit ihr zusammen.«
Die Sanftheit in seiner Stimme und der Blick seiner Augen ließen mich einen Moment vergessen, dass ich

einem Mörder gegenüber saß. Für einen winzigen Augenblick war er ein Mann, der mich begehrte. Ein sehr attraktiver Mann, wie ich mir leider eingestehen musste. Die Vorspeise kam. Der Augenblick verging. Ich überließ Viktoria die Konversation. Sie konnte besser reden.
»Darf ich Ihnen etwas Rotwein eingießen?«, fragte er mich als zuvorkommender Kavalier.
Er entkorkte die Flasche Rotwein, die der Kellner auf sein Geheiß am Tisch gelassen hatte und goss ein. »Ich finde, der Wein vom Teneguía schmeckt ausgezeichnet. Haben Sie gesehen, wie die Einheimischen hier den Wein anbauen?«
Während ich verneinte, griff er unvermittelt zu meinem Glas.
»Verzeihung, jetzt ist ein Stück Korken hereingefallen. Ich hole es schnell mit dem Löffel hinaus.«
Er fischte ein paar Mal mit dem Löffel darin, dann stellte er es hin.
»Nun ist es draußen. Entschuldigung, aber das passiert manchmal. – Die Anbauweise hier ist wirklich interessant. In das Lavagestein wird eine Vertiefung gegraben, damit der Wein dem Wind nicht ausgesetzt ist und sich im Sommer der wenige Niederschlag dort sammeln kann. Der Wein wächst niedrig über den Boden. Durch die Sonne und das Vulkangestein bekommt der Wein hier ein besonders volles Bouquet.«
Sein Gerede über den Wein ließ mich automatisch zum Glas greifen. Ich wollte gerade trinken, als Viktoria es mir jäh aus der Hand schlug.
»Diese Mistviecher! Hast du die Wespe bemerkt? Sie hätte dich beinah gestochen.«
Das Glas fiel auf den Tisch. Ein Teil des Weines

schwappte auf Schneiders Vorspeiseteller, der Rest verteilte sich großzügig über das Tischtuch. Auch meine Bluse bekam einige Flecken ab. Wieder ein Kleidungsstück mehr, das ich wegen des Mörders abschreiben konnte.
»Du meine Güte, da habe ich etwas angerichtet. Ich wollte nur verhindern, dass meine Tochter von einer Wespe gestochen wird. Nein, wie peinlich, Herr Schneider. Der schöne Salat und der gute Wein.«
Sie spielte die Untröstliche.
»Kein Problem. Ich war beinah fertig mit dem Salat.«
Er gab dem Kellner, der sofort herbeigeeilt war, seinen Teller mit und wandte sich mir zu.
»Vielleicht ist ihre hübsche Bluse zu retten, wenn Sie sie gleich auswaschen. Zu zweit geht es sicher schneller. Während Sie ihrer Tochter helfen, kann der Kellner hier Ordnung schaffen.«
»Was sollte das, Viktoria?«, fuhr ich sie an, nachdem wir den Toilettenraum betreten hatten. »Ich habe hier auf La Palma nicht eine einzige Wespe gesehen. – Sieh dir meine Bluse an. Die kann ich vergessen.«
»Besser die Bluse, als dein Leben.«
»Wie bitte?«
»Er hat dir etwas ins Glas getan. Da bin ich sicher. Von wegen Korken im Wein. Er hat mit dem Löffel das Gift verteilen wollen. Hast du gesehen, wie schnell er seinen fast vollen Teller dem Ober mitgegeben hat? Er wusste schon, warum er nicht weiter essen wollte.«
»Das glaube ich nicht, Viktoria. Vielleicht hat er den Teller zurückgegeben, weil ihm der Salat mit dem Wein nicht mehr geschmeckt hätte. Warum sollte er mir etwas ins Glas tun?«
Viktoria hob beschwörend ihre Arme.

»Och, Sam, die ganze Zeit fragst du dich ängstlich, ob er dich erkannt haben und umbringen könnte. Und jetzt, wo das klar ist, willst du es nicht wahr haben. Wann glaubst du endlich etwas? – Er hat dich erkannt. Du bist die einzige Zeugin, die ihm gefährlich werden könnte. Wenigstens darin wirst du hoffentlich mit mir übereinstimmen, oder?«
Sie redete auf mich ein, als wäre ich unwissendes Kind. Ich brauchte einen Moment, um die volle Tragweite ihrer Worte in mich aufzunehmen. Der Umgang mit Mördern war nicht meine Welt, trotz all der Krimis, die ich gelesen hatte.
»Wetten, er hat ein neues Glas speziell für dich eingeschenkt? Warum hat er uns beide sonst in den Waschraum geschickt? Von wegen, zusammen ginge es besser die Bluse zu reinigen. Ha! Er wollte dir ungestört neues Gift ins Glas tun, dieser verdammte Killer.«
»Und wer hat die ganze Zeit behauptet, er würde mich nicht umbringen, weil sie mich bräuchten, um mir den Mord in die Schuhe schieben zu können?«, fuhr ich sie hilflos an.
Viktoria hob entschuldigend die Schultern.
»Mörder sind leider unberechenbar. Ich hoffe, du glaubst mir, wenn ein frisches Glas auf deinem Platz steht.«
Als wir an den Tisch zurückkehrten, galt mein erster Blick meinem Glas. Ein neues, mit Rotwein gefülltes Glas stand auf meinem Platz und wartete darauf, von mir getrunken zu werden. Aber da konnte es lange warten.

Obwohl mich Schneider drängte, den Rotwein zu probieren, tat ich ihm den Gefallen nicht und redete mich

heraus, ich würde Wein nicht gut vertragen. Viel lieber würde ich in der Hotelbar einen von den ansprechend dekorierten Cocktails mit ihm trinken. Dieser Vorschlag gefiel ihm. Kaum hatten wir die Bar betreten, entschuldigte sich Viktoria. Seinem Gesichtsausdruck nach zu urteilen, sah Schneider sie mit Freuden gehen. Ich dagegen fühlte mich ziemlich verlassen. Erst nach dem ersten Cocktail, gelang es mir, mit ihm zu flirten, eiskalt und berechnend, ganz die taffe Superdetektivin in Aktion.
Viktoria ließ sich auffallend viel Zeit mit der Durchsuchung seines Zimmers. Oder kam es mir nur so lang vor? Als sie endlich mit zufriedener Miene in die Hotelbar zurückkam, in der Schneider und ich saßen, atmete ich innerlich auf. Dann verabschiedete ich mich mit einem verführerischen Lächeln von ihm.
»Treffen wir uns morgen Vormittag am Swimmingpool?«, säuselte ich und schmachtete ihn mit meinen dunklen Augen berechnend an.
»Gern. Ich freu mich drauf«, strahlte er mich erfreut an, bevor wir gingen.
»Du hast dich mit ihm verabredet? Das war nicht abgesprochen«, beanstandete Viktoria, als wir im Apartment angekommen waren.
»Na und? Ich geh jetzt aufs Ganze. Er will mich umbringen? Das soll dieser Mistkerl ruhig versuchen. Die Suppe werden wir ihm versalzen.«
Sie schaute mich erstaunt, aber zufrieden an.
»So mutig und kämpferisch gefällst du mir, Sam ...«
»Und? Hast du etwas gefunden?«, unterbrach ich sie forsch.
»Und ob ich etwas gefunden habe. Der Bierdeckel lag gleich auf seinem Couchtisch. ›Sevilla, Avenida Mari-

tima 267, S.C.‹ stand darauf. Außer dem Bierdeckel habe ich einen Rucksack entdeckt. Darin war eine Landkarte von der Insel samt Stadtplan von Santa Cruz und – halte dich fest – ein Umschlag mit Fotos von dem gestohlenen Armband und anderen edlen Schmuckstücken. Wer weiß, ob er hier nicht weiteren Schmuck klauen will. Wäre es nicht fantastisch, wenn wir ihn auf frischer Tat ertappen würden?«

Viktorias Augen funkelten vor Erregung über ihre Entdeckungen. Wie alt sie laut Geburtsurkunde auch sein mochte, ihre jugendliche Lebendigkeit hatte sie keineswegs verloren. Im Gegenteil, es schien fast, als würde das Alter Leidenschaften in ihr entfachen, wie Jüngere sie nur erahnen konnten.

»Außerdem hatte er das hier in seinem Rucksack.«

Sie holte eine Schusswaffe aus ihrer Handtasche.

»Das ist ja eine echte Waffe«, stellte ich entsetzt fest.

»So ist es. Ich dachte mir, es sei besser, sie ihm zu klauen. Erstens kann er nun niemanden damit umbringen und zweitens könnte sie uns von Nutzen sein. Du solltest sie an dich nehmen, wenn du dich morgen allein mit ihm triffst.«

»Was soll das heißen? Kommst du morgen nicht mit zum Swimmingpool?«, schrie ich sie in einem aufkommenden Anfall von Panik an, der die Superdetektivin in mir augenblicklich in Luft auflöste

»Immer mit der Ruhe. Wenn du gut aufpasst und weder Essen noch Getränke in seiner Reichweite stehen lässt und in der Nähe von anderen Menschen bleibst, kann dir am Pool nichts passieren. Der Kerl ist zwar ein kaltblütiger Killer und ein Dieb, aber blöd ist der nicht. Glaub mir, Sam, besser konnte es nicht kommen, auch wenn wir das nicht abgesprochen hatten. Wäh-

rend du dich um ihn kümmerst, kann er mir und Alfonso nicht in die Quere kommen.«
»Wer ist Alfonso?«
»Der Empfangschef.«
»Aber du kannst mich nicht mit Schneider allein lassen. Das ist zu gefährlich. Bitte bleib.«
Ich flehte sie an.
»Du bist eine fantastische Detektivin, Sam.«
Sie tätschelte mir mütterlich die Schulter.
»Manchmal muss man seinen Schiss überwinden. Du schaffst das schon.«
»Und was machst du?«

Viktoria hatte sich nach der Durchsuchung von Schneiders Zimmer mit Alfonso verabredet. Er kannte sich in Santa Cruz oder S. C., wie es hier genannt wurde, gut aus. Der Ärmste ahnte nicht, dass Viktoria ihn nur für ihre Zwecke benutzen wollte.
Wie sich dank Alfonsos Auskunft herausstellte, war ›Sevilla‹ der Name eines Restaurants an der Avenida Maritima in Santa Cruz und gehörte dem Festlandspanier Julio Ramirez, der sich mit seiner deutschen Frau vor gut einem Jahr auf der Insel niedergelassen hatte. Ramirez galt als reich und hatte geschäftlich oft im Ausland zu tun. Aus diesem Grund hatte er für das Restaurant einen Einheimischen eingestellt, der während seiner Abwesenheit die Geschäfte führte. Zurzeit befand sich Ramirez auf der Insel und kümmerte sich selbst um das Wohl seiner Gäste. Selbstverständlich wollte Viktoria angesichts dieser Neuigkeiten unbedingt dort Essen.
Während ich mich mit Schneider unterhielt, im Pool badete, an der Poolbar zum Mittag ein Sandwich mit

Schinken und Käse verdrückte und sehnsüchtig auf Viktorias Rückkehr wartete, ließ sie sich von Alfonso fürstlich im Sevilla zum Mittag bewirten. Laut Viktorias Beschreibung sah Ramirez anders aus, als auf der Fotokopie, die wir bei Schneider gefunden hatten.
»Ich habe zweimal hinsehen müssen, sonst hätte ich ihn nicht erkannt. Er trägt eine modische Brille und hat jetzt eine Halbglatze. Wahrscheinlich stammt das Foto auf der Kopie aus Zeiten, als er erheblich jünger und dicker war. Alles in allem machte er einen seriösen Eindruck.«
Wegen des Gekritzels auf dem Bild war Viktoria davon überzeugt, Schneider würde auf eine günstige Gelegenheit warten, den ahnungslosen Ramirez ermorden zu können. Um das zu verhindern, hatte sie Ramirez einen Zettel zugesteckt, der ihn vor einem deutschen Killer namens Schneider warnte.

7

Die erste Verabredung mit Schneider war ohne besondere Vorkommnisse verlaufen. Also hatte ich mich für den nächsten Tag erneut mit Schneider am Pool verabredet, diesmal aber im Beisein von Viktoria. Da fühlte ich mich sicherer. Statt mit Badesachen erschien er jedoch mit seinem Rucksack.
»Tut mir leid, aber ich muss dringend geschäftlich weg. Wenn ich es schaffe, bin ich heute Abend gegen sieben im Restaurant.«
Sein Blick drückte tiefstes Bedauern aus. Er war ein hervorragender Schauspieler und ich fragte mich, wie viele Frauen er mit seinem treuen Blick um den Finger gewickelt hatte. Wir ließen ihm einen kurzen Vorsprung, dann folgten wir ihm.
»Da hinten geht er. Er scheint vorn beim Hoteleingang keinen Parkplatz bekommen zu haben. Bestimmt parkt er hinter der Kurve an der Straße. Ich folge ihm erst zu Fuß und du kommst mit dem Auto hinterher.«
»Das halte ich für keine gute Idee, Viktoria. Fahr du lieber.«
»Du willst doch jetzt keine Diskussion anfangen, wer von uns fährt. Schneider ist gleich um die Ecke verschwunden. Also fahr!«
Meine Antwort wartete sie nicht ab, sondern eilte in sicherem Abstand hinter Schneider her. Ich betrachtete unschlüssig das Auto, dann die enge Parklücke und die abfallende, schmale Straße, die hinter der Kurve steil ansteigen würde. Hoffentlich zahlte die Versicherung, die wir abgeschlossen hatten, anstandslos, wenn ich mit dem Auto versehentlich etwas rammte. Nachdem ich mich mit den Gängen vertraut gemacht und vergeb-

lich das Auto zu starten versuchte hatte, rannte ich zur Rezeption. Ich wusste, Alfonso hatte Dienst. Er erkannte mich gleich und half mir in aller Ruhe das Auto zu starten.
»Sie müssen die Choke ziehen, Señorita.«
Souverän fuhr er das Auto ohne Beule aus der engen Parklücke heraus. Vor Dankbarkeit hätte ich ihm am liebsten einen Kuss auf die Wange gedrückt. Das konnte Viktoria bei Gelegenheit nachholen.
»Wo bleibst du?«
Viktoria wartete ungeduldig an der Abzweigung zur Hauptstraße auf mich, als ich vorsichtig angetuckert kam.
»Ich sehe ihn noch dort oben am Berg. Er scheint in Richtung Santa Cruz unterwegs zu sein.« Mit einem Satz sprang sie ins Auto. »Gib Gas, Kindchen, oder willst du ihn endgültig verlieren?«
Ich tat, was sie sagte, wurde jedoch ein paar Sekunden später durch einige Fußgänger gebremst, die ohne auf den Verkehr zu achten, über einen Zebrastreifen am Berg latschten. Anfahren am Berg war nie meine Stärke gewesen. Ich sehnte mich ins niedersächsische Flachland zurück.
»Meine Güte, komm in die Gänge! Oder willst du warten, bis die Fußgänger im Meer baden gehen?«, fauchte mich Viktoria hektisch an.
Ich versuchte anfahren, nahm in der Aufregung versehentlich den Fuß von der Kupplung und wollte Gas geben. Das Auto machte abrupt einen Satz nach vorn, der Motor verstummte, wir rollten langsam zurück. Nur Viktorias blitzschnelles Ziehen der Handbremse verhinderte einen Zusammenprall mit dem hinter uns fahrenden Auto.

»Bist du sicher, dass du dem Autoverleiher keinen gefälschten Führerschein vorgelegt hast?«
Natürlich hatte ich einen echten Führerschein. Im dritten Anlauf hatte ich ihn mir schwer erkämpft. Nur fuhr ich selten mit meinem kleinen Auto, dessen Schrammen und Beulen ich liebevoll übermalt hatte.
»Ich hab dir gleich gesagt, fahr du.«
Erst beim vierten Startversuch sprang das Auto an. Leider erübrigte sich die Verfolgung. Von Schneiders rotem Mietwagen war nichts mehr zu entdecken. Viktorias ausdrucksstarke Fluch-Orgien ergossen sich über mich. Sie konnte es nicht fassen, an welch dämlichem Umstand die Verfolgung gescheitert war.
»Okay, du hast Recht«, gab ich kleinlaut zu. »Aber ich dachte, du würdest fahren. Ich fahre nur mit dem Auto, wenn es unbedingt sein muss. Am besten fährst du weiter. Dann haben wir keine Probleme.«
»Das könnte dir so passen. Im Notfall musst du fahren können. Jetzt wird geübt. Wir fahren nach Santa Cruz. Womöglich ist Schneider zum ›Sevilla‹ gefahren.«
Schweißgebadet gelang es mir, Viktorias Anweisungen folgend zwischen spanischen Hinweisschildern, hupenden Pritschenwagen und einem Eselkarren das Restaurant zu erreichen und daran vorbeizusteuern. Parkplätze gab es dort nicht.
»Halt! Ich sehe Schneider mit dem Typen von neulich«, kreischte Viktoria. »Mann, der sieht ganz schön sauer aus. – He, was machst du denn, warum fährst du weiter?«
»Ich kann hier nicht halten. Hinter mir fahren Autos«, erklärte ich ihr nach einem Blick in den Rückspiegel.
»Mist! Los, fahr links in die Nebenstraße. Irgendwo können wir da bestimmt halten. Dann steige ich aus.«

Als ich den Blinker betätigte, hupte der Fahrer hinter mir. Ohne mich darum zu kümmern, bog ich links ab und fand mich in einer winzigen Gasse wieder, die zu beiden Seiten von verwitterten Häusern gebildet wurde. Bürgersteige gab es nicht und sie war derart eng, dass unser kleiner Mietwagen gerade so hindurch passte. Zum Glück sah ich rechtzeitig drei Frauen, die vor einem Häusereingang am Anfang der Gasse in aller Ruhe ein Schwätzchen hielten. Augenblicklich trat ich auf die Bremse.
Wild gestikulierend stürzten sich die Frauen auf uns. Selbst, wenn wir spanisch hätten sprechen können, bei der Lautstärke und dem Gezeter der Drei, war nicht ein Wort zu verstehen. Wir stiegen aus und versuchten, uns ihnen verständlich zu machen, doch die Frauen hörten nicht zu. Viktoria blätterte umständlich in ihrem spanischen Wörterbuch herum. Die Massigste von ihnen trat auf mich zu und zerrte mich zur Hauptstraße zurück, um auf ein Verkehrsschild zu deuten. Endlich begriff ich. Hier war die Durchfahrt verboten.
»Excusé moi.«
Das war zwar französisch, aber vielleicht verstand sie trotzdem meine Entschuldigung. Eilig wollte ich zum Auto zurückgehen, um meinen Fehler rückgängig zu machen, da kam Schneider wie aus dem Nichts auf mich zu.
»Was machen Sie denn hier?«
Seine Verblüffung war echt.
»Na, so was«, stammelte ich, während mir vor Aufregung das Blut in den Kopf schoss. »Was machen Sie denn hier?«
»Ich habe zuerst gefragt.« Seine Stimme klang hart und ließ keinen Widerspruch zu.

»Ich, äh, wir haben uns kurzfristig überlegt, heute die Stadt anzusehen. Leider ist es ein bisschen schwierig mit Parkplätzen.« Ich wagte nicht, ihn anzusehen. Lügen war nicht meine starke Seite.

»Der Zentralparkplatz liegt dort drüben rechts neben der Kaimauer.« Er deutete mit der Hand zurück. »Sie müssen vorbeigefahren sein.«

Ich spürte das Misstrauen in seiner Stimme. Bleib cool, Sam, dachte ich, während mir noch heißer wurde.

»Ja, ich weiß, deshalb wollte ich hier wenden. Leider habe ich das Verbotsschild übersehen. – Und Sie? Sagten Sie nicht, Sie hätten heute geschäftlich zu tun?« Inzwischen war der Spanier herangekommen, mit dem wir ihn in der Hotelhalle gesehen hatten. Er beschwichtigte die Frauen und wandte sich dann an Schneider.

»Wer is das?«

»Eine Freundin aus Deutschland«, antwortete er.

»Kollega?«

»Nein.«

»Aaah, comprende! ¡Qué buena amiga!«

Sein Blick aus dunklen Augen glitt lüstern an mir herab und blieb dann an meinen nackten Beinen hängen. Das nächste Mal würde ich ein längeres Kleid anziehen. Falls es ein nächstes Mal geben würde. Schneiders argwöhnischer Gesichtsausdruck gefiel mir überhaupt nicht.

Um Schneider nicht noch misstrauischer zu machen, ließen wir uns von ihm und dem Spanier zum Zentralparkplatz schleusen und schlenderten in die Stadt, als hätten wir die ganze Zeit nichts anderes vorgehabt. Schneider fuhr mit dem Spanier weg. Er hatte offenkundig schlechte Laune.

»Wer weiß, ob er nicht heute den armen Ramirez killen wollte, und der dank meiner Warnung fliehen konnte. Bestimmt ist es so. – Ach, es ist ein gutes Gefühl, einem Menschen das Leben zu retten, findest du nicht? – Hoffentlich erwischen sie ihn nicht.«
»Hoffentlich erwischen sie uns nicht.« Ich blieb stehen und sah zurück zum Auto. »Wir sollten zurückfahren, statt uns Santa Cruz anzusehen. Manchmal werden Menschen per Autobombe umgebracht ...«
»Ach, Blödsinn, Schneider killt nicht mit Bomben. Der hat jetzt andere Sorgen. Ramirez zu finden hat sicher Vorrang.«
»Falls der entkommen ist, und falls Schneider deswegen sauer ist. Es könnte aber auch mit uns zu tun haben. Es soll ganz kleine Bomben geben ...«
»Unsinn! Mach dir keine Sorgen. Autobomben werden in der Regel unterm Auto befestigt. Wenn's dich beruhigt, gucken wir vor der Abfahrt nach. – Komm, lass uns jetzt durch die Geschäfte bummeln.«
»Und wenn Schneider statt einer Autobombe das Bremskabel einritzt oder einritzen lässt? Dann sähe es wie ein Unfall aus. Das ist bestimmt eher seine Art zu killen.«
»Ach, Sam, du kannst einem wirklich den Tag vermiesen. – Na gut, fahren wir zurück.«
Ich schüttelte den Kopf. »Du fährst zurück. Wenn ich jetzt fahren soll, braucht Schneider sich keinen Mordplan mehr auszudenken.«
»Ich finde, du fährst recht gut. Es war dumm von uns, mit dem Mietwagen vorher keine Übungsrunde zu fahren. Auto ist eben nicht gleich Auto. Aber wir sind keine Profis. Aus Fehlern können wir lernen.«
»Versuch nicht mir Honig um den Mund zu schmieren.

Du fährst!«
Ich blieb unerbittlich. Inzwischen waren wir beim Auto angelangt. Ich gab Viktoria die Schlüssel.
»Am besten tankst du gleich. Sonst sitzen wir irgendwann ohne Benzin da.«
Nach dem fehlgeschlagenen Verfolgungsversuch wollte ich wenigstens ein bisschen wie eine profihafte Detektivin wirken.
»Du hast Recht. Tanken kann ich aber nicht. Deshalb ist es besser, wenn du fährst.«
Sie wollte mir die Schlüssel zurückgeben.
»Du fährst und ich tanke, okay?«
Ich konnte manchmal sehr dickköpfig sein, eine Tatsache, die nicht nur meinen Ex-Mann auf die Palme gebracht hatte. Auch meine Eltern hatten diesen hartherzigen, eher selten auftretenden Charakterzug, der in ihren Augen einer Rebellion gleich kam, keinesfalls an mir geliebt.
»Och, Sam, sei nicht stur«, bat Viktoria. »Wie heißt es, Übung macht den Meister.«
»Lieber nehme ich mir ein Taxi.«
»Dann müssen wir das Auto hier stehen lassen«, seufzte sie. »Ich fahre jedenfalls nicht.«
Einen Moment zweifelte ich an ihrem Verstand. Dann kam mir ein Verdacht.
»Sag mal, was hast du dem Autovermieter überhaupt für einen Führerschein präsentiert? War das etwa eine Fälschung?«
»Natürlich nicht. Der war echt. – Allerdings ...«, fuhr sie verlegen fort, »... kann ich nur heiße Maschinen fahren. Ein Auto habe ich vor vierzig Jahren das letzte Mal gefahren. War so'n alter Käfer. Autos sind mir zu lahmarschig.«

Dank unserer Fantasie und den Erkenntnissen aus Dutzenden von Kriminalromanen, versuchten wir einem weiteren, möglichen Mordanschlag mit Vorsichtsmaßnahmen aus dem Wege zu gehen. Wir präparierten alle Türen und den Tankdeckel am Auto mit unsichtbaren Klebestreifen und Haaren. Diesmal verwendeten wir mehr Haare. Durch den Wind, der hier ständig blies, reichte eins als Indikator nicht aus. Verließen wir unser Zimmer, präparierten wir unsere Tür ebenfalls. Langsam befürchtete ich, eine Glatze zu bekommen, wenn das die nächsten Tage so weiter ging. Außerdem hielten wir die Augen nach verdächtigen Gestalten offen. Denn wer wusste schon, ob sich Schneider nicht anderer Personen bediente, um uns ins Jenseits zu befördern.

Während des Abendessens konnten wir fürs Erste aufatmen. Schneider kam nicht und da das Essen im Hotelrestaurant in Büfettform angeboten wurde, brauchten wir keinen Giftanschlag zu befürchten. Der Schreck kam erst hinterher, als wir feststellten, dass das Haar an unserer Apartmenttür zerrissen war. Die Zimmermädchen waren um die Zeit längst zu Hause und Alfonso würde kaum unser Zimmer durchsuchen wollen. Viktoria steckte vorsichtig den Schlüssel ins Schloss und trat gegen die Tür. Laut krachte sie gegen die Wand, während wir außen schnell in Deckung gingen. Diese Taktik hatten wir beide unzählige Male in Krimis gesehen, wenn Polizisten in Wohnungen eindrangen, um eine Festnahme vorzunehmen.

Niemand war zu sehen. Vorsichtig sahen wir ins Schlafzimmer, ins Badezimmer und in die Schränke, unters Bett, hinter die Vorhänge – nichts. Aber wir wussten, wer in unserem Zimmer gewesen war. Sein

Rasierwasser, das wie eine feine Duftwolke in unserem Zimmer schwebte, hatte Schneider verraten.
Wir suchten jeden Winkel nach Hinweisen ab, die auf einen geplanten Mord schließen ließen. Wir warfen unsere Getränke und die Reste vom Mittagessen weg, ja wir wagten nicht einmal die Zähne zu putzen, aus Furcht, er könne die Zahnpasta vergiftet haben. Damit er uns nicht im Schlaf überraschen konnte, hielten wir in der Nacht abwechselnd Wache. Am nächsten Morgen waren wir beide müde. Trotzdem hielten wir nach Schneider Ausschau. Er war nirgends zu entdecken. Auch sein Apartment machte einen unbewohnten Eindruck.
»Der will uns mürbe machen. Möchte bloß wissen, wo der Typ steckt?«
Viktoria war leicht gereizt.
»Wir hätten nicht kapitulieren sollen, sondern ihm in Santa Cruz hinterher fahren müssen. Jetzt hängen wir total in der Luft. Das irritiert mich.«
»Wir hätten längst die hiesige Polizei verständigen sollen.«
Meine Wut auf Schneider, die mich die letzten Tage angetrieben hatte, war seit dem gestrigen Tag verflogen. Am liebsten wäre ich nach Hause zurückgekehrt, hätte mir die Decke über den Kopf gezogen, hätte alle Krimis verbannt und nur noch schnulzige Liebesromane gelesen.
»Die spanische Polizei? Das kannst du vergessen. Wir haben nichts in der Hand. Sollten die überhaupt kapieren, worum es geht, werden die sich mit Melzner in Verbindung setzen und dich gleich hier ins Kittchen stecken.«
»In Hannover hast du gesagt, wir würden uns verständ-

lich machen können. Was ist mit dem spanischen Brief?«
»Der nützt uns nichts, solange wir keine Beweise haben. Ich fürchte, ich habe die Lage unterschätzt. Ich bin schließlich keine erfahrene Detektivin. Wir können uns im Moment nur selbst helfen.«
Ich hätte ihr jetzt vorwerfen können, ich hätte das gleich gesagt, aber das hätte uns nicht weiter gebracht.
»Gut, helfen wir uns selbst und fliegen zurück.«
Das schien mir das Vernünftigste zu sein. Wahrscheinlich wäre es ohnehin am besten gewesen, wenn wir in Hannover geblieben wären. Ich hätte auf meinen Verstand hören sollen. Vielleicht hätte Melzner mir gar nichts getan.
»Wenn du fliegen willst, tu das. Melzner wird begeistert sein, wenn du dich ihm auf dem Silbertablett präsentierst. Du kannst dich drehen und wenden, wie du willst, wir sitzen in der Falle.«
»Ich liebe deine Art, einem Mut zu machen, Viktoria. Wirklich! Warum habe ich mich bloß auf den ganzen Schwachsinn eingelassen?«
»Sei froh. Zu zweit haben wir eine reelle Chance den Fall zu lösen. Wir sind doch Freundinnen.« Sie sah mich bittend an. »Lass mir ein bisschen Zeit zum Nachdenken. Mir fällt bestimmt etwas ein.«
Als mir Viktoria später ihre Idee mitteilte, fragte ich sie, ob sie einen Sonnenstich erlitten hatte.
»Du hast eben keine Ahnung«, beleidigt zog sie eine Schnute.
Sie hatte wirklich viel von einem Kind.
»Aber du hast Ahnung, ja? Warum fällst du nicht gleich vor Schneider auf die Knie und bittest ihn, uns zu killen?«

»Denk nach, Sam. Wo bist du in einem Wirbelsturm am sichersten? Mitten im Auge! Außerdem haben wir seine Waffe, um uns notfalls verteidigen zu können.«

Wenig später befanden wir uns ›mitten im Auge‹. Wieder einmal hatte ich mich gegen meinen Verstand von Viktoria überzeugen lassen. Doch sicher fühlte ich mich keineswegs. Im Gegenteil. Mir floss der Schweiß in Bächen hinunter. Das lag garantiert nicht allein an der Hitze, die in Schneiders ungelüftetem Apartment herrschte. Viktorias Plan sah vor, ihn mit Hilfe seiner Pistole zu überwältigen und zu fesseln. Dann wollte sie ein schriftliches Geständnis von ihm erpressen, damit wir ihn der spanischen Polizei übergeben konnten. Eine weitere Variante zu durchdenken, hatte sich Viktoria strikt geweigert. Der wird so verdattert sein, dass er auspackt, lautete ihre Devise. Meine Meinung, dies dürften unsere letzten Lebensstunden sein, ließ sie nicht gelten.
»Nur mit Mut zum Risiko kommst du im Leben weiter. Du bist zu pessimistisch, Sam. So blöd kann der nicht sein, uns in seinem Apartment zu killen.«
Es war zwecklos. Viktoria zeigte keine Einsicht und das kleine Teufelchen in mir leider auch nicht. Sogar mein Verstand meinte, ein normales Leben mit einem Killer und einem korrupten Polizisten im Nacken sei eben kein Leben mehr. Andererseits wies mein Verstand auf die Lücken von Viktorias Plan hin – vergebens.
»Konnte der Kerl während seiner Abwesenheit nicht wenigstens ein Fenster geöffnet lassen«, schimpfte Viktoria.
»Wenn du ihn vorher über unseren Plan informiert

hättest, wäre er sicher so nett gewesen, uns nicht ersticken zu lassen.«
»Spar dir deinen Sarkasmus lieber für Schneider. Bloß gut, dass wir wenigstens die Mineralwasserflaschen dabei haben.«
»Findest du? Bei der Hitze ist meine fast leer. Da ist sie als Waffe nicht mehr so gut zu gebrauchen. Und die Pistole rühre ich nicht an. Außerdem muss ich dringend.«
»Kneif gefälligst die Beine zusammen. Was ist, wenn er gerade jetzt kommt?«
»Das erzählst du mir die ganze Zeit. Soll ich mir etwa in die Hose machen?«
»Warte. Vielleicht kommt er gleich.«
Ich wartete zehn Minuten, mehr ging nicht.
»Viktoria, ich halt's keine Minute länger aus.«
Ihr leiser Protest verhallte. Mein Gang zur Toilette siegte. Als ich mir erleichtert die Hose hochzog, hörte ich nebenan Scheppern, Klirren und Stöhnen.
»Zum Teufel.«
Das war Schneiders Stimme. Entsetzt verharrte ich im Badezimmer. Er hatte Viktoria erwischt. Ich hatte es gewusst: Ihr Plan konnte nur schief gehen. Viktoria, warum hast du nicht auf mich hören wollen?
Ob er seine Waffe in ihrer Rocktasche entdeckt hatte? Hoffentlich nicht. Blitzschnell sah ich mich im Badezimmer um. Verstecken konnte ich mich in dem kleinen Raum nicht. Die Wanne hatte keinen Duschvorhang. Und das in einem Drei-Sterne-Hotel! Beschweren müsste man sich über so etwas.
Mein Blick eilte über seine Sachen: Zahnputzglas, blaue Wechselkopf-Zahnbürste mit seinem Vornamen, Zahnpasta, Kamm, Seife, Handtücher, Duschbad, Ra-

sierapparat, Rasierwasser. Warum benutzte er kein Rasiermesser?
Ich hörte Schneiders hastige Schritte näher kommen. Ein Griff zum Zahnputzglas, in die offene Toilette getunkt. Jetzt würde er nicht mehr nach Rasierwasser riechen. Schneider öffnete die Tür, kam ohne seine Waffe herein und sah mich überrascht an.
»Was ...«
Schwungvoll schüttete ich ihm den Inhalt des Zahnputzglases ins Gesicht und rammte ihm mit aller Wucht mein Knie dorthin, wo ich sein Geschlechtsteil vermutete. Sein Aufschrei und sein gekrümmtes zu Boden gehen, zeigten, ich hatte richtig vermutet. Eilig, aber vorsichtig quetschte ich mich an ihm vorbei, zog den Schlüssel innen ab und verschloss die Tür von außen. Fürs erste war die Gefahr gebannt.
Viktoria lag in der Kitchenette vor der Eingangstür am Boden. Ihre eine Hand lag in einer kleinen Wasserlache. Daneben lagen die Scherben der zerbrochenen Mineralwasserflasche. Ihr Gesicht war blass. Sie schlug die Augen auf.
»Na, endlich ausgeschlafen?«
Meine Stimme schwankte verdächtig, fast hätte ich geheult. Vorwurfsvoll kam Viktorias ärgerliche Stimme vom Boden: »Warum musstest du ausgerechnet jetzt Pipi machen?«

8

»Wir könnten uns möglicherweise geirrt haben«, zweifelnd betrachtete Viktoria Schneiders Pass und verschiedene Papiere in ihren Händen, die sie aus Schneiders Tresor entnommen hatte. Die Zahlenkombination dafür hatte Schneider uns höchst widerwillig verraten.
»Sie haben sich geirrt, verehrte Lady«, verbesserte Schneider sie.
Wir hatten ihn mit seiner Pistole gezwungen, sich auf einen der Stühle zu setzen. Aus Angst, wir könnten versehentlich abdrücken und ihn treffen, hatte er brav unseren Befehl ausgeführt und sich der Not gehorchend von uns mit der Wäscheleine fesseln lassen. Im Gegenzug hatten wir ihm versprochen, die Pistole aus der Hand zu legen.
»Wie Sie sehen, arbeite ich für eine Versicherung als Versicherungsdetektiv. Das Auktionshaus Rebmann ist einer unserer Kunden.«
»Laut Pass und Versicherungsausweis könnte das stimmen. Aber besonders schwer dürfte es einem Killer des organisierten Verbrechens nicht fallen, derartige Papiere fälschen zu lassen. Also ...«
»Die sind echt«, eiferte Schneider sich.
»Rufen Sie bei der Versicherung an. Rufen Sie Hauptkommissar Melzner von der Mordkommission der Kripo im Landkreis Hannover an, oder rufen Sie beim Betrugs- und Diebstahldezernat an. Die kennen mich alle und können bestätigen, wer und was ich bin.«
»Natürlich werden die das bestätigen. Gangster halten zusammen.«
»Ich arbeite auf der Seite des Gesetzes. Wenn Sie mich nicht augenblicklich losbinden, werde ich Sie wegen

Einbruchs und Körperverletzung anzeigen.«
Viktoria machte keine Anstalten seiner Aufforderung nachzukommen. »Nur weil Sie ein Wisch als Versicherungsdetektiv ausweist, heißt das nicht, dass Sie unschuldig sind. Sie könnten trotzdem Rebmanns Mörder sein.«
Schneider stöhnte verzweifelt auf. »Ich bin nicht Rebmanns Mörder. Als ich ihn gefunden habe, war er bereits tot.«
»Sie hatten sein Blut am Finger. Das hat die Untersuchung von Sams Bluse ergeben.«
»Das weiß ich. Ich dachte, er lebte und wollte ihm aus dem Schrank helfen. Dabei muss das Blut an meinen Finger gekommen sein. Plötzlich bemerkte ich eine Bewegung an der langen Übergardine am Fenster. Ich drehte mich um und sah einen dunkelgekleideten, mir bekannten Mann aus dem Raum huschen. Ich bin hinter ihm her, aber er war wie vom Erdboden verschluckt. Erst später auf dem Parkplatz entdeckte ich ihn wieder, als er versuchte, mit dem Auto zu fliehen. Ich bin ihm gefolgt, aber auf der Autobahn ist er mir entwischt.«
»Und wer war der Mann, den sie angeblich kannten?«, fragte Viktoria interessiert.
»Ein Juwelendieb. Eine Frau rief mich am Abend vor der Auktion anonym an und riet mir dringend, mich am nächsten Morgen bereitzuhalten, sie würde erneut anrufen. Das tat sie kurz nach Beginn der Auktion. Sie sagte, ich solle mich beeilen. Ein Dieb, hinter dem ich seit Langem her bin, wolle das Armband der Mondscheinkollektion während der Auktion im Schloss stehlen. Mehr Informationen gab sie mir nicht. Ich bin sofort losgefahren, in der Hoffnung den Dieb endlich

überführen zu können. Ich hatte ihn vor einem Jahr im Verdacht, in einem Düsseldorfer Auktionshaus wertvolle Kameen gestohlen zu haben. Leider hatte er ein Alibi von seiner deutschen Freundin, die mittlerweile seine Frau geworden ist.«

»Reden Sie von dem Diebstahl bei Seiters?«

Viktorias Frage überraschte nicht nur Schneider.

»Ja, ganz recht. Sie kennen Seiters?«

Schneiders Blick bekam einen wachsamen Ausdruck.

»Ja, flüchtig. Carl Rebmann hat mit allen größeren Auktionshäusern geschäftlich in Verbindung gestanden. Und dieser Diebstahl hatte damals für ziemlichen Wirbel gesorgt. Schätze Ihre Versicherung musste einiges blechen, was?«

»Allerdings. Ich hätte damals beinahe meinen Job verloren. Deshalb habe ich den anonymen Anruf sehr ernst genommen, leider ohne Erfolg. Seit Jahren versucht die Polizei diesem Dieb das Handwerk zu legen, doch er ist gerissen. Nur in jungen Jahren hat man ihm einmal etwas nachweisen können. Wir dachten, wir könnten ihn nach dem Mord endlich überführen. Aber trotz meiner Zeugenaussage, fehlten weitere Beweise. Keine Fingerabdrücke von ihm, kein Mordwerkzeug, nichts. Wir hatten durch die Aufnahme der Überwachungskamera lediglich den Beweis, dass er dort gewesen war. Nachdem es Hauptkommissar Melzner gelungen war, seinen neuen Aufenthaltsort zu erfahren, überzeugte er die spanischen Kollegen von einer Hausdurchsuchung. Die blieb ergebnislos. Deshalb bin ich in der Hoffnung hergekommen, doch etwas zu finden. Gestern wollten Comisario Hernandez und ich ihm mit Nachdruck auf den Zahn fühlen. Leider ist er abgetaucht. Irgendjemand muss ihn gewarnt haben.«

Sein Blick wanderte zu Viktoria. »Was wollten Sie gestern in der Avenida Maritima?«
»Wir haben Sie verfolgt. Schließlich sind Sie für uns der Verdächtige Nummer Eins. – Aber lenken Sie nicht ab, junger Mann, erzählen Sie uns lieber, warum Sie in der Auktion in den Schrank gesehen haben.«
»Als ich den Juwelendieb im ganzen Schloss suchte, sah ich einen Stofffetzen unter der Schranktür heraushängen. Es war ein Stück von Rebmanns Anzug. Der Mörder hatte es offensichtlich übersehen. Rebmann muss kurz vorher gestorben sein. Ich vermute, er wollte das Armband nicht freiwillig herausgeben. Da hat der Juwelendieb zugeschlagen. Wahrscheinlich wollte er Rebmann nicht töten, sondern außer Gefecht setzen.«
»Wissen Sie, womit Carl Rebmann erschlagen wurde?«
Viktoria ließ nicht locker. Es schien ihr großen Spaß zu bereiten, Schneider zu verhören.
»Keine Ahnung. Die Tatwaffe wurde bisher nicht gefunden. Die Gerichtsmedizin spricht von einem schweren Gegenstand. Wahrscheinlich hat der Dieb das Tatwerkzeug unterwegs weggeworfen.«
»Hm, es könnte sich so abgespielt haben«, sinnierte Viktoria. »Vielleicht haben Sie aber nur einen Schuldigen gesucht. Zufällig wissen wir, dass Sie Hauptkommissar Melzner bestochen haben.«
»Wie bitte?« Schneider starrte sie fassungslos an.
»Gunter Melzner und ich sind seit Jahren befreundet. Wie können Sie solch einen Unsinn behaupten?«
»Sie leugnen also nicht, ihn zu kennen. Was könnte es Besseres für einen Raubmörder geben, als mit einem Polizisten befreundet zu sein? Wirklich sehr günstig

für sie beide. Wie viel Geld haben Sie ihm neulich im Umschlag zugesteckt, he?«
Viktorias Worte waren wie Peitschenhiebe. Schneider schüttelte verzweifelt den Kopf.
»Sind Sie verrückt geworden? Gunter und ich treffen uns ab und zu mit Freunden zum Kartenspielen. Ich war mit meinen Spielschulden im Rückstand. Das ist alles.«
»Das sollen wir Ihnen glauben? Wo haben Sie das Armband?«
Mit einem Satz war sie bei ihm und legte ihre Hände um seinen Hals. Offenbar dachte sie, ihn einschüchtern zu können. In einigen amerikanischen Krimis gingen Polizisten mitunter rüde mit Verdächtigen um.
»Verdammt, was soll das?«, fluchte Schneider röchelnd. »Sie gehören in die Hände eines Psychiaters. Ich bin unschuldig. Der Juwelendieb hat das Armband.«
»Sie können uns viel erzählen«, polterte Viktoria und ließ ihn los. »Wer weiß, ob Sie den armen Ramirez nicht umbringen wollten, nachdem Sie versucht haben, ihm den Mord in die Schuhe zu schieben.«
Schneider schwieg nachdenklich, dann meinte er: »Ich habe nicht ein einziges Mal den Namen des Juwelendiebes erwähnt. Sind Sie Ramirez Komplizin und haben ihn gewarnt, damit er entkommen konnte? Sie kannten sich in der Auktion aus und hätten ihm einen Tipp geben können.«
»Sie ..., Sie ...«, Viktoria schnappte hörbar nach Luft, bevor sie wütend schrie: »Sie wollen mich beschuldigen, mit dem Raubmord etwas zu tun zu haben? So eine Unverschämtheit! Hast du das gehört, Sam?«
Ja, ich hatte alles gehört. Am liebsten wäre ich im Bo-

den versunken. Wie hatte ich derart naiv sein können, Viktorias und Ollis Argumenten Glauben zu schenken? Auch Bilder konnten lügen, wenn sie voller Vorurteile betrachtete wurden. Für uns hatte von Anfang an festgestanden, dass ausschließlich der Mörder das Blut des Toten an seinen Fingern gehabt haben konnte. Auf eine andere Möglichkeit waren wir nicht gekommen. Wir waren lausige Detektive. Ich schämte mich zutiefst. Hätte ich bloß auf meinen Verstand gehört und mich nicht von dem kleinen Teufelchen in mir aufstacheln lassen. Meine Kindertage waren vorbei. Von nun an sollte ich lieber in der vernünftigen Welt der Erwachsenen bleiben und das Teufelchen in mir ignorieren. Ich holte ein Küchenmesser, um dem Ganzen ein Ende zu bereiten.
Misstrauisch beäugte Schneider das Messer. »Was haben Sie vor, Sam?«
Wortlos zerschnitt ich die Wäscheleine, mit der ich ihn umwickelt hatte.
»Was soll das?« Viktoria sah nicht minder misstrauisch aus. »Er hat mich k.o. gehauen und beleidigt. Wer weiß, was er jetzt mit uns macht.«
»Es tut mir leid, Frau von Langen. Ich habe noch nie eine Frau geschlagen. Das war eine reine Reflexhandlung, weil ich Sie im Dämmerlicht nicht erkannt habe. Ich dachte, Sie seien ein Einbrecher«, entschuldigte Schneider sich.
»Wir haben Mist gebaut, Viktoria.«
»Danke, Sam.«
Schneider massierte sich seine Handgelenke. Trotz allem klang seine Stimme jetzt ruhig, ja geradezu zärtlich. Das war zu viel! Wie konnte er sich bei mir bedanken, nach allem, was wir ihm angetan hatten? Ich

konnte die Tränen nicht länger zurückhalten. Sie flossen einfach über mein Gesicht. Verlegen drehte ich mich zur Seite, während ich in meinen Hosentaschen nach einem Papiertuch suchte.
»Hier, nehmen Sie. Es ist sauber.«
Schneider hielt mir ein Stofftaschentuch vor die Nase. Dankbar nahm ich es an und verließ heulend sein Zimmer. Nie wieder würde ich Detektivin spielen. Nie wieder würde ich ein Wort mit Viktoria sprechen.

»Richtig schön hier, findest du nicht auch?« Viktoria sog den harzigen Duft der kanarischen Pinien tief ein.
Zwei Tage später saßen wir auf einer Felsstufe im Nationalpark Caldera de Taburiente in der Mitte La Palmas und gaben uns der bizarren und schönen Landschaft hin. Es war ruhig hier, beinah unheimlich. Nicht einmal die Pinien, bewegten ihre Kronen. Im Moment war es völlig windstill, ganz anders als am Strand, wo ständig eine kühle Brise wehte und das Rauschen des Meeres keine Stille aufkommen ließ.
Das Gelände der Caldera wurde von riesigen Gebirgszügen umschlossen, deren nackte Basaltgipfel, teilweise über zweitausend Meter hoch in die Wolken hineinragten. In südwestlicher Richtung in der Barranco de las Angustías öffnete sich der Bergkessel, der vulkanischen Ursprungs war, wie eine Sauciere zum Atlantik hin.
Seit dem gestrigen Tag hatten wir lediglich das Nötigste miteinander gesprochen. Viktoria zweifelte nach wie vor an Schneiders Darstellung. Den ganzen Samstag hatte sie vor sich hingegrantelt, weil ich ihn ihrer Meinung nach zu früh losgeschnitten hatte. Als ich dann auch noch Ollis Geschäftspartner im Laden angerufen

hatte, damit er Olli ausrichten sollte, sein Einsatz sei unnötig, hatte Viktoria wütend das Zimmer verlassen. Sie meinte, es sei sehr wohl nötig, Schneiders Wohnung unter die Lupe zu nehmen. Auch Versicherungsdetektive könnten zu Mördern werden. Wenig später hatte Olli zurückgerufen. Ich hatte ihm in Kürze erzählt, was passiert war.
»Sie ist ziemlich wütend auf dich, Olli, weil du dich nicht um die Sache gekümmert hast.«
»Das dachte ich mir. Aber das ist besser, als wenn sie sich Sorgen um mich macht. Ich war im Krankenhaus.«
»Wieso warst du im Krankenhaus?«, fragte ich bestürzt.
»Ach, nichts weiter, ein kleiner Unfall. Ich bin vom Balkon gefallen.«
»Vom Balkon? Wie ist das passiert?«
»Ich war gleich in der Nacht, als ihr abgeflogen seid, bei Schneider und wollte auskundschaften, wie ich am leichtesten in seine Wohnung kommen würde. Sie liegt im Erdgeschoss. – Stell dir vor, die Balkontür stand halb offen. Das war die Gelegenheit! Also bin ich auf den Balkon geklettert und habe mich kurz in der Wohnung umgesehen. Alles kein Problem, bis ich in seinem Schlafzimmer eine schlafende Frau im Bett gefunden habe.«
»Eine Frau?«, entfuhr es mir .
»Ja, sah echt gut aus. Jede Menge Bücher lagen um sie herum. Schätze, sie war Studentin oder so was. Wahrscheinlich hatte sie die Balkontür …«
Den Rest, den Olli mir erzählte, nahm ich kaum wahr. Ich war enttäuscht. Nachdem sich alles aufgeklärt hatte, hätte ich Björn Schneider gern näher kennen ge-

lernt. Er gefiel mir irgendwie. Aber egal, ich brauchte keinen Abklatsch meines Ex-Mannes als Freund.
»Ich wollte so schnell wie möglich weg ...«, hörte ich Olli sagen, »... also bin ich über den Balkon runtergeklettert. Dummerweise hatte es angefangen zu regnen und die Betonbrüstung war glitschig. Ich bin abgerutscht und mit meinem Kopf gegen den Beton geknallt. Ich hab's irgendwie bis nach Hause geschafft. Kaum hatte ich die Tür aufgeschlossen, bin ich umgekippt. Meine Verlobte hat mich ins Krankenhaus gebracht. Aber jetzt geht es mir besser. Mutter soll sich keine Sorgen machen.«
Natürlich hatte sie sich doch welche gemacht. Sie war erst beruhigt gewesen, nachdem sie selbst mit Olli gesprochen und ihn mit Vorhaltungen über seine Unvorsichtigkeit überhäuft hatte.
Schließlich hatte sie am nächsten Morgen mit etwas besserer Laune vorgeschlagen, wir sollten uns wenigstens die Insel näher ansehen. Zuerst war ich wenig begeistert, weil ich die engen, bergigen Straßen fahren musste, aber die Schönheiten der Natur entschädigten mich für die stressige Fahrt.
»Ein idealer Platz für einen Mord«, sinnierte sie.
»Ach, möchtest du jetzt die Seiten wechseln und mich zur Übung beiseiteschaffen, weil ich nicht deiner Meinung bin?«, fragte ich sarkastisch.
Sie grinste. »Sei nicht so empfindlich, Sam. Ich kann durchaus die Meinung anderer gelten lassen. Ich könnte mich sogar mit dem Gedanken anfreunden, Schneider für unschuldig zu halten.«
»Tatsächlich?«
»Ja, leider. – Aber der Gedanke, einem Mörder und Juwelendieb versehentlich zur Flucht verholfen zu

haben, machte mir schwer zu schaffen. Ich muss das unbedingt gutmachen.«
»Und wie willst du das anstellen?«
»Indem wir helfen, Ramirez zu fangen.«
»Wir? Oh, nein! Mir reicht es. Ich werde mich nicht mehr in die Arbeit der Polizei einmischen.«
»Ich sprach von helfen, nicht von einmischen. Du könntest dich an Schneider ranmachen. So würden wir erfahren, ob sie Ramirez inzwischen auf der Spur sind.«
»Nein.«
»Och, Sam, sei nicht so bockig. Ich würde mich Schneider sofort an den Hals werfen, wenn er sich ein kleines Bisschen für mich interessieren würde.«
»Ich bin aber nicht du. Außerdem hat Schneider eine Freundin.«
»Na und? Die ist weit weg.«
»Moralische Bedenken hast du nie, was?«
»Natürlich habe ich die. Deshalb ärgert es mich ja, dass der Mörder meinetwegen entkommen ist. – Ach, komm, Sam, es geht darum dem Gesetz Geltung zu verschaffen.«
»Es bleibt beim ›Nein‹«, erklärte ich bestimmt.

»Glauben Sie wirklich, Viktoria könnte die Komplizin des Juwelendiebes sein?«
Ich hatte Schneider am nächsten Tag vor dem Hotel abfangen können, bevor er mit einem Polizisten im Auto verschwand. Die Frage war ein Vorwand, um mit ihm ins Gespräch zu kommen. Sich ihm an den Hals zu werfen, wie Viktoria es vorgeschlagen hatte, kam für mich selbstverständlich nicht in Frage.
»Nein. Ich halte sie mehr für eine einsame, alte Dame,

die zu viele Miss-Marple-Krimis gelesen hat. Dieser Ansicht ist übrigens auch Gunter Melzner. Ich habe gestern mit ihm telefoniert.«
»Und? Was wird er tun? Uns anzeigen?«, fragte ich erschrocken.
»Nein. Das konnte ich ihm ausreden. Hier befinden Sie sich sowieso nicht in seinem Zuständigkeitsbereich«, erwiderte Schneider lächelnd.
»Danke. Sie halten mich bestimmt für die dümmste Person, die Ihnen je über den Weg gelaufen ist?«
Sein Lächeln vertiefte sich.
»Ich denke, Sie sind von den Ereignissen überrollt worden. Sie sollten sich keine Gedanken mehr machen. Legen Sie sich mit Viktoria an den Strand und genießen Sie das Meer.«
»Ich würde lieber mit Ihnen fahren.«
Schneider sah mich verwundert an. Er warf einen ratlosen Blick auf den neben ihm stehenden Polizisten, dann wandte er sich wieder mir zu, als der Polizist nicht reagierte.
»Warum das?«
»Viktoria und ich hatten Streit. Ich würde ihr gern heute aus dem Weg gehen.«
Das war nicht direkt gelogen. In Wahrheit allerdings konnte ich nicht aufhören, selbst Detektivin zu spielen. Auch wenn ich zeitweise vor Angst fast vergangen war, gab es da ein anderes, schwer beschreibbares, fast berauschendes Gefühl, das mich nicht mehr losließ. Es hatte mich entgegen meiner Vernunft direkt zu Schneider getrieben.
»Ich glaube nicht, Sam, dass ich Sie mitnehmen kann.«
Er wirkte unschlüssig.
»Bitte!«

Ich legte alle Sehnsucht in meine Augen und schob freundschaftlich meinen Arm unter seinen. Immerhin hatte er mich seinerzeit nicht aus beruflichen Gründen zum Essen eingeladen. Und Gift hatte er mir nicht untergemischt, wie er mir mit großem Indianerehrenwort nach unserer Aussprache versichert hatte.
»Haben Sie etwa Angst vor mir, weil ich vorgestern so rabiat zu Ihnen war? Ehrlich, das tut mir unheimlich leid, Björn. Ich dachte wirklich, Sie seien der Mörder.« Ich schmiegte mich zielstrebig an ihn.
»Natürlich habe ich keine Angst vor Ihnen«, wies er energisch zurück.
»Eher hätte ich Angst um Sie. Comisario Hernandez hat einen Tipp bekommen, wo Ramirez sich aufhalten soll.«
Na bitte, es würde also interessant werden. Ich schmachtete ihn noch mehr an.
»Was sollte mir denn in der Obhut so vieler Gesetzeshüter passieren?«, säuselte ich.
Schneider rang mit sich. »Ich weiß nicht ...«
»Señor, tengo prisa. Kommen! Por favor.«
Dem Polizisten dauerte es offensichtlich zu lange.
»Si, ya voy«, antwortete Schneider ihm. »Okay, Sam, steigen Sie ein. Wahrscheinlich ist Ramirez sowieso nicht mehr in Fuencaliente.«
Schneider sollte Recht behalten. Nachdem Hernandez ein gestenreiches und lautes Gespräch mit einem älteren, gutmütig aussehenden Spanier geführt hatte, war er sichtlich verärgert. Da half weder ein Blick auf meine braun gebrannten Beine noch in meinen Ausschnitt, beides Ziele, die seine Augen permanent suchten. Warum hatte ich bloß kein bodenlanges Schlabberkleid angezogen?

»Konnte der Mann Ihnen keine Hinweise geben?«, fragte Schneider.

»No, Ramirez gestern war 'ier. Wollte sisch, äh, wie sagt man, äh, verstecken. Aber Antonio 'at neun Bambini, äh, da nicht seien Platz.«

Ich staunte nicht schlecht. Neun Kinder? Wo sollten die alle wohnen? Das kastenförmige, weißgetünchte Haus mit den grünen Fensterläden sah von außen so klein aus, als fänden gerade einmal zwei Personen darin Platz.

»Hm.« Hernandez hob zweifelnd seine Hände, »Isch denke, Antonio lügen. Diese Gangster alle sin gleisch. Nix saggen. Oh, is schrecklisch! Aba Ramirez 'at gewillt was 'ier.«

Mit faltiger Denkerstirn wanderte Hernandez vor uns auf und ab, während er spanische Worte ausstieß, die nicht salonfähig klangen. Plötzlich schlug er sich die Hand vor die Stirn.

»Ah, jetzt ich weiß.« Er nickte bekräftigend. »Wir werdden überwachen Antonio. Er wissen was.«

Welche Erkenntnis!

»Ist Antonio auch ein Verbrecher? Er sah so anständig aus?«, fragte ich Hernandez mit Unschuldsmiene.

»Si, er machen Geschäfte mit Dieben, äh, kleine Geschäfte, keine große Gangster. Er haben eine große Familie, Frau, Kinder, Vater, Tante, so er brauchen Geld.«

»Ob Ramirez bei ihm das Armband versteckt hat?«

»Sie wissen die Sache?«

Hernandez' Augen verengten sich und wanderten fragend zu Schneider. Der zuckte wie ein Schuljunge zusammen, den der Lehrer beim Abschreiben ertappt hatte.

»Sie hilft mir manchmal«, redete er sich heraus.

»Hm«, überlegend schaute Hernandez von Schneider zu mir und wieder zurück, bis er nach einer Pause fortfuhr: »Wir wissen, Ramirez will 'ier auf La Palma die Armband an nexte Domingo an andere Gangster geben. Wir nix wissen wo y an wen.«

»Woher wissen Sie das?«

»Von seiner Frau, Sam«, antwortete Schneider. »Sie wird zurzeit wegen Beihilfe festgehalten. Comisario Hernandez hat sie verhört und ein wenig gebluffft. Leider scheint sie nicht mehr zu wissen, was mich nicht wundert. Ramirez ist schlau und vorsichtig. Was außer ihm niemand weiß, kann niemand unbeabsichtigt ausplaudern.« In Schneiders Stimme schwang fast etwas Bewunderung mit.

»Aber es muss doch irgendeinen Anhaltspunkt geben. Wenn feststeht, dass die Übergabe auf der Insel stattfinden soll, muss es möglich sein, herauszufinden wo.«

Hernandez schüttelte bedauernd den Kopf.

»No, Señorita, es geben viele Orte, wo sein kann. La Palma kleine Insel, aba er überall kann gebben die Juwel an die Fremder.«

»Der Schmuck soll also an einen Fremden übergeben werden?«

»Ja, an einen Engländer. Das wusste sie wenigstens. Aber was nützt uns das? Es gibt hier Dutzende von englischen Urlaubern.«

»Aber es muss etwas bedeuten, warum der Schmuck ausgerechnet nächsten Sonntag weitergegeben werden soll. Domingo heißt doch Sonntag oder hab ich das falsch verstanden?«

»Si, Sonntag. Tag davor kommen viele Tourists aus England, Sontags nix Flugzeuge aus und zu England.

Wir controll die Aeroporto gründlisch. Aba isch niscd glauben, wir finden.«

»Nun, wenn die Übergabe an einen Fremden erfolgen soll, können wir alle Orte streichen, die einsam in der Botanik liegen, denn dort würde ein Fremder sich nicht hinfinden. Wenn ich Ramirez wäre, würde ich einen Ort wählen, wo ein Fremder nicht auffällt, vielleicht einen Ort, wo Touristen gerne hinfahren.«

Beifall heischend sah ich die beiden Männer an. Sie schienen von meinen logischen Überlegungen nicht überzeugt zu sein.

»Und was ist, wenn der Fremde öfter Geschäfte mit Ramirez abgewickelt hat und sich hier auskennt?« Überlegen griente Schneider mich an.

»Trotzdem muss es Anhaltspunkte geben, wo die Übergabe stattfinden soll. Gibt es keine Akten über Ramirez? Möglicherweise ist dort etwas vermerkt, was uns weiterhelfen kann. Oder es gibt Hinweise in seiner Wohnung, oder seinem Restaurant.«

Ich redete mich in Rage und merkte wie mir das Blut in den Kopf schoss. Als mir plötzlich bewusst wurde, dass Schneiders Augen gebannt an meinen Lippen hingen, blickte ich verlegen zur Seite.

»Sie sind wirklich süß, Sam«, sagte er tiefsinnig lächelnd.

Als wäre es die selbstverständlichste Sache der Welt, beugte er sich zu mir herunter und küsste mich. Der Kuss kam zu überraschend. Reflexartig hoben sich meine Arme und schubsten ihn weg, geradewegs gegen einen Feigenkaktus, der am Straßenrand blühte.

9

»Der arme Kerl!«
Es war eindeutig, wem Viktorias Sympathie galt, als ich ihr von Schneiders dreistem Kuss erzählte.
»So schlimm war es nicht. Er hatte lange Jeans an. Außerdem hätte er mich vorher warnen können. Er soll sich nicht einbilden mit mir ein Techtelmechtel anfangen zu können, während seine junge Freundin bei ihm zu Hause mit Büchern im Bett einschläft.«
»Du bist ein hoffnungsloser Fall«, seufzte sie. »Wahrscheinlich wirst du eines Tages als vertrocknetes Mauerblümchen ins Gras beißen, in der irrigen Annahme es sei eine haarige Männerbrust.«
»Haha, sehr witzig! – Rede weiter so ein dummes Zeugs, dann werde ich kein einziges Wort über Ramirez sagen. Immerhin habe ich Einiges zusammengetragen, während du dich womöglich mit Alfonso im Bett herumgewälzt hast.«
»Woher weißt du das?«, fragte sie erstaunt.
Ich schüttelte den Kopf. Eigentlich hatte ich das als Witz gemeint, weil ich Viktoria nach meiner Rückkehr nirgends hatte finden können.
»Wie kann eine Frau in deinem Alter so mannstoll sein?«
»Im Gegensatz zu dir stehe ich auf schöne geile Männerpopos.«
»Willst du über Männer reden? Oder willst du wissen, was ich erfahren habe?«
Da ihr meine Neuigkeiten wichtiger waren, erzählte ich ihr alles, was ich mitbekommen hatte.
»Na bitte, da kommen wir der Sache etwas näher«, meinte Viktoria anschließend.

»Findest du? Wie Hernandez richtig feststellte: so klein ist La Palma nicht.«
»Das stimmt leider. Aber ich bin ganz deiner Meinung. Es muss irgendwo einen Hinweis geben. Wenn wir uns bloß in seiner Wohnung und seinem Restaurant umsehen könnten. Ich bin überzeugt, wir würden etwas finden. Die Frage ist, wie kommen wir am besten dort hinein. – Ich hab mal im Fernsehen gesehen, wie Gangster mit 'ner Scheckkarte eine Tür geöffnet haben. Oder wir besorgen uns einen Glasschneider und steigen durchs Fenster ein. Was meinst du?«
»Du glaubst nicht im Ernst, dass ich nach dem Fiasko bei Schneider noch einmal irgendwo einbreche?«
»Wir brechen nicht ein, wir sehen uns im Dienste der Gerechtigkeit nur ein bisschen um. Außerdem müssen sie uns ja nicht erwischen.«
»Juristisch gesehen ist das Einbruch. Und ich denke, die Polizei wird uns sicher erwischen, weil sie sowohl Ramirez' Restaurant als auch seine Wohnung überwacht.«
»Mist, du hast Recht«, ärgerte sich Viktoria.
»Vielleicht hilft Hernandez uns. Wir müssten einen Zeitpunkt abpassen, in dem Schneider nicht in seiner Nähe ist. Wenn wir ihm ein bisschen von unseren weiblichen Reizen als Anblick gönnen, könnte ihn das überzeugen.«
»Ich muss mich wundern, Sam. Solch frivole Gedanken? – Ich weiß allerdings nicht, ob das eine gute Idee ist, die Polizei mit hineinzuziehen«, überlegte sie. »Aber warum eigentlich nicht?«

Wie vermutet war Hernandez einem Aufgebot von zwei verführerisch herausgeputzten Frauen nicht gewachsen. Er wusste nicht, wo er zuerst hinsehen sollte. Sein Blick pendelte zwischen mir und Viktoria hin und her, bis er sich entschied, Viktoria während der Fahrt zum Restaurant näher auf den Pelz zu rücken. Ihr luftiges, fast durchsichtiges Kleid, unter dem ein schwarzer BH durchschimmerte, schien ihn mehr zu reizen, als meine nackten Beine.

Im ›Sevilla‹ waren die Tische mit weißen Tischdecken und Stoffservietten sauber eingedeckt, als warteten sie auf Gäste, die sich dort niederlassen würden. Den größten Blickfang im Raum bildete eine einfache Holztheke direkt gegenüber dem Eingang. An der Wand dahinter stand ein dunkelgebeiztes Holzregal mit jeder Menge Flaschen. Statt Tapeten waren die Wände weiß gekalkt. Nur vereinzelt angebrachte Wandlampen in Kerzenform und einige hinter Glas gerahmte Bilder mit landestypischen Bergmotiven sorgten für Abwechslung.

»Ist das nicht der Volcán Teneguía«, fragte Viktoria Hernandez, während sie auf eins der Bilder deutete. Offenbar wollte sie ihn mit ihren Kenntnissen aus dem Reiseführer beeindrucken, der eine ähnliche Fotografie enthielt.

»No, Señora, das Volcán San Antonio, in die Näh von Teneguía, 'at in 17. Jahr'undert ausgebrochen. Teneguía 1971 ausgebrochen. Isch gesehen. Schrecklisch! Alles rotte Feuer in Stein. Mucho gefährlisch. Eine Fischer tot. 'äuser, Straßen alles weg unter Lava. Viele professores kommen un untersuchen.«

Hernandez theatralische Gebärden zeigten deutlich, wie stolz er darauf war, den Vulkanausbruch miterlebt zu haben.

»Hm, sehr interessant.«

Viktoria wandte sich scheinbar gelangweilt ab und ging auf eine Tür zu, die sich neben der Holztheke befand.
»Ist dort seine Wohnung?«
»Si, gehen die Treppe 'och. 'ier unten Küche un Toilettes.«
Hernandez ging eilfertig vor und schloss die Tür auf. Die steile Holztreppe knarrte unter unseren Schritten. Im schmucklosen Treppenhaus befand sich nichts Interessantes, außer einer babypuppengroßen, antik aussehenden Holzmadonna, die in einer Nische in der Wand einen Ehrenplatz hatte. Eine abgebrannte Kerze im Kerzenhalter zu ihren Füßen deutete auf die Gläubigkeit der Menschen hin, die dieses Haus bewohnten. Auch wenn Heiligenfiguren im katholischen Spanien nichts Ungewöhnliches waren, war ich verwundert, ausgerechnet im Haus eines Raubmörders auf eine zu treffen.
Die modern mit Kunststoffmöbeln eingerichteten Wohnräume über dem Restaurant ließen ebenso wenig einen Schluss zu, wo das Treffen mit dem Engländer stattfinden sollte, wie die unteren. Viktoria kramte zielstrebig im Schreibtisch herum, doch mit den spanisch beschrifteten Papieren konnte sie nichts anfangen. Ansonsten lagen in den Schubladen Kunstkataloge deutscher und englischer Auktionshäuser, Schreibmaschinenpapier, einige Ansichtskarten von La Palma und diverse Büroutensilien.
»Haben Sie sich die Papiere genau angesehen?«
»Si, aba nix wichtiges, Rechnungen, Briefe, aba nix Verdächtiges. Wir sehr gründlisch und sauber. Auch Mull durchsucht,« deutete Hernandez gewichtig auf den Papierkorb neben dem Schreibtisch.

Auf dieses Stichwort hin, kippte Viktoria vor den Augen des verdutzten Hernandez den Inhalt des Korbes auf den Schreibtisch: Reklameschreiben, drei benutzte Teebeutel, Orangenschalen, eine bekleckerte, unbeschriebene Ansichtskarte von La Palmas Observatorium, Kekspapier, ein Bleistiftstummel und zerrissene Papiere, die mit Klebeband sorgfältig zusammengeklebt Restaurantrechnungen aus Fuencaliente und Santa Cruz ergaben; das war die Bilanz.
»Wir gründlich suchen.« Hernandez Stimme klang missgestimmt.
»Ich auch«, antwortete Viktoria prompt. »Wo ist das Schlafzimmer?«
»Oh, 'ier.«
Hernandez zog vielsagend die Augenbrauen hoch, während er uns dorthin führte. Wahrscheinlich gingen seine eindeutig zweideutigen Gedanken endgültig mit ihm durch. Viktoria durchsuchte ungerührt den Kleiderschrank und ein Nachtschränkchen, in dessen Schublade Pornohefte lagen. Als Viktoria begann, diese durchzublättern, reichte es mir. Ohne ein Wort zu sagen, ging ich nach unten.
Im Treppenhaus blieb ich vor der Madonna stehen. Die Farben mit denen sie einst ein Künstler bemalt hatte, waren verblasst und einige feine Löcher zeugten von Holzwurmbefall. Dennoch schien es, als würde sie den Betrachter anlächeln. Voller Faszination für dieses Kunstwerk berührte ich ihr geschnitztes Gesicht und strich mit meinen Händen an ihrem Kleid entlang. Zu meinem größten Erstaunen fühlte ich hinten an ihrem Kleid einen winzigen Ritz. Ich tastete mit dem Finger weiter und stellte fest, dass die Madonna im unteren Bereich ihres Kleides nach vorne hin unsichtbar, ein

kleines Geheimfach enthalten musste. Ich beugte mich ein wenig vor, um es mir näher ansehen zu können.
»Leer.«
Erschrocken drehte ich mich um. Hernandez schien mich vom oberen Treppenabsatz her beobachtet zu haben.
»Was Sie wollen 'ier, in diese 'aus, Señorita? Sie lüggen. Isch gleich gedenken, Señor Schneider Sie nix schicken.«
»Doch«, log ich und ärgerte mich, den Comisario unterschätzt zu haben.
Offenbar hatte er uns nur deswegen so bereitwillig das Haus gezeigt, um herauszufinden, was wir hier wollten.
»Was suchen in Madonna?« Er ließ mich nicht antworten. »Isch denken, wir werden in Comisaría spreschen weiter. Sie nun meine Gasts.«
»Wollen Sie uns etwa verhaften?«
»Mmh«, er neigte abwägend den Kopf zur Seite, »saggen besser, Sie meine Gasts. ¡Comprendez!«

»Warum mussten Sie ausgerechnet die Madonna näher untersuchen? Und was wollten Sie überhaupt in Ramirez Haus?«
Schneider schüttelte den Kopf, während er kurz zu mir herüber schielte. Seit knapp drei Stunden versuchte Hernandez uns weiszumachen, wir wären Ramirez Komplizinnen. Und das nur, weil ich zufällig das Geheimfach in der Madonna entdeckt hatte, in dem die Polizei bei der Hausdurchsuchung einen gestohlenen Diamantring gefunden hatte, der aus einem älteren Einbruch stammte. Da Ramirez diesen nicht mitgenommen hatte, war Hernandez zu dem Schluss ge-

kommen, ein Komplize würde den Ring dort abholen. Nicht schwer zu erraten, wen er für den Komplizen hielt. Viktoria und ich beteuerten fortwährend unsere Unschuld. Doch Hernandez glaubte uns nicht. Plötzlich war er sogar gegen Viktorias weibliche Reize immun. Wenigstens hatte er auf unsere Bitte hin Schneider angerufen, der kurze Zeit später tatsächlich erschienen war.

»Wir wollten sehen, ob sich Hinweise finden ließen, wo die Übergabe des Armbandes stattfinden soll«, versuchte ich mich zu rechtfertigen. »Das mit der Madonna war Zufall. Sie gefiel mir und ich musste sie einfach anfassen.«

»Ach, diese Machos glauben dir sowieso nicht. Ich hab dir gleich gesagt, es wäre besser, allein in das Haus zu gehen, aber nein, du musstest ja unbedingt die Polizei mitnehmen. Jetzt haben wir den Salat«, fauchte mich Viktoria genervt an.

»Einbreschen?« Hernandez nickte beiläufig. »Isch sie dann in Gefängnis stecken müssen.«

»Das war ein Witz«, versuchte Schneider das Ganze zu entschärfen, während er einen gereizten Blick auf Viktoria warf. »Sie scheinen nicht zu begreifen, worum es geht, verehrte Frau von Langen, sonst würden Sie Ihre Worte vorsichtiger wählen. – Comisario Hernandez«, wandte Schneider sich mühsam lächelnd an den Polizisten. »Diese beiden Damen hier, bilden sich leider ein, Detektiv spielen sei eine amüsante Freizeitbeschäftigung. Ich weiß, das klingt verrückt, aber hat nicht jeder von uns seine kleinen Schwächen?«

Ein vielsagender Blick, ein verständnisvolles Nicken und Gegrinse, man(n) war sich einig. Typisch!

»Allerdings«, fuhr er in Richtung Viktoria fort, »ist es

in der Realität sehr gefährlich, Verbrecher zu jagen. Ramirez ist ein gefährlicher, brutaler Killer. Das ist nichts für Frauen, erst recht für ältere Damen wie Sie. Warum schließen Sie sich nicht einem Damenclub an und versuchen sich im Handarbeiten?«
Dieser absurde Gedanke brachte mich prompt zum Lachen. Ich konnte nicht anders. Ich lachte bis mir die Tränen kamen und das tat gut. Schneider holte tief Luft und sagte gar nichts. Ich hatte ihn aus dem Konzept gebracht. Viktoria grinste.
»Selten so einen Schwachsinn gehört«, meinte sie lakonisch. »Sie tun gerade so, als könnten nur Polizisten und Detektive Kriminalfälle lösen. Ohne die Mithilfe der Bevölkerung – einschließlich der Frauen! – wäre die Aufklärungsrate wesentlich niedriger. Wissen Sie denn inzwischen, wo das Treffen zwischen Ramirez und dem Engländer stattfinden wird?«
»Wissen Sie's etwa?«, fragte Schneider zurück, während er mit Hernandez einen amüsierten Blick austauschte, der unsere Unfähigkeit dokumentieren sollte.
»Ja, ich habe eine Vermutung.«
Für einen Moment schwiegen die Männer ungläubig.
»Dann lassen Sie hören«, fasste Schneider sich als erster.
»Tja, meine Herren«, begann Viktoria selbstsicher, »Wie es aussieht, sind Ihnen bei der Haussuchung die Bilder in Ramirez Restaurant entgangen. Auf einigen Bildern ist der Vulkan San Antonio abgebildet. Sie erinnern sich, Señor Hernandez, ich habe Sie danach gefragt.«
»Si, aba isch nix verstehen.«
»Nun, wenn ich die Autokarte richtig in Erinnerung habe, liegt Fuencaliente, wo Ramirez den Hehler auf-

gesucht hat, nur wenige Kilometer von dem Vulkan entfernt. Und in seinem Papierkorb lag interessanterweise eine zerrissene Rechnung von einer Bodega aus Fuencaliente. Natürlich können das alles Zufälle sein. Genauso gut könnte die Übergabe aber irgendwo in diesem Gebiet stattfinden. Klingt logisch, oder?«
»Klingt etwas konstruiert, aber Sie können sicher sein, dass Comisario Hernandez das Gebiet um Fuencaliente selbstverständlich unter Beobachtung hat.«
»Na, das ist doch wunderbar.« Viktoria erhob sich von ihrem Stuhl und zog mich in Richtung Tür. »Wir gehen jetzt. Sie sehen, wir machen uns als Hobbydetektivinnen gar nicht so verkehrte Gedanken.«
»Stopp!« Hernandez ließ sich nicht überrumpeln. »Sie mir gebben Ihre Führerschein un ihre Pass. Un Sie nix Policia spielen, sonst isch sie ver'afte.«

Wenn Hernandez geglaubt hatte, uns mit dem Einziehen der Pässe und meines Führerscheins handlungsunfähig gemacht zu haben, irrte er gewaltig. Da Viktoria dem Comisario wahrheitsgemäß versichern konnte, sie könne nicht Auto fahren, blieb uns Viktorias Motorradführerschein erhalten.
Die nächsten Tage taten wir alles, um den Comisario und Björn in Sicherheit zu wiegen: Wir blieben schön brav in der Nähe des Hotels, genossen die Sonne, gingen im nahegelegenen Meer schwimmen, shoppten in Santa Cruz und sahen uns die Stadt an; mit dem Linienbus versteht sich. Ab und zu tauchte Schneider überraschend auf. Auch bei den Mahlzeiten im Hotel war er präsent. Unser Spion war stets freundlich, begegnete uns aber mit einem gewissen Misstrauen.
Je näher der besagte Sonntag rückte, desto unruhiger

wurde Viktoria. Sie wollte sich die Gegend von Fuencaliente unbedingt genauer ansehen. Der Viktoria treu ergebene Alfonso besorgte uns ein Motorrad, ohne nach ihrem Pass zu fragen. Schneider und Hernandez umgingen wir, indem wir das Motorrad vor einem der anderen Hotels parkten.

Auch wenn es ein triumphales Gefühl war, die Männer ausgetrickst zu haben, wich dieses bei mir während der ersten Spritztour mit dem Motorrad schnell einem Angstflattern. In einer wahnwitzigen Geschwindigkeit, die ich bei den engen, bergigen Straßen La Palmas nicht einmal mit dem Auto gefahren wäre, raste Viktoria drauf los. Ich weiß nicht, wie viele Abhänge ich mich herunterstürzen sah und wie oft meine Beine in Kurven nur knapp den Boden verfehlten.

Unser erstes Ziel war Fuencaliente und die Bodega, deren Rechnungen wir in Ramirez' Papierkorb gefunden hatten. Doch als wir im Ort zwei Polizisten patrouillieren sahen und ein Auto in der Nähe der Bodega entdeckten, das verdächtig nach einer Zivilstreife aussah, fuhren wir zu den nahe gelegenen Vulkanen weiter. Kaum stiegen wir am San-Antonio-Vulkan vom Motorrad ab, ließ ich mich mit weichen Knien auf dem nächstbesten Stein nieder.

»Ist immer wieder 'n irres Gefühl mit 'ner heißen Maschine unter dem Arsch, was?«, strahlte mich Viktoria mit jugendhaft gerötetem Gesicht an.

»Findest du? Ich hatte eher das Gefühl, du wolltest mich umbringen.«

Viktoria fand's lustig, ich nicht. Bei dem Gedanken daran, mit dem Ding zum Hotel zurückfahren zu müssen, wurde mir ganz schlecht.

»Na los, Sam, jetzt lass uns die paar Schritte da hoch

gehen. Wenn ich an einem fremden Ort bin, will ich mir die Sehenswürdigkeiten anschauen.«

Ohne meine Antwort abzuwarten, hakte sie sich unter meinem Arm ein und schob mich den aufgeschütteten Weg zum Kraterrand hoch. Unter unseren Füßen knirschten krümelige, schwarzbraune Lavasteinchen wie Schnee. Oben angekommen schauten wir neugierig in den Krater. Eine spärliche Vegetation breitete sich an den Hängen und im Kraterinnern aus, vereinzelt wuchsen sogar Bäume in der in vielen Erdfarben schimmernden Kraterlandschaft. Ein Geologe hätte seine Freude daran gehabt, ich dagegen hatte mir unter einem Vulkan etwas Aufregenderes vorgestellt. Auch Viktoria brach nicht gerade in Begeisterungsstürme aus.

»Musst du den Rundweg um den Krater herumlatschen, oder wollen wir zum Teneguía weiter? Der muss gleich dort drüben sein.«

»Wenn wir dorthin fahren müssen, ziehe ich den Rundweg vor.«

Meine Beine fühlten sich endlich normal an.

»Ich weiß nicht, mit euch jungen Hüpfern ist nichts los. Du stellst dich genauso bescheuert an wie Olli, wenn er mitfährt. Habt Ihr denn kein Gefühl für dieses Kribbeln im Unterkörper, wenn Ihr auf so 'nem heißen Bock die Straße entlang powert?«

»Oh, sicher! Was meinst du, was das erst für ein Kribbeln gibt, wenn du im Geschwindigkeitsrausch geradewegs in den Tod powerst. Vielleicht treffen wir dann irgendwann Ramirez in der Hölle, der sich damit brüstet, allen durch die Lappen gegangen zu sein.«

»Okay, Sam, du hast gewonnen. Ich fahre jetzt langsamer«, lächelte sie mich mütterlich an.

Die Fahrt zum Volcán Teneguía war nicht weit, doch erwies sich die kurvige Straße als ein Schotterweg, auf dem jedes Bremsmanöver mit dem Motorrad zur Rutschpartie wurde. Hier bewies Viktoria, dass sie auch langsam fahren konnte. Im Gegensatz zum Volcán San Antonio erinnerte der Teneguía eher an einen zerstörerischen Vulkan. Schwarze, scharfkantige Lavabrocken türmten sich wie ausgekippt zu gespenstischen Gebilden auf. Als ich einen besonders bizarr geformten Stein aufhob, spürte ich die Wärme, die an einigen Stellen aus dem Erdinneren nach oben strömte. Bei genauerem Hinsehen konnte ich sogar flirrende Gasschwaden erkennen. Es war unheimlich, sich vorzustellen, wie die Erde sich plötzlich auftat und rot glühende, verflüssigte Gesteinsmassen ausspie, die mit ihrer Hitze alles Leben unter sich begruben. Bildete ich mir es ein, oder waberte unter meinen Füßen tief in der Erde das Magma, bereit sich jederzeit den Weg an die Oberfläche zu bahnen? Viktoria sah alles gelassener.
»Auf Lanzerote ist das weitaus eindrucksvoller. Da siehst du kilometerweit nur Lava und im Timanfaya-Nationalpark stecken sie Büsche in Erdlöchern in Brand, um die Erdhitze zu demonstrieren. Dagegen ist das hier Pipifax.«
Trotzdem sammelte sie einige Lava-Brocken auf und verstaute sie unter dem Rücksitz im Motorrad. »Für mein Blumenfenster. Was meinst du, was ich Zuhause zahlen muss und hier liegt das Zeugs so herum.«
»Sag bloß, du gibst dich mit so etwas Spießigem wie einem Blumenfenster ab.«
Darauf ging sie nicht ein.
»Jetzt, da ich die Gegend gesehen habe, glaube ich nicht, dass Ramirez sich hier mit dem Hehler treffen

will. Es ist zu trostlos, keine Touristenschwärme als Tarnung. Auch in der Stadt wäre es zu riskant. Ein Fremder würde sofort auffallen und bei der Polizeipräsenz wäre es geradezu dämlich, die Übergabe dort stattfinden zu lassen. Wenn ich ein geklautes Armband verhökern wollte und mir die Polizei auf den Fersen wäre, würde ich alle auf eine falsche Fährte locken und den Verkauf woanders in Ruhe über die Bühne bringen. – Weißt du, was das bedeutet?«
Ich nickte.
»Wenn Ramirez so clever ist, wie Schneider denkt, könnte die Übergabe überall stattfinden, nur nicht hier.«

10

»Wir sollten noch einmal alles zusammentragen. Vielleicht bringt uns das weiter«, überlegte Viktoria am nächsten Tag.

Es ließ ihr keine Ruhe, weil sie keine Idee hatte, wo das Treffen zwischen Ramirez und dem Engländer stattfinden könnte. Sie kramte einen Notizblock heraus und machte lauter kleine Zettel.

»Lass uns alle Details zum Fall aufschreiben und zwar jedes auf einen extra Zettel. Vielleicht stoßen wir auf etwas, was uns bisher entgangen ist«

«Ich glaube das bringt nicht viel«, entgegnete ich wenig überzeugt.

»Sei nicht so ein Pessimist. Ich finde, einen Versuch ist es wert.«

Als Pessimist wollte ich nicht gelten. Also verbrachten wir den Vormittag damit, Zettel zu schreiben und nachzudenken. Gegen Mittag klopfte es an die Tür. Es war Schneider.

»Heute nicht draußen?«, fragte er.

Viktoria wollte ihn abwimmeln. Das machte ihn misstrauisch. Ohne auf ihren Protest zu hören, kam er in unser Apartment. Kaum hatte er unsere Zettelwirtschaft entdeckt, nahm er einige Zettel hoch und runzelte die Stirn.

»Dachte ich es mir doch: Sie können es einfach nicht lassen. Was haben Sie jetzt vor?«

»Nichts. Wir kommen nicht weiter«, gab Viktoria bereitwillig zu.

»Das geht Ihnen nicht allein so. Ich glaube, der Comisario fischt ebenfalls im Trüben. Leider erfahre ich so gut wie nichts mehr von ihm. Er bittet mich nur dau-

ernd darum, Sie beide im Auge zu behalten.«
Ich fühlte mich augenblicklich schuldig. Auch Viktoria fühlte sich angesprochen.
»Tut mir leid, dass Sie unseretwegen so viel Pech hatten.« Dann deutete sie auf die Zettel, die Schneider in der Hand hielt. »Was halten Sie von einer Zusammenarbeit mit uns? Zu dritt könnten wir mehr bewirken.«
»Oh nein, Sie werden sich heraushalten.«
Er drohte Viktoria mit seinem Zeigefinger.
»Ich fühle mich moralisch verpflichtet ...«, begann Viktoria, doch ich unterbrach sie streng.
»Wir werden nichts unternehmen. Falls uns etwas auffallen sollte, werden wir Sie informieren.«
Schneider sah uns beide prüfend an, dann nickte er zufrieden. »Gut, ich verlasse mich darauf. Dann werde ich mich am Pool von der Sonne verwöhnen lassen und meiner Tochter schreiben.«
Er deutete mit seiner Hand auf die Ansichtskarte, die aus seiner Hemdtasche herauslugte. Ich konnte den Teneguía und das Observatorium darauf erkennen, der Rest steckte in der Tasche.
»Sehen wir uns nachher beim Abendessen?«, fragte Schneider uns, aber ich hörte ihm nicht mehr zu. Ich konnte nur die Karte anstarren. Das Observatorium ...
»Was ist, Sam? Wollen wir heute alle drei zusammen essen?«, fragte Schneider nach.
Essen? Ich hatte keinen Hunger. Wie in Trance lief ich zum Tisch und suchte die Zettel ab. Endlich fand ich den mit der Aufschrift ›Ramirez Papierkorb‹ und las, was wir bei der Durchsuchung alles in dem Papierkorb gefunden hatten: Reklameschreiben, benutzte Teebeutel, Orangenschalen, Kekspapier, einen Bleistiftstummel, Restaurantrechnungen aus Fuencaliente und ...

eine bekleckerte, unbeschriebene Ansichtskarte von La Palmas Observatorium. Schneider war mir gefolgt und schaute sich den Zettel an. Nachdenklich starrte er zur Terrassentür heraus.
»Hat das Observatorium auf dem Roque de los Muchachos nicht an diesem Sonntag für das Publikum geöffnet?«, fragte ich in den Raum hinein. »Ich meine das an der Infotafel des Hotels gelesen zu haben.«
Wir schauten uns alle drei an.
»Ich frage Alfonso.«
Viktoria wählte die Nummer der Rezeption. Alfonso hatte heute keinen Dienst, aber seine Kollegin konnte unsere Frage beantworten.
»Du hast Recht. Das ist es, Sam! Ich wusste es. Du hast das Talent zur Detektivin. Ramirez könnte dem Hehler durch unverfängliche Ansichtskarten mitgeteilt haben, wo sie sich treffen wollen.«
Viktoria zeigte auf dem Notizzettel auf das Wort ›Teebeutel‹, dann auf ›bekleckerte, unbeschriebene Ansichtskarte von La Palmas Observatorium‹.
»Bestimmt war es so: Ramirez sitzt an seinem Schreibtisch und will die Karte schreiben. Er nimmt den Teebeutel aus der Tasse und bekleckert sie versehentlich mit Tee. Er will keine verschmutzte Karte verschicken, also zerknüllt er sie, wirft sie in den Papierkorb und nimmt eine neue. Ich erinnere mich, jede Menge Ansichtskarten mit verschiedenen Motiven in seinem Schreibtisch gesehen zu haben.«
»Das wäre denkbar«, stimmte Schneider uns zu. »Ich werde sofort mit Hernandez telefonieren.«
Der Comisario schien wenig von unserer Schlussfolgerung zu halten. Schneiders Miene verfinsterte sich von Sekunde zu Sekunde, die er mit ihm telefonierte.

»Hernandez glaubt nicht, dass Ramirez morgen am Observatorium auftaucht. Er wird aber seinen Beamten, die die Anlage sichern, die Fahndungsfotos von Ramirez geben. Falls er sich blicken lässt, nehmen sie ihn fest. Ich soll mich weiter um Sie kümmern«, murrte er.
»Dann kümmern Sie sich um uns. Wir helfen ihnen gern«, versicherte Viktoria eilfertig, ohne mich zu fragen.
Schneider bedachte sie mit einem Blick tiefster Ablehnung. »Ich arbeite nicht mit Laien zusammen. – Ich werde besser persönlich mit Hernandez sprechen. Das wird ihn überzeugen.«

Auf dem Roque de los Muchachos, der sich 2426 Metern über den Meeresspiegel erhob, herrschte geschäftiges Treiben. Diesmal war Viktoria die steile, kurvenreiche Strecke in einem gemäßigten Tempo gefahren, so dass meine Beine sich nur wie steifgeschlagener Eischnee anfühlten: softig, aber fest. Tatsächlich war die Polizei stark vertreten. Scheinbar war es Schneider gelungen, Hernandez umzustimmen. Wir hatten ihn seit dem gestrigen Nachmittag nicht mehr zu Gesicht bekommen. Das Abendessen hatte er ausfallen lassen. Es dauerte nicht lange, bis wir Schneider mit seinem breitkrempigen Cowboyhut und der Sonnenbrille in der Menge entdeckten.
»Sieht so aus, als hätte Hernandez auf Sie gehört«, stellte Viktoria fest.
Schneider starrte uns entgeistert an. »Wie sind Sie hier her gekommen?«
»Mit dem Motorrad. Wie sonst? Sam hat keinen Führerschein mehr und ich kann keine Autos fahren.«

Viktoria grinste zufrieden.
»Wie viele Beamten hat Hernandez auf Ramirez angesetzt?«, fragte ich Schneider, um ihn abzulenken.
»Nicht einen einzigen«, antwortete er grimmig. »Die sind hier, um für einen reibungslosen Ablauf der Veranstaltung zu sorgen. Hernandez hat zwar wie versprochen die Fahndungsfotos verteilt und sie angewiesen, mich zu unterstützen, aber mehr nicht.«
»Und wo soll Hernandez' Meinung nach die Übergabe stattfinden?«, schaltete sich Viktoria ein.
»Das weiß ich nicht. Er sagte mir, er hätte einen Tipp bekommen.«
»Wir könnten zusammenarbeiten«, erneuerte Viktoria ihr gestriges Angebot.
Schneider schüttelte ungehalten seinen Kopf.
»Ich hatte Ihnen deutlich gesagt, Sie sollen sich da raushalten?!«
»Wie Sie wollen. – Komm, Sam, der Herr Versicherungsdetektiv möchte sich Ramirez wieder durch die Lappen gehen lassen.«
Sie zog mich zur Kasse.
»Also gut«, kam Schneider ungehalten hinter uns her. »Ich kann Sie doch nicht davon abhalten. Sie müssen mir aber versprechen, sich lediglich nach Ramirez umzusehen, mehr nicht.«
Wir versprachen es ihm und verteilten uns auf dem Gelände. Das Observatorio de Astrofísica bestand nicht, wie ich aufgrund der Ansichtskarte zunächst vermutet hatte, aus einem einzigen kuppelförmigen Forschungsgebäude, sondern aus mehreren. Seit 1985 hatten sich verschiedene europäische Länder hier niedergelassen, um ihre astronomischen Forschungen zu betreiben. Die kleine Kanareninsel eignete sich nicht

nur wegen ihrer geographischen Lage sehr gut als Standort. Auf La Palma gab es außerdem weder luftverschmutzende Industrie, noch übermäßig viele Lichtquellen, die die Weltraumforschung vielerorts beeinträchtigten.

Viktoria und ich hatten uns zum höchsten Aussichtspunkt der Insel begeben. Von hier aus war nicht nur der Blick auf die zerklüfteten, kargen Bergreliefs der Caldera, die aus den weißen, flauschigen Wolken majestätisch herausragen, einmalig schön, wir konnten auch die ankommenden Besucher auf den Parkplätzen und an der Kasse beobachten, an der die Karten für das Teleskop ausgegeben wurden. Auch wir hatten uns Karten gesichert, falls es notwendig sein sollte, Ramirez dorthin zu folgen. Schließlich war auf der Ansichtskarte, die wir in Ramirez' Papierkorb gefunden hatten, genau dieses Teleskop vom Observatorium abgebildet gewesen.

Schneider hielt sich an der Weggabelung zwischen den Parkplätzen und dem Weg zum Teleskop auf. Er schaute des Öfteren in meine Richtung und fast schien es mir, als lächelte er mir zu. Wegen der großen Entfernung zwischen uns, konnte ich es jedoch nicht genau erkennen. Die Stunden bis zum Mittag schlichen ohne besondere Vorkommnisse dahin. Meine Klamotten klebten auf meiner schweißnassen Haut, unter meinem Sonnenhut staute sich die Hitze und meine Jeansjacke, die ich als Schutz auf dem Motorrad getragen hatte und nun in der Hand hielt, schien mehr als eine Tonne zu wiegen. Die einzige Abwechslung bestand darin, die unbekleideten Körperteile Gesicht und Arme, mit Sonnenmilch einzuschmieren.

Ich begann mich zu fragen, ob ich nicht bereits im

Vorfeld einen Sonnenstich erlitten hatte, als ich mich auf dieses, im wahrsten Sinne des Wortes, heiße Abenteuer eingelassen hatte. Daran änderte auch der laue Wind nichts, der ein wenig für Abkühlung sorgte. Langsam zweifelte ich, ob Ramirez auftauchen würde. Plötzlich wurde Viktoria unruhig.
»Da ist er, Sam.« Aufgeregt deutete sie mit der Hand in Richtung Parkplatz. »Siehst du den Mann mit der hellen Hose, dem blauen Hemd und der weißen Kapitänsmütze, der gleich an Schneider vorbei gehen wird?«
Ich brauchte einen Moment, ehe ich ihn sah. Er trug zudem eine Sonnenbrille, hatte eine weiß-blaue Plastiktüte und einen Fotoapparat bei sich. Er wirkte wie einer der vielen Touristen, die das Gelände bevölkerten. Gerade ging er an Schneider vorbei. Doch der bemerkte das Objekt seiner Begierde nicht, weil er den Vorplatz des Teleskops im Blickfeld hatte. Und der nannte sich Detektiv! So schnell es uns die sauerstoffarme Luft ermöglichte, rannten wir die Stufen des Aussichtspunktes herunter.
»Was ist los?«, fragte Schneider als wir an ihm vorbei die kleine Steigung zum Observatorium hoch rannten.
»Er ist da vorn. Wir folgen ihm.«
»Was? Wo?«, rief er und kam hinter uns her.
Viktoria und ich schafften es gerade noch, uns in die Gruppe zu drängeln, die in diesem Moment eingelassen wurde, bevor sich die Tür des Gebäudes schloss. Schneider gelang dies nicht. Das Letzte, was ich sah, war der wütende Ausdruck auf seinem Gesicht und seine geballte Faust.
Im Gebäude herrschte ein heilloses Durcheinander und Gedränge. Englische Sprachfetzen schwirrten durch

den Flur und erst als die Fremdenführerin zu reden anfing, wurde es leiser. Mit spanischem Akzent erzählte sie etwas auf Englisch, von dem ich kein Wort verstand. Als sie fertig war, setzte sich die ganze Besuchergruppe in Bewegung und wir mit ihr. Durch eine Stahltür gelangten wir in das Innere des kuppelförmigen Baus, in dessen Mitte eine gigantische Stahlkonstruktion stand: das William-Herschel-Telescope. Tagsüber war die Kuppel geschlossen. Erst in der Dunkelheit wurde das Kuppeldach zu Forschungszwecken geöffnet und gab den Wissenschaftlern den Blick auf einen Teil des Sternenhimmels frei.
Statt das Teleskop näher zu betrachten, musterte ich die Gesichter der Besuchergruppe. Endlich entdeckte ich den Mann mit der Kapitänsmütze. Er hatte die Sonnenbrille abgenommen. Jetzt erkannte ich in ihm den dunkelgekleideten Mann aus dem Auktionsraum des Schlosses wieder, den ich für einen leitenden Angestellten gehalten hatte. Das war also Ramirez. Der Mörder! Er war tatsächlich gekommen. Mein Herz raste. Jetzt durften wir ihn nicht aus den Augen verlieren. Nicht auszudenken, wenn er uns entkommen sollte. Mit gespieltem Interesse an der Vorführung, in der die Drehbewegungen des großen Teleskops gezeigt wurden, versuchte ich Ramirez im Auge zu behalten und gleichzeitig festzustellen, wem er den Schmuck übergeben wollte. Nichts geschah.
Die Führung endete in einem engen Raum, in dem die aufgezeichneten Daten von Computern ausgewertet wurden. Während alles gebannt auf das bunte Bild einer Tausende von Lichtjahren entfernten Galaxie starrte, bemerkte ich, wie Ramirez einem hellhäutigen, rotblonden Mann in weißer Hose und gelbem Hemd

seine Plastiktüte übergab. Das musste der Engländer sein. Im Gegenzug hängte dieser Ramirez seine Fototasche über die Schulter. Das Ganze ging blitzschnell vor sich. Einem Unbeteiligten wäre dieses Manöver nicht aufgefallen. Viktoria nickte mir unmerklich zu. Sie hatte es ebenfalls beobachtet. Jetzt brauchten die beiden Männer nur noch von Schneider und der Polizei festgenommen zu werden.

Als wir das Observatorium verließen, stand Schneider mit ein paar Polizisten bereit, die sich auf seinen Fingerzeig hin sofort auf Ramirez stürzten. Der Engländer, der sich direkt nach der Übergabe von Ramirez entfernt hatte, reagierte sofort. Er schloss sich eilig, aber unverdächtig einem Menschenpulk an, der zielstrebig die Parkplätze ansteuerte. Kaum war er in sicherer Entfernung zu den Polizisten, rannte er auf einen Jeep zu. Er hatte ihn so günstig geparkt, dass er trotz der vielen Menschen sofort wegfahren konnte.

»Verdammt!«, fluchte Viktoria.

Wir erreichten das Motorrad, solange der Jeep in Sichtweite fuhr. Während ich meinen Helm aufsetzte, startete Viktoria den Motor. »Los steig auf und halte dich gut fest. Wir müssen unbedingt sehen, in welche Richtung er fährt«

Ich warf einen Blick zurück auf Schneider, der verzweifelt in unsere Richtung weisend auf die Polizisten einredete. Diese kümmerten sich jedoch um Ramirez und hielten Schneider fest, als er uns zu folgen versuchte.

11

Als der Engländer auf der Straße in Richtung Santa Cruz abgebogen war, hielt Viktoria an, um unseren Abstand zu ihm zu vergrößern. Er sollte uns auf keinen Fall als Verfolger ausmachen können. Außerdem wollten wir Schneider einen Hinweis hinterlassen, in welche Richtung der Engländer und wir fahren würden. Also malte Viktoria mit ihrem Lippenstift einen Pfeil auf die Straße und versah ihn mit dem Namen ›Björn‹.
»Der will zum Flughafen«, meinte Viktoria.
»Woher willst du das wissen? Vielleicht hat er hier ein Apartment oder er will über den Hafen fliehen.«
»Och, Sam, fang nicht wieder an, an meinen Theorien zu zweifeln. Das Armband ist zu wertvoll, als es unnötig lange in irgendeinem leicht zu knackenden Apartmentsafe aufzuheben. Die Häfen werden sicher überwacht. Dort könnte ein Schnellboot oder Polizeihubschrauber seine Fährte schnell aufnehmen.«
»Aber er fährt nach Santa Cruz, da ist der größte Hafen der Insel«, versuchte ich es noch einmal.
»Nerv mich nicht, Sam. Du solltest dir die Karte genauer ansehen. Von Santa Cruz ist es ein Katzensprung zum Flughafen. – Wir fahren weiter.«
Viktoria klappte ihren Helm runter. Ich holte tief Luft und klammerte mich an ihrer Taille fest. Eigentlich hatte ich gehofft, Schneider würde uns inzwischen erreicht haben. Doch von ihm war weit und breit nichts zu sehen.
Die weitere Verfolgung gestaltete sich nicht schwierig, denn es gab an der ganzen Straße nur eine einzige Abzweigung in einen Feldweg. Durch die vielen Serpentinen, die wir fahren mussten, konnten wir an Stellen,

wo der Wald nicht so dicht war, den Jeep auf der Straße unter uns fahren sehen. Als wir uns Santa Cruz näherten, verringerten wir den Abstand zu ihm, um ihn in der Stadt nicht zu verlieren. Wir sahen ihn in eine Nebenstraße abbiegen und entdeckten im selben Moment eine Straßensperre auf der Avenida Maritima. Doch die Hauptstraße war nicht etwa wegen Bauarbeiten oder Ähnlichem gesperrt, nein, in ihrer Mitte standen zwei Fußballtore. Offensichtlich hatte dort ein Spiel stattgefunden. Einige Spanier standen diskutierend in Gruppen zusammen, andere waren mit Aufräumarbeiten beschäftigt.
»Das gibt's doch nicht!«, brüllte Viktoria und schaffte es gerade noch der Umleitung in die Nebenstraße zu folgen, in die auch der Engländer gefahren war. Die Straße war eng und wurde wegen schmaler Bürgersteige von den nach Hause strömenden Spaniern als Fußweg benutzt.
»Verdammter Mist, wir werden den Kerl verlieren, weil diese Idioten meinen, die Straße sei nur für sie da.«
Wütend hupte sie. Einige Einheimische gingen zur Seite, andere grinsten, manche schimpften ihrerseits auf Spanisch. Zu allem Überfluss fuhr uns ein Auto aus einer Häusereinfahrt direkt vor das Motorrad. Viktoria fluchte derart, dass ich rote Ohren bekam. Es dauerte eine Weile, bis wir dem Gewimmel entweichen konnten und über die Umleitung zurück auf die Hauptstraße gelangten.
Dem Engländer schien es ähnlich wie uns ergangen zu sein. Nur wenige Meter vor uns, tauchte der Jeep aus einer Nebenstraße auf und fuhr geradewegs auf die Straße in Richtung Flughafen.

Plötzlich bog er jedoch in einen kleinen Weg ab, der zu einem wenige Kilometer vom Stadtkern entfernten Strand führte. Dort drehte er, hielt den Jeep mitten auf der Straße an, warf einen Blick auf uns, winkte einem Angler in einem schaukelnden Boot zu und rannte zum Meer runter. Der Angler hob zögernd ebenfalls eine Hand. Mit Schwung warf der Engländer Ramirez' weiß-blaue Plastiktüte ins Wasser. Statt unterzugehen trieb sie wie von einem Luftpolster getragen in Richtung Boot. Das war ja höchst raffiniert. Der Engländer hatte einen Komplizen, der bereits auf das Armband wartete. Aber sein Plan würde nicht aufgehen.
»Fahr so weit wie möglich ran«, rief ich Viktoria zu. »Die Tüte krieg ich!«
Der Engländer sprang hastig in sein Auto und raste uns entgegen. Viktoria wich ihm geschickt aus und fuhr bis an den Strand heran, an dem einige Einheimische gemütlich beim Picknick saßen. Ich rutschte vom Sitz runter, riss mir den Helm ab, zog mir Jacke, Schuhe und Hose aus und rannte wie von Sinnen aufs Meer zu, die weiß-blaue Plastiktüte vor Augen, die sich im Auf und Ab der Wellen, nur ein kleines Stück vom Strand entfernt zu haben schien. Hoffentlich konnte der Mann im Boot nicht so weit mit seiner Angel ausholen und sich die Tüte vor mir schnappen.
»Sei vorsichtig, Sam«, brüllte Viktoria hinter mir her. »Die Wellen sehen gefährlich aus.«
Ich hörte nicht auf sie. Die Wellen erschienen mir klein und ich konnte schwimmen. Ein berauschendes Gefühl hatte von mir Besitz ergriffen, das ich nie zuvor gekannt hatte. Ich würde das Armband zurückholen. Ramirez war zwar am Observatorium gefasst worden, aber ohne das Armband als Beweis würde er schwer

überführt werden können. Heroisch stürzte ich mich ich ins Wasser und schwamm mit kräftigen Zügen in die Wellen hinein, die mich mit jedem Zurückrollen weiter aufs Meer trugen, immer näher in Richtung Plastiktüte. Es dauerte nicht lange und ich konnte die Tüte greifen. Befriedigt spürte ich die breiten Kettenglieder eines Armbandes, als eine schäumende Wasserwand mich überrollte. Über mir und unter mir war Wasser. Verzweifelt versuchte ich meinen Kopf über das Wasser zu bekommen. Es schien eine Ewigkeit zu dauern, bis ich endlich den Himmel über mir sah. Hustend rang ich nach Luft, die Tüte mit meiner rechten Hand festgekrallt.

Vor mir sah ich offenes Meer. Mit Schrecken bemerkte ich die nächste Welle auf mich zu rollen. Ich wandte mich um und wollte vor ihr zum Strand fliehen. Er war höchstens ein paar Meter entfernt. Ich konnte die erschrockenen Gesichter der Menschen erkennen, die jetzt in einem Pulk am Wasser standen. So schnell es ging, schwamm ich auf sie zu. Doch im nächsten Moment hatte mich die Welle erreicht. Mit ihrem starken Sog zog sie mich in die Tiefe. Ziellos ruderte ich mit den Armen, um an die Luft zu gelangen, vergeblich. Reflexartig atmete ich und schluckte salziges Meerwasser bis mir schlecht wurde und ich das Gefühl hatte zu ersticken. Sollte das mein Ende sein? Ich war doch erst einunddreißig!

Unversehens gab das Meer mich frei. Ich versuchte mir Mut zuzureden:

»Du schaffst es. Der Strand ist ganz nah. So hoch sind die Wellen nicht.«

All meine Kräfte zusammennehmend, versuchte ich ein paar Züge vorwärts zu schwimmen. Es gelang. Nur

noch ein paar Meter. Doch die unberechenbare Unterströmung des Atlantiks zog mich ein Stück zurück aufs offene Meer. Wie hatte ich so leichtfertig sein können, hinter der Tüte herzuschwimmen? Als vernunftbegabtes Wesen hätte ich wissen müssen, wie gefährlich der Ozean sein konnte.
Erst jetzt fiel mir ein, trotz des herrlichen Wetters keinen Menschen im Wasser gesehen zu haben. Das hätte mir zu denken geben müssen. Aber nein, ich hatte mich von Viktorias Detektivspiel derart mitreißen lassen müssen, dass mein Verstand völlig ausgesetzt hatte. Wo war sie überhaupt? War sie weiter hinter dem Hehler hergefahren und hatte mich im Stich gelassen? Ich versuchte sie in der Menschenmenge am Ufer zu entdecken. Sie stand wild gestikulierend mit den Füßen im Wasser und schien mir etwas zuzurufen.
Doch im Tosen der Brandung konnte ich kein Wort verstehen. Abermals schlugen die Wogen über mir zusammen, ich wurde mit den Füßen gegen einen großen Stein geschleudert. Erschrocken schrie ich auf, rang nach Luft, schluckte erneut Wasser. Verdammt, warum half mir denn keiner? Mühevoll kämpfte ich mich an die Oberfläche. Eine weitere Welle erwischte mich. Wieder bekam ich keine Luft. Ich geriet in Panik, schlug um mich, hätte am liebsten geschrien.
Plötzlich schlangen sich Algen um meinen Körper. Oder waren es die Fangarme von Riesentintenfischen? Ich versuchte mich zu befreien. Der Griff um meinen Körper verstärkte sich. Im nächsten Moment hoben mich die Arme übers Wasser. Neben mir hörte ich heftiges Schnaufen. Nach Luft ringend schaute ich mich um und sah unvermutet Björn Schneider neben mir.

»Keine Angst, Sam, ich hol Sie hier raus«, schrie er mir zu, während sich sein Griff lockerte.
Er winkte mit einem Arm zum Strand hin und benutzte ihn dann, um uns über Wasser zu halten.
»Halten Sie sich an mir fest, Sam!«
Ich klammerte mich so gut es ging an ihn. Dabei registrierte ich ein Seil, das er um seine Brust geschlungen hatte. Schon wurden wir aufs Neue unter Wasser gedrückt. Wir versuchten beide, uns nach oben zu kämpfen und oben zu bleiben, während eine unsichtbare Kraft uns weiter an den Strand zog und das Meer permanent an uns zerrte. Noch zweimal strudelten die Wellen über uns hinweg, dann spürte ich den steinigen Untergrund unter meinen Füßen. Schneider versuchte uns aufzurichten. Die Unterströmung war zu stark, wir fielen in die schäumende Gischt. Die letzten Meter krochen wir aus dem Wasser an den Strand. Völlig erschöpft blieb ich im dunklen Lavasand liegen. Mein Körper fühlte sich an, als würde er von zentnerschweren Gewichten auf die Erde gedrückt.
Schneider richtete sich keuchend hoch und strich die wirren Haare aus dem Gesicht. Das bunte Hemd klebte auf seiner Haut. Seine Haare lagen wie mit Haargel fixiert glänzend auf seinem Kopf. Wasserperlen tropften von seiner Nase. Die Anstrengung zeichnete tiefe Falten in sein Gesicht. Er sah im Moment nicht aus wie der strahlende Held, der mir das Leben gerettet hatte. Trotzdem hätte ich ihn vor Dankbarkeit küssen können. Plötzlich wurde ich hochgerissen.
»Mensch, Sam, bist du denn total bescheuert? Du kannst dich doch nicht wegen dieser duseligen Klunkern umbringen.«
Es war Viktoria. Sie nahm mich wie eine Mutter in

ihre Arme, drückte mich und wischte mir den schwarzen Sand vom Gesicht. Als sie mich freigab, glänzte ihr Gesicht vor Nässe. Hastig tupfte sie es sich mit ihrem Handrücken ab.
»Hm, du machst einen ja ganz nass.«
Es klang etwas verlegen. Ich sah sie genauer an. In ihren Augen schimmerte es verdächtig feucht. Langsam kehrte ich in die Wirklichkeit zurück. Erst jetzt hörte ich spanisches Palaver und nahm die Einheimischen wahr, von denen wir neugierig umringt wurden. Sie halfen Björn das Seil abzubinden und klatschen ihm anerkennend auf die Schulter. Ein Mann kam mit einer spanischen Brandy-Flasche an, aus der Björn einen kräftigen Schluck nehmen musste.
Eine rundliche Frau reichte mir einen Becher mit heißem Kaffee. Ich griff mit zittrigen Händen nach ihm und registrierte nun die Plastiktüte, die ich noch immer festhielt. Viktoria griff sie und warf einen Blick hinein. Mit gerunzelter Stirn sprang sie auf, lief zu Schneider und zeigte ihm den Inhalt. Beide redeten aufgeregt miteinander, aber ich konnte nicht verstehen, worum es ging. Schließlich verstaute sie die Tüte in ihrer Jacke, lief zum Motorrad und brauste los.
»Weshalb fährt sie mit dem Armband weg?«
Verwirrt starrte ich ihr hinterher.
»Sie fährt zum Flughafen«, antwortete Schneider.
»Was will sie dort?«
»Sie will verhindern, dass der Kerl mit dem Armband verschwindet. Er hat Sie reingelegt, Sam. In der Tüte war nur eine billige Armbanduhr. Seine Rechnung, Sie würden versuchen, die Tüte aus dem Wasser zu fischen und ihm auf diese Weise die Flucht ermöglichen, ist leider aufgegangen.«

Kaltes, schwarzes Wasser packte mich und zog mich hinab in tiefe Dunkelheit. Ich wollte nach oben ins Licht, schrie, strampelte, rang nach Luft, aber das Wasser hielt mich erbarmungslos fest. Plötzlich rüttelte es mich durch und eine Stimme kam näher: »Sam, es ist gut. Wachen Sie auf. Es ist nur ein Traum. Sam, wachen Sie auf.«
Ich öffnete blinzelnd die Augen. Kein Wasser! Ich lag in einem Bett. Über mir brannte eine Lampe und blendete mich.
»Es ist alles in Ordnung, Sam.«
Das war eindeutig Schneiders Stimme und sie kam direkt neben mir aus dem Bett. Ich sah mich erschrocken um. Schneider saß in der anderen Hälfte des Doppelbetts und lächelte mich an. Was zum Teufel machte der Bursche in meinem Bett? Ich setzte mich empört auf.
»Raus aus meinem Zimmer! Was fällt Ihnen ein?«
Schneider lächelte immer noch.
»Ich sehe, Sie sind wach. Das freut mich. Dann können wir weiter schlafen.«
Er machte das Licht aus. Ich machte es wieder an.
»Verschwinden Sie gefälligst. Dass Sie mir das Leben gerettet haben, gibt Ihnen nicht das Recht, in mein Bett zu steigen. Noch dazu, wo Sie eine Freundin in Hannover haben.«
»Was für eine Freundin?«, fragte er erstaunt.
Beinah hätte ich gesagt: »Die, die in Ihrem Bett mit Büchern schläft.«
Aber damit hätte ich Olli keinen Gefallen getan.
»Die auf dem Bild in Ihrem Apartment.«
Er lachte. »Das ist meine Tochter. Ich habe Ihnen doch von ihr erzählt.«

Er hatte also keine Freundin. Das hörte ich gern. Trotzdem ...

»Gehen Sie freiwillig aus meinem Bett?«

»Nein.«

Er grinste mich an.

»Verschwinden Sie aus meinem Bett, oder ...«

Ich hob drohend mein Bein hoch und ballte eine Faust. Dabei verrutschte die dünne Bettdecke, die eher an ein Laken erinnerte und gab den Blick auf meinen Körper frei. Ich war nackt.

»Eigentlich sieht das mehr wie eine Einladung zum Sex aus und nicht wie ein Rauswurf.«

Verschämt versuchte ich mit dem Laken meinen Körper zu bedecken.

»Ich verstehe das nicht. Was haben Sie mit mir gemacht?«

»Nichts, Sam, das schwöre ich. Erinnern Sie sich nicht mehr? Ich habe Sie nach Ihrem Bad im Atlantik ins Hotel gefahren. Sie waren völlig fertig, und da Sie keinen Schlüssel hatten, habe ich Sie mit Ihrem Einverständnis zu mir mitgenommen. – Nur der Richtigkeit halber: Sie liegen in meinem Bett.«

»Oh!«

Langsam kehrte meine Erinnerung zurück. Ich war wirklich kaum in der Lage gewesen, mich auf den Beinen zu halten. Die letzten Meter hatte Schneider mich getragen. Und weil mir kalt gewesen war, hatte er mich auf meine Bitte hin warm abgeduscht, abgetrocknet und ins Bett gelegt.

»Tut mir leid, ich ..., äh ...«, entschuldigte ich mich verlegen. »Dann gehe ich in unser Apartment. Viktoria wird wohl inzwischen zurück sein.«

Ich setzte mich auf die Bettkante und versuchte die

dünne Decke um mich zu wickeln. Leider ging das im Sitzen nicht.

»Soll ich Ihnen helfen?«, erbot sich Björn bereitwillig, während er sich quer übers Bett zu mir herüber beugte. Im Gegensatz zu mir, trug er wenigstens einen schwarzen Slip. Viktoria wäre entzückt gewesen. Wer weiß, wann er seine kochfesten Donnerbüchsen anhatte, im Bett jedenfalls nicht. Ein Pluspunkt für ihn.

»Danke. Das schaffe ich allein.«

Ich erhob mich schnell und wickelte mir das Laken um. Bevor ich einen Schritt gehen konnte, sprang Björn aus dem Bett und hielt mich an einem Zipfel des Lackens fest.

»Hey, was soll das. Lassen Sie mich los!«, rief ich ärgerlich.

Schneider hob beschwichtigend seine Hände.

»Sie können nicht in Ihr Apartment. Viktoria meinte ..., nun ..., wie soll ich Ihnen das sagen ..., sie möchte heute Nacht allein sein.«

»Das gibt's doch nicht. Ausgerechnet heute Nacht muss sie wieder..,. nun ja. Und was mache ich nun?«,. überlegte ich hilflos.

»Wenn es Ihnen lieber ist, kann ich auch im Wohnraum schlafen«, bot er an, während sein Blick begehrlich an mir herunterschweifte.

»Ja, tun Sie das. Gute Nacht!«

Statt zu gehen, trat er einen Schritt auf mich zu, nahm mein Gesicht in seine Hände und küsste mich.

»Gute Nacht.«

Meine Beine wurden schwach, ich musste mich an ihm festhalten. Mein Laken, das ich bisher krampfhaft festgehalten hatte, glitt zu Boden und plötzlich erwachte das kleine Teufelchen in mir ...

12

»Frau Sam, kannst du mir mal die Suhe zubinden?«
Eine kleine Hand schob sich vertrauensvoll in meine und zog sachte daran, als ich nicht sofort reagierte.
La Palma war weit weg, Björn trieb sich in Frankfurt herum und Viktoria hatte ich nicht gesehen, seit ich mit Björn vor knapp zwei Wochen in Hannover gelandet war. Vermutlich genoss sie noch die südliche Wärme. Ich dagegen stand im trüben hannoverschen Sommer fröstelnd neben der Sandkiste im Kindergarten und wünschte mir nichts sehnlicher, als mich in der kanarischen Sonne zu aalen und im Hintergrund das Meer rauschen zu hören.
Seufzend bückte ich mich, um dem Vierjährigen die Schuhe zuzubinden. Der Alltag hatte mich wieder. Vorbei waren die Aufregungen auf La Palma. Geblieben war mein Gefühl, trotz vieler Fehler etwas Wichtiges und Mutiges vollbracht zu haben. Ich war über meinen ängstlichen Schatten gesprungen und hatte geholfen einen Mörder zu überführen. Darüber war ich sehr stolz.
Weniger stolz war ich allerdings darauf, wie leichtgläubig ich auf das Täuschungsmanöver des Engländers hereingefallen war. Ein bisschen mehr Verstand hätte mir in diesem Fall nicht geschadet. Noch immer plagten mich Alpträume deswegen. Glücklicherweise hatte es dem Engländer nichts genutzt.
Viktoria, die nach meiner Rettung zum Flughafen gefahren war, hatte ihn in der Warteschlange für einen Flug nach Genf entdecken können und sofort die Flughafenpolizei benachrichtigt. Das Armband war im Reiseproviant des Engländers entdeckt worden, der,

wie sich herausstellte, ein gesuchter Hehler war. Vor allem aber war ich dankbar dafür, dass Björn uns vom Observatorium schnell genug hatte folgen können.
Björn..., wenn ich an ihn dachte, musste ich lächeln. Er hatte mir nicht nur das Leben gerettet, sondern Gefühle in mir geweckt, wie ich sie lange nicht mehr genossen hatte. Leider hatte er eine Woche, nachdem wir in Hannover angekommen waren, einen neuen Auftrag in Frankfurt übernehmen müssen.
»Na, hoffentlich habt ihr an Kondome gedacht und nicht eins von diesen kleinen Biestern produziert.«
Das konnte kaum eines meiner Kindergartenkids oder eine meiner Kolleginnen von sich gegeben haben.
»Viktoria?!«
Mit hochrotem Kopf in schwarzer Lederhose und aufgeknöpfter Lederjacke, den Motorradhelm wütend durch die Luft schwenkend, kam sie auf mich zugestürzt.
»Du befindest dich hier im Kindergarten. Vor den unschuldigen Kindern solltest du dich zusammenreißen.«
Ich war empört. Glücklicherweise schien keiner meiner kleinen Schützlinge dies gehört zu haben.
»Unschuldige Kinder? Gefährliche Bestien sind das. Nichts ahnend betrete ich den Kindergarten und lande auf meinem Po, weil irgend so' ne kleine Kröte 'nen Becher mit Tuschwasser in den Flur gekippt hat. Entweder solltet ihr den Gören das Tuschen verbieten, oder einen rutschfesten Fußbodenbelag wählen. Und nicht genug damit, kriege ich 'ne Ladung Sand ab, als ich den Garten betrete«, beschwerte sich Viktoria.
»Ich weiß nicht, was du hast? Das sind alles sehr nette Kinder«, versuchte ich die Wogen zu glätten.

Natürlich brüllte in diesem Augenblick ein kleines Mädchen auf und warf sich Hilfe suchend in meine Arme.
»Kevin hat mich gebisst.«
»Alles sehr nette Kinder, sicher. Wahrscheinlich geht es in einem Raubtierkäfig weniger rabiat zu, als hier.«
Viktoria wollte sich nicht beruhigen.
Ich tröstete das kleine Mädchen, erklärte Kevin geduldig, er dürfe nicht beißen, was er damit kommentierte, Mädchen dürften nicht treten. Am Ende spielten die beiden als sei nichts gewesen, während Viktoria grollend neben mir stand.
»Soll ich dich auch in den Arm nehmen und trösten, wegen all der furchtbaren Dinge, die dir hier widerfahren sind?«
»Mach dich nur über mich lustig. Ist ja nicht dein Hinterteil, das jetzt von blauen Flecken übersät ist. Wie sieht das aus, wenn ich damit 'nen Striptease hinlegen will, he?«
»Wenn du hier im Kindergarten nicht augenblicklich das Thema wechselst, werde ich meine Kinder auf dich hetzen«, zischte ich ihr drohend zu.
Das wirkte.
»Du bist ein herzloses Weib. Willst du nicht wissen, warum ich hier bin?«
»Na schön, warum bist du hier? Willst du dich bei mir beschweren, weil ich Olli gebeten haben, uns nicht in seinem Zeitungsartikel über die Aufklärung des Mordes an Rebmann zu erwähnen?«
»Nein, das fand ich in Ordnung. Wir hatten uns schließlich im Vorfeld beide nicht mit Ruhm bekleckert. Außerdem ...«, sie unterbrach sich und betrachtete mich prüfend, ehe sie zusammenhanglos fortfuhr:

»Ich habe gestern von La Palma übrigens eine Besucherin mitgebracht.«
»Na und? Was interessieren mich deine Besucher?«
»Diese Besucherin heißt Susanne Ramirez.«
»Ramirez? Wie der Juwelendieb?«, fragte ich ungläubig.
»Ich wusste, das würde dich interessieren. Susanne Ramirez ist seine Frau.«
»Ich denke, die haben sie ebenfalls festgenommen.«
»Nur vorübergehend. Aber da der Comisario ihr nichts beweisen konnte, hat er sie freigelassen. Sie ist eine nette, kleine Person. Sie liebt ihren Mann, egal ob er ein Dieb ist.«
Ihre eben noch grimmigen Gesichtszüge entspannten sich und nahmen einen mütterlichen Ausdruck an.
»Ich habe mich ausgiebig mit ihr unterhalten. Sie stammt aus Düsseldorf, hat Ramirez dort vor drei Jahren kennen gelernt und sich Hals über Kopf in ihn verliebt, eine rührende Geschichte.«
Es gelang Viktoria immer aufs Neue mich zu verblüffen.
»Ramirez ist ein Mörder. Was soll diese plötzliche Sympathie für ihn und seine Frau?«
Ich wusste nicht, worauf Viktoria hinauswollte, hatte jedoch das ungute Gefühl, es würde mir nicht gefallen.
»Das ist eben die Frage: Ist er wirklich ein Mörder?«
Salbungsvoll betonte sie jedes Wort.
»Vor kurzem konntest du dich nicht genug beweihräuchern, weil wir einen Mörder gefangen haben und nun stellst du alles in Frage?«
Ich konnte sie nicht begreifen.
»Die Dinge ändern sich manchmal.«
»Bloß weil dir seine Frau eine rührende Liebesge-

schichte erzählt hat, glaubst du, er sei kein Mörder? Wie kann eine Nymphomanin wie du an einen solchen Schmus glauben?«
»Du hast eine miserable Menschenkenntnis, mein liebes Kind! – Nimm bitte zur Kenntnis, ich bin weder nymphoman, noch stelle ich aufrichtige Liebe in Frage.«
Ihre Stimme klang genauso streng wie die meiner Mutter, wenn ich ihrer Meinung nach zu frech gewesen war.
»Ich weiß, was es heißt einen Mann zu lieben und ihm bis zu seinem Tode die Treue zu halten. Und bloß weil ich nach dem Tod meines Mannes lernen musste, allein zu leben, bin ich noch lange keine Nymphomanin. Sex gehört für mich zum Leben. Es macht Spaß und hält fit. Warum sollte ich darauf verzichten? Ich hab gelesen, erst reife Frauen könnten Sex richtig genießen.«
Sie betrachtete mich mitleidig.
»Du Küken bist eben zu jung.«
Ich beschloss, das Thema nicht zu vertiefen. »Gibt es außer deiner plötzlichen Sympathie für Ramirez' Frau wenigstens triftige Gründe, weshalb Ramirez deiner Meinung nach nicht der Mörder ist?«
»Ich habe Ramirez zweimal in seiner Zelle besucht. Er hat mir bei der heiligen Jungfrau Maria geschworen, er sei kein Mörder.«
»Und das glaubst du?«
»Ja. Du kannst dir selbst ein Urteil bilden, wenn du mich nach Feierabend zu Susanne Ramirez begleitest. Allerdings ...«, sie warf einen skeptischen Blick auf die Kinder, »... werde ich sicherheitshalber draußen auf dich warten.«

Susanne Ramirez machte auch auf mich einen sympathischen Eindruck. Sie mochte Mitte Vierzig sein, wirkte jedoch mit ihrer sorgenvollen Miene älter als Viktoria. Sie war von kleiner, zierlicher Statur und trug ihre rotbraunen Haare streng am Hinterkopf zu einem Knoten gebunden. Während sie unaufhörlich redete, gestikulierte sie aufgeregt mit ihren Händen. Verzweifelt versuchte sie, uns davon zu überzeugen, wie wenig ihr Mann Julio in der Lage sei, einen Mord zu begehen. Er sei das Opfer eines Komplotts geworden. Sein einziger Fehler habe darin bestanden, sich zu einem letzten Coup überreden zu lassen. Das Restaurant laufe nicht gut und die Reisen zu ihrer Familie in Deutschland würden viel Geld kosten.
Ob dies wirklich stimmte, wagte ich zu bezweifeln. Andererseits tat sie mir leid, also schwieg ich. Ich sagte auch nichts dazu, als Viktoria ihr tröstend versicherte, sie solle sich keine Sorgen machen, wir würden das regeln. Erst als wir das Hotel verließen, das wenige Gehminuten vom Hauptbahnhof entfernt lag, fragte ich Viktoria beiläufig: »Wieso hast du ihr gesagt, wir würden alles regeln? Das mag tröstlich für sie gewesen sein. Aber hättest du nicht besser sagen sollen, *es* wird sich regeln?«
»Ich fand, so klang es besser. – Hab' ich dir eigentlich gesagt, wie sehr ich deinen Umgang mit den Kindern bewundere? Toll, wirklich! Ich wusste von Anfang an, du hast das Zeug dazu.«
Misstrauisch sah ich Viktoria an. »Wozu habe ich das Zeug?«
»Du hast das Zeug zu einer hervorragenden Detektivin. Das sieht man allein daran, wie du mit diesen Ungeheuern im Kindergarten fertig wirst. Und denk an

Schneider, wie du den abgelascht hast, wow!«
Sie schlug mir anerkennend auf die Schulter.
»Was willst du, Viktoria?«, fragte ich argwöhnisch.
»Och, nichts Besonderes. Ich dachte nur, wir haben sehr gut zusammengearbeitet und ...«
Mir schwante nichts Gutes.
»Vergiss es! Ich bin Erzieherin, nichts anderes.«
»Ja, ich weiß. Du bist große Klasse. Einfach super! Sonst hätte ich den Auftrag nicht übernommen.«
»Auftrag?! Was für einen Auftrag?«
»Susanne Ramirez hat uns als Detektivinnen angeheuert, damit wir den wahren Mörder finden und ihren Mann entlasten. Sie will uns für unsere detektivische Arbeit sogar bezahlen. Ist das nicht wahnsinnig?«
»Wahnsinnig, ja. Das ist das richtige Wort.«
Ich suchte mir eine Treppenstufe an einem Hauseingang und setzte mich. Womit hatte ich es verdient, dieser Frau begegnet zu sein, womit?
»Was ist los, Sam? Ist dir nicht gut?«
Sie beugte sich zu mir runter.
»Es wird mir gleich besser gehen. Ich werde nach Hause fahren, ein Bad nehmen und mich erst wieder mit dir treffen, wenn du aufhörst, Detektivin spielen zu wollen. Auch wenn es dir nicht gefällt, Ramirez ist der Mörder. Finde dich damit ab. Es gibt meines Wissens nichts, was ihn entlastet.«
»Deines Wissens. Ich weiß erheblich mehr.«
»Auf Wiedersehen, Viktoria. Das interessiert mich alles nicht. Was du machst, ist deine Sache. Ich gehe.«
Ich erhob mich und eilte in Richtung U-Bahn-Station. Viktoria folgte mir hartnäckig. »Der Gerichtsmediziner sagt, der Schlag auf Rebmanns Kopf kann nur von oben auf den Hinterkopf erfolgt sein. Das heißt, der

Mörder muss mindestens so groß wie Rebmann gewesen sein, damit er mit dem Arm genug Schwung für den tödlichen Schlag holen konnte. Ramirez ist aber kleiner als Rebmann. Daran wirst du dich sicher erinnern, oder?«
In dem Punkt hatte sie Recht. Schon als ich ihn während der Auktion das erste Mal gesehen hatte, war er mir nicht allzu riesig vorgekommen.
»Hernandez hat versucht, den Mord zu rekonstruieren«, fuhr sie fort. »Nur mit einem langen, schweren Gegenstand wäre Ramirez in der Lage gewesen, Rebmann zu töten. Damit wäre er aber zu sehr aufgefallen Die Polizei hat bei ihrer Durchsuchung nichts Vergleichbares gefunden. Es könnte höchstens einen unbekannten Komplizen gegeben haben, der die Mordwaffe vor dem Eintreffen der Polizei hätte verschwinden lassen. – Och, Sam, kannst du nicht endlich stehen bleiben?«
Unwillig kam ich ihrer Bitte nach und wäre beinah mit zwei Asiaten zusammengestoßen, die das dicke Bronzepärchen der Künstlerin Ulrike Enders fotografieren wollten. Mit ihren Bronze-Regenschirmen standen sie vor einem Schuhgeschäft in der Fußgängerzone der Innenstadt fest im Boden verankert und ließen es von Zeit zu Zeit aus ihren Schirmen regnen, selbst wenn die Sonne schien.
»Ja und? Ich bin sicher, Ramirez wird einen Weg gefunden haben, sich der Tatwaffe zu entledigen, ob mit oder ohne Komplizen.«
»Ramirez sagt, er habe einen Brief vom Düsseldorfer Kunsthändler Seiters bekommen. Mit ihm hatte er damals den Diebstahl begangen, den Schneider ihm bisher nicht beweisen konnte. Seiters hat ihn in diesem

Brief gebeten, sich für einen weiteren Auftrag bereitzuhalten. Er würde ihn in den nächsten Tagen anrufen. Dieser Brief liegt der spanischen Polizei vor. Allerdings streitet Seiters ab, diesen Brief geschrieben oder Ramirez jemals den Auftrag zum Diebstahl des Armbandes erteilt zu haben. Nur den früheren Versicherungsbetrug gibt er zu.«
»Wieso sollte er den Raubmord zugeben, wenn Ramirez ihn allein begangen hat?«
Meinen Einwand überhörte sie.
»Ich vermute, der wahre Mörder hat sich für Seiters ausgegeben. Er hat Ramirez angerufen und ihm Einzelheiten zum Ablauf des Diebstahls mitgeteilt: Zu Beginn der Auktion sollte Ramirez ins Schloss gehen, sich kurz mit den Räumlichkeiten vertraut machen und im Auktionsraum warten, bis statt eines in der Liste vorgesehenen Gegenstandes versehentlich ein antiker Nachttopf gezeigt würde.«
An den Nachttopf, der statt des Kaffeekännchens hochgehalten wurde, konnte ich mich gut erinnern. Es war das Witzigste an der Auktion gewesen.
»Das war das Zeichen für Ramirez, sich sofort in den Rokokosalon zu begeben und das Armband aus der obersten Schublade einer Biedermeierkommode nahe des Vorhanges nehmen… «
»Er sollte es aus einer Kommode nehmen? Einfach so?«, unterbrach ich Viktoria. »Niemand lässt ein wertvolles Armband…«
»Ramirez' Aufgabe bestand darin, das Armband wegzuschaffen«, schnitt mir Viktoria das Wort ab. »Den eigentlichen Diebstahl hat ein Anderer begangen, wahrscheinlich der Mörder.«
»Ich erinnere mich daran, eine aufgezogene Schublade

in der Kommode gesehen zu haben, als ich den Raum betrat. Aber das bedeutet gar nichts. Jeder Besucher hätte die Schublade öffnen können.«

»Ich habe meinen Rundgang gemacht, bevor Rebmann in den Rokokosalon gegangen ist. Zu dem Zeitpunkt war die Schublade geschlossen. Es waren keine Besucher oben, also kann sie nur Ramirez geöffnet haben. Er sagt, er habe das Armband herausgenommen, als er jemanden kommen hörte. Um nicht entdeckt zu werden, habe er sich hinter dem Vorhang versteckt und darüber vergessen, die Schublade zu schließen. Er hat Schneider erkannt und sich voller Panik in der Toilette neben der Treppe versteckt. Als er schließlich den Versuch unternommen hat, sich aus dem Staub zu machen, hat Schneider ihn entdeckt und ist ihm gefolgt. Ramirez ist es gelungen, Schneider abzuhängen und wie vereinbart nach Düsseldorf zu fahren. Gegen Abend rief ihn der angebliche Seiters an, der Käufer sei unvorhergesehen abgesprungen. Er bat stattdessen Ramirez das Armband für ihn verhökern. Sobald Ramirez den Verkauf des Armbandes erledigt hatte, sollte er in der Düsseldorfer Tageszeitung eine bestimmte Anzeige aufgeben, auf die sich Seiters bei ihm melden wollte.«

»Das ist eine hanebüchene Geschichte, Viktoria. Ich versteh nicht, wie ihm das jemand glauben kann.«

Ich tippte mir an die Stirn.

»Wirklich, Viktoria, ich hätte dich für intelligenter gehalten. Bestimmt hat die Polizei die Anzeige aufgegeben und niemand hat sich gemeldet.«

»Woher weißt du das?«, fragte sie mich neugierig.

»Ich weiß gar nichts. Aber da Ramirez der Mörder ist, kann es nur so gelaufen sein.«

»So, meinst du? Weißt du, was die polizeilichen Ermittlungen weiterhin ergeben haben? – Der Brief wurde mit einem Computer geschrieben und ausgedruckt. Ramirez besitzt gar keinen Computer. Das ...«

»Computer gibt es wie Sand am Meer«, unterbrach ich sie ungehalten. »Ramirez kann den Brief überall geschrieben haben.«

Viktoria runzelte missbilligend die Stirn.

»Red nicht dauernd dazwischen. Das Wichtigste kommt noch: Ramirez hat ein Geständnis abgelegt. Er hat den Versicherungsbetrug mit Seiters zugegeben, den Diebstahl des Diamantringes, den er in der Madonna versteckt hatte und den Diebstahl des Armbandes. Nur den Mord leugnet er.«

»Natürlich leugnet er den Mord«, ereiferte ich mich. »Dafür könnte er lebenslänglich bekommen. Und die anderen Taten hat er gestanden, weil ihm nichts anderes übrig blieb.«

»Ramirez hat der Polizei auch seinen Anzug, den er am Tag des Mordes getragen hat, für die kriminaltechnische Untersuchung zur Verfügung gestellt, ebenso seine restliche Kleidung. Es waren nirgendwo Blutspuren zu finden.«

»Glaubt die Polizei allen Ernstes, Ramirez hat den richtigen Anzug rausgerückt?«

»Ja. Und wenn er die Wahrheit sagt? Dann kommt der wahre Mörder davon.«

»Er lügt. Da bin ich sicher. Und jetzt will ich wissen, woher du diese ganzen Details weißt?«

Viktoria lächelte merkwürdig wissend. »Seiner heißblütigen blonden Freundin hat Hernandez Dinge verraten, die er eigentlich hätte für sich behalten sollen.«

»Viktoria, hast du etwa auch mit ihm…?«

»Natürlich habe ich. Aber erzähl das bloß niemandem, damit seine Frau nichts erfährt.«
»Du solltest dich schämen. Hernandez' arme Frau.« Ich war empört.
»Ich halt es nicht aus. Da berichte ich dir den neuesten Stand der polizeilichen Ermittlungen und du regst dich wegen einer kleinen Affäre auf.«
»Es hat keinen Zweck, Viktoria. Mit dir ist ein vernünftiges Gespräch sinnlos. Auf Wiedersehen.«
Ich setzte mich in Bewegung und hoffte, sie endgültig los zu werden.
»Ich schlafe wenigstens nicht mit einem Mörder«, rief sie mir laut hinter her.
Die meisten Passanten waren zu sehr in Gedanken, um Vikorias Worte zu hören und hasteten an mir vorbei. Andere schauten auf, betrachteten Viktoria verwundert, entschieden das Ganze für einen Witz zu halten und ebenfalls weiter zu gehen. Schnell ging ich zurück.
»Was willst du damit sagen?«, fragte ich leise, aber mit bedrohlichem Klang.
»Ramirez ist unschuldig. Jemand anders hat Rebmann ermordet.«
»Ach, und wer?«, fragte ich aufmüpfig.
»Björn Schneider.«
Ich musste mich verhört haben. Das konnte sie nicht ernst meinen. Doch Viktoria zählte Punkt für Punkt ihre Beweise an ihren Fingern ab: »Schneider war in der Auktion und kannte sich im Schloss aus. Er kannte Ramirez, Seiters und Rebmann. Er ist groß und kräftig und hätte somit Rebmann problemlos den tödlichen Schlag verabreichen können. Es waren seine Fingerabdrücke am Schrank und er hatte Rebmanns Blut an seinen Händen. Da er selbst dafür gesorgt hat, dass

Ramirez festgenommen wurde, hat er sich logischerweise nicht auf die Anzeige gemeldet.«
Sie blickte mich triumphierend an.
»Du bist total verrückt! Björn hat mit der Sache nichts zu tun. Er ist Detektiv und kein Mörder. Wieso sollte Björn, wenn er Rebmann ermordet hätte, zum Tatort zurückkehren und all diese Spuren hinterlassen, die auf ihn hinweisen? Und was für ein Motiv hätte er gehabt?«
Ich schaute sie siegessicher an. Viktoria runzelte die Stirn. Der Punkt ging an mich.
»Nun ja, das mit dem Motiv ist so eine Sache«, räumte sie ein. »Obwohl ich da eine Idee hätte. Schneider steht im Moment als Detektiv sehr gut da. Er konnte im Nachhinein den Versicherungsdiebstahl bei Seiters klären und hat das Armband wiederbeschafft. Vielleicht ist er psychopathisch veranlagt und konnte es nicht verwinden, einmal von Ramirez ausgetrickst worden zu sein. Ich habe in einem Krimi ...«
»Dir sollte man alle Krimis wegnehmen«, unterbrach ich sie zornig.
»Ja, ich gebe zu, Schneiders Motiv könnte ein anderes sein. Ramirez ist jedenfalls kein Mörder. Er hat von dem Mord erst bei seiner Verhaftung erfahren, sonst hätte er sich sofort mit Seiters in Verbindung gesetzt. Er verachtet rohe Gewalt.«
»Jetzt reicht es mir. Wie kannst du diesem Gangster Ramirez für unschuldig halten, während du Björn für fähig hältst, einen Mord zu begehen?«
Ich war außer mir.
»Ramirez ist nur ein Dieb«, verteidigte Viktoria ihn. »Bei einem seiner früheren Beutezüge ist der Wachmann, der ihn verfolgt hat, schwer gestürzt. Ramirez

hat sich um ihn gekümmert, statt zu fliehen. Er hat lieber seine Verhaftung in Kauf genommen, als diesen Mann hilflos liegen zu lassen. Verstehst du endlich, warum ich von Ramirez Unschuld überzeugt bin? Er ist kein brutaler Raubmörder.«
»Björn auch nicht. Er ist sehr zärtlich und nicht im Mindesten brutal. Und er hat mir das Leben gerettet.«
»Vielleicht hat er dir nur das Leben gerettet, weil er auch dachte, das Armband sei in der Tüte ...«

13

»Hat dir das Essen nicht geschmeckt, Sam?«, fragte Björn besorgt, als ich den fast vollen Teller zurückschob.
»Es hat sogar vorzüglich geschmeckt, Björn. Ehrlich. Ich schaffe nicht mehr. Eine Kollegin hat heute Nachmittag ein Stück Kuchen ausgegeben. Das war zu viel.«
Alles gelogen. Ich konnte kaum etwas essen, weil ich ein schlechtes Gewissen hatte. Ich war mir wegen Viktorias Verdacht unsicher. Ein nächtlicher Alptraum, in dem sich Björns blutverschmierte Finger um meinen Hals legten und mir die Luft abdrückten, hatte meine Zweifel ins Unermessliche wachsen lassen. Bestimmt war Viktorias Motiv an den Haaren herbeigezogen. Aber konnte es ein anderes Motiv geben? Was wusste ich von ihm? Eigentlich nichts. Das musste ich ändern.
»Einen Nachtisch schaffe ich noch. Vanilleeis mit heißen Himbeeren ist eine meiner Lieblingsspeisen.«
Auch das stimmte nicht. Ich hatte das Dessert gewählt, weil ich hoffte, Björn würde es mir zuliebe essen. Viktoria hatte mir gesagt, in warmen Flüssigkeiten würde sich die Schlaftablette besser auflösen. Am liebsten hätte ich einen Espresso bestellt, doch Björn trank abends keinen Kaffee mehr. Der Nachtisch kam. Björn wollte den ersten Löffel zum Mund führen, als ich sanft seine Hände berührte.
»Na, so etwas! Ich habe meine Taschentücher in der Jackentasche vergessen und meine Nase fängt an zu laufen. Kannst du sie mir bitte holen. Sie sind in der rechten Außentasche.«
»Hier«, großzügig reichte er mir ein sauberes Stoffta-

schentuch. Zu dumm, ich hatte nicht daran gedacht, dass er immer welche bei sich trug.

»Äh, das ist wirklich lieb, aber ich vertrage die Papiertücher besser. Von manchen Waschmitteln bekomme ich Allergien.«

»Das wollen wir natürlich nicht«, meinte er arglos und stand auf.

Die Garderobe war draußen im Flur. So konnte er nicht sehen, wie ich ihm mit zittrigen Händen die Tablette in die warme Himbeersoße rührte. Verflixt, warum löste sich die Tablette nicht sofort auf? Ich drückte und merkte, wie sie zerbrach. Björn kam zurück in den Gastraum. Meine Hand huschte zu meinem Becher.

»Hier.« Er gab mir die Tücher.

»Danke, Björn.«

Ich schnäuzte mich. Er griff zum Löffel und aß. Ich ebenfalls.

Plötzlich stutzte er. »Ich muss auf einen Kern gebissen haben. Schmeckt plötzlich bitter. Ich hoffe, mit deinem Eis ist alles in Ordnung?«

»Ja, es ist sehr gut.«

Er hatte also die Tablette gegessen. Nun galt es schnellstens zu ihm nach Hause zu kommen, denn Viktoria hatte erklärt, sie würde etwa nach einer halben Stunde anfangen zu wirken. Ihren Vorschlag mich gleich bei ihm zu treffen, hatte ich strikt abgelehnt. Ich wollte keine Minute länger mit ihm allein sein, als nötig. Zum einen hatte ich Angst, mein schlechtes Gewissen würde mich verraten, zum anderen konnte ich auf keinen Fall mit einem möglichen Mörder zusammen sein. Das kleine Teufelchen in mir ließ mich unter dem Tisch einen meiner Schuhe ausziehen. Mein Fuß taste sich an seinem Hosenbein hoch bis zum

Schritt. Das sollte unseren Aufbruch beschleunigen.
»Sam«, er sah sich hastig im Lokal um, ob niemand zu uns herüber sah. »Du bist ja ein ganz Schlimme.«
»Findest du?«, fragte ich kokett, während ich spürte, wie meine Fußmassage gewisse Wirkungen zeigte.
»Wollten wir zu dir nach Hause?«
Ich spielte die Verlockung in Person. Seine Augen glitten begierig an meinen Körperrundungen entlang. Hastig winkte er die Bedienung heran. Draußen vor dem Auto küsste er mich leidenschaftlich, als wollte er mich gleich auf offener Straße lieben. Wie gern hätte ich mich dem Kuss hingegeben. Aber es ging nicht. Meine Verliebtheit hatte wieder dem Misstrauen, der Angst und der Wut Platz gemacht.
»Was ist los, Sam?«
»Ach, hier auf der Straße finde ich das nicht so toll. Lass uns zu dir fahren. Ich will dich.« Ich versuchte meine Stimme verrucht klingen zu lassen.
Das ließ er sich nicht zweimal sagen. Eilig fuhr er mit seinem weißen BMW los. An jeder Ampel küsste er mich und streichelte mit seinen Händen an meinen Oberschenkeln entlang. Bloß gut, dass ich eine lange Hose trug. Endlich erreichten wir das gelb verklinkerte Mehrfamilien-Haus in dem er wohnte. Gekonnt parkte Björn am Straßenrand ein, wo er eine Lücke entdeckt hatte. Als wir ausstiegen, bemerkte ich zufrieden wie Björn gähnte. Ich sah mich unauffällig um. Auch Olli hatte Glück mit einem Parkplatz gehabt. Sein roter Polo, mit dem er unübersehbar Reklame für sein Fotostudio fuhr, parkte nicht weit von Björns Wagen entfernt. Ich atmete auf. Im Notfall könnten mir Olli und Viktoria zur Hilfe kommen.
Eng umschlungen gingen Björn und ich zum Hausein-

gang. Es schien fast, als würde er sich an mir festhalten. Na, bitte, die Wirkung der Schlaftablette setzte langsam ein. Er schloss die Eingangstür auf, wir stolperten die wenigen Stufen bis zu seiner Wohnung im Erdgeschoss hinauf. Nachdem er die Wohnungstür geöffnet hatte, warf er seinen Schlüssel achtlos auf eine kleine Kommode im Flur.
»Ach, Sam, du bist eine tolle Frau.«
Er riss mich förmlich in seine Arme, küsste mich überall, während seine Hände unter meinen Pullover glitten. Oh, Mann, war mir schlecht. Warum wirkte die verdammte Pille nicht endlich?
»Wollen wir in dein Schlafzimmer. Das ist bequemer.«
Ich versuchte ihm zu entkommen.
»Ach, Sam, ich liebe dich.«
Er ließ nicht locker, öffnete mit geübten Fingern den Reißverschluss an meiner Hose und versuchte mir ungeniert zwischen die Beine zu greifen. Ich zitterte am ganzen Körper. Worauf hatte ich mich eingelassen? Solange ich überzeugt gewesen war, dass Björn unschuldig war, hatte es mir Spaß gemacht. Aber jetzt? – Ich biss ihn abwehrend in die Nase. Das wirkte. Seine Hand verschwand.
»Sam, was soll das? Fährst du am Ende auf diese Sadomaso-Masche ab?«
»Nein, um Himmels willen. Ich finde es im Bett bequemer. Das ist alles.«
»Stimmt. Aber nicht noch einmal beißen«, drohte er neckisch mit dem Finger, während er mich an die Hand nahm und mit mir geradeaus in sein Schlafzimmer torkelte.
Als er seine Hose ausziehen wollte, stolperte er und ließ sich auf sein Bett fallen. Sofort griff er nach mei-

ner Jeans. Endlich setzte die volle Wirkung der Schlaftablette ein. Seine Hände hielten mich kraftlos umfangen, während er schlafend in sich zusammensackte. Ich wartete einen Moment, dann griff ich seine Hände und kippte ihn aufs Bett. Er knurrte, versuchte erneut mich zu fassen, vergeblich. Ich legte seine Beine hoch, zog ihm die Schuhe aus und ging aus dem Zimmer.
Auf dem Flur suchte ich den Lichtschalter, knipste ihn an und atmete tief durch. Geschafft! Der Flur war kurz und schmal. Das einzige Möbelstück war die altdeutsche Kommode aus Eiche, auf die Björn seinen Schlüsselbund geworfen hatte. Daneben stand ein schmiedeeiserner Garderobenständer an dem eine Jacke und zwei leere Bügel hingen. Ich ging ins Wohnzimmer, das zur Straße lag, wo Olli und Viktoria warteten. Dreimal knipste ich den Lichtschalter an und aus. Dann ging ich zurück in den Flur und drückte in Intervallen auf den Türsummer, um sie einzulassen
»Das wurde auch Zeit. Wir warten seit über 'ner Stunde auf dich. Alles in Ordnung?«, fragte Viktoria.
»Ja. Es hat etwas gedauert bis die Tablette gewirkt hat.«
»Gut, dann können wir in aller Ruhe die Wohnung durchsuchen. Wichtig ist, alles zurück an seinen Platz zu stellen. Sonst merkt er etwas. – Wo ist er jetzt, Sam?«
»Im Schlafzimmer geradeaus.«
Viktoria warf kurz einen Blick hinein. »Na bitte, schläft tief und fest.«
Bevor wir mit der Durchsuchung anfingen, führte ich Viktoria und Olli durch Björns Wohnung. Außer der Schlafzimmertür gingen drei weitere Türen vom Flur

ab. Rechts neben dem Schlafzimmer war das Bad. Dann kam die quadratische Küche mit Anbauschränken aus Buche, in der ein bulliger Kühlschrank im alten amerikanischen Stil neben einer Sitzecke den Blickfang bildete. Darüber hatte er ein Holzregal angebracht, auf dem dekorative Gläser mit Gewürzen und drei Kochbücher standen, die an einer Seite von einem faustgroßen Stein gestützt wurden. Gegenüber der Küche zweigte das Wohnzimmer vom Flur ab. Ein antiker, dunkel gebeizter Bücherschrank mit Glastüren zog unweigerlich den ersten Blick eines Besuchers auf sich. Ihm gegenüber stand ein geblümtes Sofa, das dem Zimmer eine feminine Note gab. Björn hatte mir erzählt, es sei von seiner Tochter ausgesucht worden.
Wir durchsuchten zuerst sämtliche Möbel und Björns antiken Schreibtisch im Wohnzimmer. Danach kam die Kommode im Flur an die Reihe. Auf den ersten Blick fanden wir nichts Verdächtiges. Es wäre einfacher gewesen, wenn wir gewusst hätten, wonach wir suchen sollten. Viktoria ging zurück ins Wohnzimmer und nahm ein paar Fotoalben aus dem Schrank.
»Was willst du damit?«, fragte Olli.
»Ein bisschen schnüffeln, einfach sehen, mit was für Leuten er es zu tun hatte. Das sagt viel über einen Menschen aus.«
»Ich finde das alles widerlich, Viktoria. Ich komme mir wie eine Verräterin vor. Warum habe ich mich wieder von dir anstiften lassen?«
»Weil du genauso an ihm zweifelst, wie ich. Und in einer Beziehung braucht man Klarheit.«
Sie blätterte die Alben Seite für Seite durch. Das Erste zeigte Björn in allen Lebensphasen. Auch Klassenfotos mit unterschiedlichen Kindern, die er offenbar in den

Jahren als Lehrer betreut hatte, waren darunter. Das zweite Album enthielt viele Kinderfotos von den Entwicklungsphasen seiner Tochter. Auf manchen war auch eine unscheinbare Frau zu sehen, vermutlich seine erste Ehefrau. Nach ein paar leeren Seiten, stießen wir auf einen Packen Fotos, die nur lose eingelegt waren. Es schienen Fotos von einer weiteren Ehefrau zu sein, denn eins davon zeigte sie beide als Braut und Bräutigam vor einer Kirche. Sie trug ein wadenlanges, schlichtes weißes Hochzeitskleid. Mit ihren hochhackigen Pumps wirkte sie größer als Björn, der in seinem dunklen Anzug ernst und spießig in die Kamera schaute. Sie wirkte mit ihren kurzen, mittelblonden Haaren geschäftstüchtig und hatte nichts von einer strahlenden Braut an sich. Auf einem anderen Foto standen beide eng umschlungen und lächelnd vor einem Geschäft auf dessen Schaufenster in großen Lettern ›Lore-Antiquitäten‹ prangte. Irgendwie kam sie mir bekannt vor. Auch Viktoria stutzte.
»Ich müsste mich sehr irren, wenn sie nicht des Öfteren bei den Auktionen im Schloss gewesen wäre. – Sieh dir diese Fotos an, Olli! Erinnerst du dich, ob diese Frau am Mordtag in der Auktion war?«
Olli, der sich vergeblich abmühte, das Passwort von Björns PC zu knacken, betrachtete sie aufmerksam.
»Möglich, sicher bin ich mir nicht.«
Aber ich war mir sicher, sie gesehen zu haben. Sie war die Frau, die sich auf Aufzeichnung der Überwachungskamera die Haare gerichtet hatte. Viktoria nickte zufrieden.
»Ich wusste, wir würden etwas finden. Schneider hatte auf La Palma vom Geschäft seiner zweiten Frau gesprochen. Dass es ein Antiquitätengeschäft war, hat er

uns interessanterweise genauso verschwiegen wie ihre Anwesenheit in der Auktion. Das ist sehr verdächtig. Ich habe mal in einem Krimi von Betrügereien mit Antiquitäten im großen Stil gelesen. Wer weiß, ob seine Frau wirklich so ›Ex‹ ist, wie er vorgibt.«
»Ich kann das nicht glauben«, erwiderte ich verzweifelt.
»Dann glaubst du es eben wieder nicht«, entgegnete Viktoria achselzuckend. »Ich habe dir gesagt, es kann nur Schneider gewesen sein, selbst wenn er ein attraktiver Mann ist und du dich in ihn verliebt hast. Wir nehmen dieses Foto mit. Morgen werde ich die Liste der Bieterkarten nach ›Lore-Antiquitäten‹ durchgehen. Wenn wir Glück haben, finden wir ihren ganzen Namen und ihre Adresse. – Doch nun sollten wir uns alle Räume noch einmal genauer ansehen. Vielleicht finden wir weiteres Beweismaterial.«

»Das ist gemein.«
Ich saß mit Olli in einer Kneipe in der Nähe meiner Wohnung und heulte. Außer den Fotos mit Björns zweiter Frau, hatte Viktoria offenbar die Mordwaffe gefunden, die bisher nicht aufgetaucht war: Am Stein auf Björns Küchenregal hatte getrocknetes Blut geklebt. Er war einerseits handlich genug, ihn in einer Jackentasche zu verstauen, andererseits aber auch schwer genug, um Rebmann damit umbringen zu können.
»Er hat mich belogen. Und ich hab ihm geglaubt. Dabei ist er ein Mörder. Ein grausamer, grauenvoller, brutaler, sadistischer, kaltblütiger ...«
Mir gingen die Worte aus. Ich sah Viktoria mit dem faustgroßen Stein vor mir in Björns Küche stehen, den

sie wegen der Fingerabdrücke in einem Gefrierbeutel triumphierend präsentiert hatte.

»Da ist Blut dran«, hatte sie dauernd wiederholt. »Das ist der Beweis.«

Ich hatte fassungslos dagestanden und nicht gewusst, was ich tun sollte. Björn war der Mörder. Um mich zu betäuben und nicht allein sein zu müssen, hatte ich Olli überredet, mit mir in eine Kneipe zu gehen, nachdem er Viktoria zu Hause abgesetzt hatte.

»Hast Recht, Sam. Aber der Kerl ist es nicht wert, dass du ihm eine Träne nachweinst«, versuchte Olli mich zu trösten.

»Er is' gemein.«

Ich konnte mich nicht beruhigen und nahm einen großen Schluck, um alles hinunterzuspülen. Ich war bereits beim dritten Bier angelangt, einer Menge, die mir Respekt abnötigte, da ich sonst kaum Alkohol trank. Olli saß geduldig neben mir und nippte an einem Wasser.

»Hast Recht, Sam.«

Etwas anderes wusste der gute Olli nicht zu sagen. Er schien in seinen jungen Jahren mit der Situation überfordert zu sein, eine ältere Frau wie mich zu trösten, die sich in einen Mörder verliebt hatte. Vom Alkohol geschwächt, lehnte ich meinen Kopf gegen seinen Oberkörper. Das tat gut.

»Du hast so' n schön kuschel' gen Pulloveer an.«

Das war's, was mir an ihm gut gefiel. Als wüsste er, wonach ich mich sehnte, legte er brüderlich seinen Arm um meine Schulter. Das war noch besser. Für einen Moment musste ich die Augen schließen. Das ganze Lokal begann, sich zu drehen. Plötzlich sprang mir der Stein mit den getrockneten Blutflecken entge-

gen und fing an zu tanzen. Entsetzt riss ich die Augen auf.
»Daaa is' der Stein! Hast du ihn auch g-gesehen?«, fragte ich mein Kuschelkissen.
Olli nahm meinen Kopf in seine Hände und sah mir tief in die Augen.
»Ich glaube, du hast genug getrunken, Sam. Ich bringe dich nach Hause. Wenn Mutter von deinem Besäufnis erfährt, wird sie mir die Hölle heiß machen, weil ich das zugelassen habe.«
Ich versuchte meinen Kopf zu schütteln. Olli hielt mich fest.
»Ich sag nix. Der Stein haaat g-getanzt.«
»Was mach ich bloß mit dir?«
Olli klang etwas hilflos.
»Keinen Stein geseeehen?«
»Nein, Sam. Der Stein ist in meinem Auto. Morgen übergeben wir ihn Hauptkommissar Melzner, zusammen mit dem Foto.«
»Da war Bluuut dran.«
»Ich weiß, Sam. Ich hätte auch nicht gedacht, dass wir in Schneiders Wohnung die Mordwaffe ausgerechnet in seinem Küchenregal finden.«
Er drückte mich fest an seinen Pullover, unter dem ich sein Herz schlagen hören konnte. Das klang beruhigend.
»Björn ist ein per-perserver Kieler.«
Aus meinem Mund klang das irgendwie komisch.
»Hast Recht, Sam. Er ist ein perverser Killer. Bringt Rebmann mit einem Stein um und benutzt ihn dann als Dekoration. Bloß gut, dass Mutter ihn mit ihrer Spürnase entdeckt hat. Ohne die Mordwaffe könnte man ihm den Mord nur schwer beweisen. Aber durch die

kriminaltechnische Untersuchung wird sich Rebmanns Blut nachweisen lassen. Und dann wandert Björn für lange, lange Zeit in den Knast.«
»Hm.«
Mir fiel das Reden schwer. Wo war mein Bett? Hoffentlich kam mein Kuschelkissen mit. Olli musste mich doch vor dem Stein beschützen …

Stürmisches Klingeln weckte mich am nächsten Morgen auf. Ich wollte mich erheben. Oh, war mir schlecht. Ich sank zurück auf mein Bett. Das Klingeln hörte nicht auf. Warum mussten andere Leute so früh aufstehen? Ich schaute auf die Uhr. Es war halb neun. Verflixt, ich hatte verschlafen. Meine armen Kinder. Ich unternahm den nächsten Versuch, mich zu erheben. Diesmal schaffte ich es. Schlaftrunken öffnete ich, ohne durch den Türspion zu sehen.
»Gott sei Dank. Ich hatte gehofft, dich hier zu finden.«
Es war Björn Schneider. Voller Entsetzen wollte ich ihm die Tür vor der Nase zuschlagen, sein Fuß war schneller.
»Was soll das, Sam?«
Seine Stimme klang böse. So schnell mir dies mit meinem Brummschädel möglich war, lief ich in mein Schlafzimmer und wollte mich einschließen. Ich riss die Schlafzimmertür auf, stürmte hinein, knallte sie zu.
»Sam, mach auf!«
Björn wollte die Klinke zur Tür herunter drücken. Ich hielt sie fest, tastete nach dem Schloss. Wo war der verdammte Schlüssel? Einen kurzen Moment konnte ich die Klinke festhalten, dann gab sie nach. Björn war stärker als ich. Völlig konfus rannte ich zu meinem Bett. War das jetzt ein Alptraum oder würden dies

meine letzten Minuten werden? Ich fing an zu schreien. Vielleicht hörte mich jemand.
»Bist du verrückt geworden?«
Björn war sofort bei mir und schüttelte mich. Ich schrie weiter. Plötzlich schlug er mir ins Gesicht. Vor Schreck hörte ich auf zu schreien. Im nächsten Moment umschlangen mich seine Arme. »Ruhig, Sam.«
Ich wurde alles andere als ruhig. Verzweifelt überlegte ich, wie ich ihm entkommen konnte.
»Was ist los, Sam? Wieso bist du aus meiner Wohnung verschwunden? Ich hab dich überall gesucht. Sogar im Kindergarten war ich. Aber die sagten mir, du seiest heute nicht gekommen.«
Seine Stimme klang besorgt. Er sah mich an, schnupperte.
»Du riechst wie ein ganzes Bierfass. Was hast du gemacht?«
Ich schwieg ihn an. Was sollte ich ihm sagen? Dass ich ihn abgrundtief hasste, für den Mord, den er begangen hatte. Und dass ich ihn vor lauter Wut am liebsten verprügeln würde, weil er mich belogen hatte. Das würde nichts ändern.
»Redest du nicht mehr mit mir?«
Kopfschüttelnd und ratlos sah er sich in meinem Schlafzimmer um. Dann blieb sein Blick an etwas hinter mir hängen. Sein eben noch sanfter Blick wurde hart.
»Ach, so ist das!«
Heftig stieß er mich von sich weg.
»Offenbar bist du genauso ein Flittchen wie meine dritte Frau. Das hätte ich nicht von dir gedacht, Sam. – Willst mit mir Wiedersehen feiern und weil ich blöderweise eingeschlafen bin, bevor ich dich verwöhnen

konnte, lässt du dich volllaufen und schmeißt dich an dem nächstbesten Kerl heran. – Aber nicht mit mir, Sam. Tut mir leid, aber von Schlampen habe ich genug!«
Wut und Enttäuschung standen ihm ins Gesicht geschrieben. Im nächsten Moment lief er aus meinem Schlafzimmer und knallte die Wohnungstür heftig zu. Ich holte tief Luft. Gerettet! – Aber wieso? Neugierig drehte ich mich um. Auf meinem Bett lag Ollis verknüllter Kuschelpullover. Daneben auf dem Nachtisch stand eine kleine Vase mit einer gelben Rose, die er offenbar von meiner Balkonpflanze stibitzt hatte. Ein Zettel lehnte dagegen: »Hoffe, du hast gut geschlafen. Den Pulli hole ich heute Nachmittag ab. Olli.«

14

Mit unbewegter Miene und verschränkten Armen hörte mir Hauptkommissar Melzner zurücklehnt auf seinem Schreibtischstuhl im Präsidium zu, während ich ihm unseren neuesten Verdacht schilderte. Zwar war es ein Risiko, seinen Freund Björn des Mordes zu bezichtigen, aber was blieb uns anderes übrig? Er war für den Fall zuständig und Unterschlagung von Beweismaterial war strafbar. Jetzt konnten wir nur hoffen, dass er seine Pflichten als Kommissar so ernst nahm, wie Björn glaubte.
»Ich dachte, Sie und Björn wären privat zusammen. Da vertraut man einander normalerweise und schnüffelt nicht in der Wohnung des anderen herum. Wie sind Sie auf diese abenteuerliche These gekommen, Frau Martin? Haben Viktoria von Langen und dieser junge Mann hier ...«, er deutete auf Olli, der mich zur Unterstützung begleitet hatte, »... Sie gegen Björn aufgestachelt?«
»Mich hat niemand aufgestachelt. Zugegeben, Viktoria kam zuerst auf die Idee, Björn könnte doch schuldig sein. Ich habe das zunächst nicht glauben können. Es kam mir genauso absurd vor wie Ihnen. Aber ganz unlogisch klang ihre Geschichte nicht. Deshalb brauchte ich Klarheit.«
»Und Sie und Ihre Mutter haben ihr geholfen, ihre angeblichen Beweise zu finden?«, fragte Melzner Olli.
»Nein«, antwortete ich statt Olli. »Wie ich Ihnen bereits sagte, waren Björn und ich essen und sind danach in seine Wohnung gefahren. Dort ist er eingeschlafen. Ich war zu wach, also habe ich mich ein wenig umgesehen. Erst danach habe ich in meiner Verzweiflung

mit Viktoria und ihrem Sohn Kontakt aufgenommen«, log ich schamlos und hoffte, es würde Melzner überzeugen.
Er sollte glauben, ich wäre zufällig auf die Beweise gestoßen. Nicht auszudenken, was passieren würde, wenn er herausfände, wie wir Björn hereingelegt hatten.
Melzner betrachtete mich und Olli nachdenklich. Dann nahm er den Stein in der Plastiktüte zur Hand und sah ihn sich genauer an, bevor er ihn zurück auf den Schreibtisch legte und nach dem Foto griff, auf dem Björn mit seiner zweiten Frau vor dem Antiquitätenladen abgebildet war. Stirnrunzelnd fragte er: »Und dies ist seine zweite Frau? Sind Sie sicher? Ich habe leider nie eine seiner Frauen persönlich kennen gelernt.«
»Ich habe ein Hochzeitsfoto mit Björn und ihr gesehen. Wenn Sie sich die Aufzeichnung der Überwachungskamera von der Auktion ansehen, werden Sie sie darauf entdecken. Hat Björn Ihnen etwa nichts von der Anwesenheit seiner Frau erzählt?«
»Frau Martin, ich stelle hier die Fragen«, wich er ertappt aus. »Im Übrigen rate ich Ihnen und Ihren beiden Freunden noch einmal dringend, sich nicht weiter in Dinge zu einzumischen, die Sie nichts angehen. Der Fall Rebmann ist geklärt.«
»Ramirez hat aber mehrfach betont, Carl Rebmann nicht ermordet zu haben. Damit halte ich den Fall keinesfalls für aufgeklärt«, wandte Olli ein.
»Sie sollten Ihren Zeitungsartikel lesen. Da stand der Mörder wäre auf La Palma festgenommen worden«, konterte Melzner säuerlich.
»Ich weiß, was in der Zeitung stand. Wenn ich jetzt meinem Redakteur sagen muss, dass der Mord von

jemand anderen begangen wurde, wird er nicht begeistert sein. Mir geht es darum, der Öffentlichkeit die Wahrheit mitzuteilen, selbst wenn mir das Ärger einbringen könnte. Sie werden doch Frau Martins Anschuldigungen nachgehen. Oder wollen Sie die Beweisstücke ignorieren, die sie Ihnen gebracht hat?«, fragte Olli provozierend.
Auch wenn er mitunter wie ein großer Junge wirkte, ließ er sich nicht einschüchtern.
»Ich gehöre zu denen, die bei ihrer Arbeit größte Sorgfalt an den Tag legen. Deshalb werde ich sie selbstverständlich routinemäßig untersuchen. Niemand soll mir vorwerfen können, ich hätte Beweise ignoriert. Aber damit eins klar ist, Herr von Langen. Sollten Sie ein einziges Wort über ihren bislang unhaltbaren Verdacht gegen Björn Schneider veröffentlichen, erhalten Sie alle drei eine Klage wegen Verleumdung und eine Anzeige wegen Behinderungen der kriminalpolizeilichen Arbeit. Ich darf Sie kurz an die Unterschlagung des Speichermediums der Überwachungskamera erinnern?«
Melzner gab sich betont freundlich, doch das verkniffene Lachen, das eher an das Zähnefletschen eines beißfreudigen Dobermanns erinnerte, sagte etwas anderes. Olli lächelte ihn entwaffnend an.
»Keine Sorge. Ich gebe nur etwas weiter, wenn die Polizei den Fall endgültig geklärt hat. Auch ich arbeite sorgfältig. Rufen Sie uns an, wenn Sie etwas herausgefunden haben. Die arme Sam möchte so schnell wie möglich Gewissheit haben. Sie nimmt die Sache sehr schwer.«
Die arme Sam hätte Olli am liebsten einen Tritt in den Allerwertesten verpasst. Meine Gefühle gingen Melz-

ner überhaupt nichts an und Olli ebenso wenig. Das nächste Mal würde ich mich nicht an seinem Kuschelpulli ausheulen.

Ein paar Tage später rief mich Hauptkommissar Melzner mit zufriedener Stimme an: »Ich wollte Ihnen das Ergebnis der Untersuchungen mitteilen. Die getrockneten Blutreste stammen eindeutig von Schweinen und Rindern. Björn benutzt den Stein zum Klopfen von Steaks. Menschenblut wurde nicht gefunden.«
»Und was ist mit seiner Frau?«
»Das haben wir ebenfalls überprüft. Sie war zufällig in der Auktion. Björn wusste nichts von ihrer Anwesenheit. Sie sind einander nicht begegnet.«
Wütend über mich selbst umklammerte ich den Hörer. Schade, dass er nicht aus Gummi war. Ich hätte ihn zu gern zerknautscht. Wie hatte ich bloß wieder auf Viktorias unsinnige Theorien hereinfallen können? Nun hatte ich Björn zum zweiten Mal zu Unrecht verdächtigt. Er hatte seine ganze Liebe zu meinen Füßen ausgebreitet und ich trat sie mit denselben, weil ich ständig an ihm zweifelte. Ob es Sinn hatte, ihn anzurufen und mich bei ihm zu entschuldigen?
»Björn hat den Mord nicht begangen«, beendete Melzner das Gespräch, als ich nicht antwortete.
Viktoria sah das anders, als ich ihr später das Ergebnis mitteilte.
»Natürlich ist Schneider der Mörder. Eine Krähe hackt der anderen kein Auge aus. Melzner würde uns nie erzählen, wenn er Unstimmigkeiten entdeckt hätte. Schneider ist gerissener, als wir dachten. Oder glaubst du etwa, er hätte seine Frau nicht im Schloss gesehen? So groß ist das Schloss nicht. Bestimmt ist sie seine

Komplizin und hat aufgepasst, damit er Rebmann in Ruhe umbringen kann. Vielleicht hat sie die Tatwaffe verschwinden lassen. Die beiden haben bestimmt krumme Dinger in ihrem Antiquitätenladen gedreht. Rebmann hat es herausgefunden und deshalb musste er sterben.«
»Und wenn es doch Ramirez war?«
»Nein. Er war es nicht. Das steht für mich fest.«
»Dann muss ein anderer der Mörder sein. Björn war es jedenfalls nicht. Und ich schäme mich, ihm erneut misstraut zu haben.«
»Schäm dich nicht zu früh. Noch wissen wir nicht, wer es getan hat. Diesmal werden wir die Sache anders angehen und dann werden wir sehen, bei wem wir landen. Es würde mich allerdings nicht wundern, wenn am Ende unserer Ermittlungen Schneider steht.«

»Möchten Sie eine Bieterkarte?« fragte mich eine ältere Dame freundlich.
Ich nickte, füllte sie mit einem falschen Namen aus und schlenderte in die Schlosshalle. Eigentlich hatte ich das Schloss kein weiteres Mal betreten wollen. So vornehm und strahlend es wirkte, die düstere Erinnerung an das letzte Mal konnte ich nicht abschütteln. Eigentlich hatte ich mir zum x-ten Male vorgenommen, mich nicht mehr von Viktoria zu irgendwelchen Ermittlungen überreden zu lassen. Aber Björn ließ mich lediglich mit seinem Anrufbeantworter sprechen, und das kleine Teufelchen in mir hatte mich so lange mit ungeklärten Fragen zu Rebmanns Tod gelöchert, bis mein detektivischer Spürsinn erwacht war. Wir hatten beschlossen, mit unseren Ermittlungen dort anzufangen, wo alles begonnen hatte. Möglicherweise

fanden wir hier neue Anhaltspunkte, die uns Hinweise auf den Täter liefern konnten.
»Kann ich Ihnen behilflich sein?« Viktoria spielte die Rolle der seriösen Auktionsdame perfekt.
»Ja, gern. Ich hörte, Sie haben Goldarmbänder aus dem letzten Jahrhundert zu versteigern?«
Ich versuchte die Dame von Welt zu mimen, während ich mich verzweifelt fragte, wie ich auf den hochhackigen Pumps, die mir Viktoria passend zu einem blauen Kostüm zur Verfügung gestellt hatte, die Treppe hochkommen sollte. Weiterer Bestandteil meiner Aufmachung, die verhindern sollte, dass mich jemand erkannte, war eine blonde, an kalten Wintertagen bestens als Mütze geeignete Kurzhaarperücke. Natürlich war heute nach düsteren, kühlen Regentagen so richtig warmes Sommerwetter. Dummerweise schwitzte bei mir zuerst die Nase. Das wäre normalerweise kein Problem gewesen, nur wurde sie heute von einer altmodischen Brille mit Fensterglas verziert, die wie auf einer Rutschbahn des Öfteren bis auf die Nasenspitze hinunterglitt.
»Selbstverständlich, wenn Sie mir bitte folgen wollen.«
Beflissen zeigte Viktoria auf die Schlosstreppe und ging vor.
»Das nächste Mal besorgst du mir gefälligst einen Stock. Auf diesen Dingern kann man ja nicht vernünftig gehen«, flüsterte ich ihr zu.
»Übung macht den Meister«, murmelte sie nur.
Als ich endlich die Stufen erklommen hatte, fühlten sich meine Füße an, als hätte ich einen langen Tagesmarsch hinter mir. »Das sind Folterwerkzeuge und keine Schuhe«, säuselte ich.

»Ja, das ist ein sehr schönes Schloss«, sagte sie laut, als zwei Frauen an uns vorbeigingen.
»Die Frau hinter der Schmuckvitrine wirst du sicher erkennen. Die Jokisch ist eine von den Kolleginnen, die damals hier oben Dienst hatten. Die andere, Maren Fiedler, hat sich krank gemeldet. Nimm die Jokisch unter die Lupe. Der würde ich alle Schlechtigkeiten zutrauen. Sie tut so entsetzlich perfekt«, teilte Viktoria mir leise mit. Dann fuhr sie in normaler Lautstärke fort: »Dort sind die Schmuckvitrinen. Wenn Sie dort bitte nach den Armbändern schauen wollen?« Sie deutete mit der Hand in den Raum, in dem mehrere Glasvitrinen mit Schmuck standen.
»Bei ihrer Größe willst du mir kaum einreden wollen, sie könnte es getan haben?«, brummelte ich in ein Taschentuch, mit dem ich vortäuschte, mich kurz zu schnäuzen.
»Nein, aber das wäre schön. Ich kann sie nicht ausstehen. Vielleicht könnte sie die Komplizin sein.« Viktoria hob ihre Stimme wieder an: »Schauen Sie sich in Ruhe um. Meine Kollegin wird Ihnen gern behilflich sein.«
Gesetzten Schrittes ging Viktoria hinunter. Ich trat in den Raum ein und betrachtete Kaufinteresse vorheuchelnd die Armbänder. Die meisten sahen scheußlich massig aus.
»Hübsch, nicht«, meinte die Auktionsmitarbeiterin, auf die mich Viktoria aufmerksam gemacht hatte.
Ich erinnerte mich an sie und ihre diensteifrige Haltung auf der letzten Auktion. Sie hatte ein Dutzendgesicht wie viele Frauen in den Fünfzigern, ein bisschen aufgedunsen von zu viel Naschereien, die Stirn senkrecht von einer Sorgenfalte zerteilt und mit einer dunkelum-

randeten Brille versehen, die sie noch älter erscheinen ließ. Die aschblonden Haare prangten wie beim letzten Mal in einer altmodischen Dauerwellfrisur turbanartig auf ihrem Kopf. Sie roch nach Kölnisch Wasser und Kaffee.
»Hm, nicht schlecht.«
Ich versuchte Anerkennung in meine Stimme zu legen und beugte mich mit dem Kopf über die Vitrine. Leider hatte ich nicht an die Brille gedacht. Klirrend fiel sie auf das Glas.
»Das ist mir aber peinlich. Ich trage die Brille erst seit kurzem.« Ich wollte nach ihr greifen, doch mein Gegenüber kam mir zuvor.
»Hoffentlich ist sie nicht zerbrochen. Ohne Brille ist man geradezu hilflos.«
Sie hielt meine Brille kurz gegen das Licht.
»Scheint alles in Ordnung zu sein. Besonders stark sind die Gläser glücklicherweise nicht. Was glauben Sie, wie stark meine Gläser sind. Mein Augenarzt sagt, wenn ich so weiter mache, werde ich eines Tages blind werden. Schlimm nicht? Und ich lese so gerne, Schiller und Goethe, wissen Sie.«
Allein ihre schrille Art zu reden, nervte mich derart, dass ich den Wunsch hatte, so schnell wie möglich hier wegzukommen. Wie Recht Viktoria bei ihr hatte.
»Ja, gute Literatur zu lesen ist ein Vergnügen besonderer Art.«
Ich wollte erneut nach meiner Brille greifen.
»Oh, warten Sie, ich glaube, ich habe sie eben beschmutzt. Glücklicherweise trage ich stets ein Reinigungstuch bei mir trage. Nichts ist so scheußlich, wie eine verschmierte Brille.«
Eilfertig zog sie aus einer Rocktasche ein Tuch heraus

und putzte meine Brille umständlich. Ich kam mir vor wie in einer Reklamesendung für Brillenputztücher.

»Vielen Dank, sehr freundlich«, presste ich mühsam zwischen meinen Zähnen hervor, als sie sie mir endlich zurückgab.

»Gern geschehen. Sie glauben nicht, wie nützlich diese Tücher hier sind. Nicht nur Brillen, auch die Glasvitrinen lassen sich wunderbar damit putzen.«

Verstohlen sah ich mich um. War hier irgendwo die Fernsehkamera einer Veralberungsshow versteckt? Nein, es sah nicht so aus. Sie fand das Thema tatsächlich interessant und plapperte munter weiter.

»Erst bei der letzten Auktion war ein besonders böser roter Schmierfleck auf der Vitrine im Jugendstil-Boudoir gegenüber. Ein bisschen mit dem Tuch drüber, wunderbar sauber. Wie sähe das aus, wenn sich Kunden die herrlichen Antiquitäten ansehen wollten, und ein Fleck würde sie stören? Das wäre sehr peinlich für das Auktionshaus, nicht?«

Welch eine Schande! Ich nickte zustimmend und wollte eiligst gehen, als ich stutzte. Ein roter Fleck sollte eine Vitrine im Raum gegenüber verunziert haben? Im Schloss blitzte alles vor Sauberkeit.

»Was war das für ein Fleck?«, fragte ich neugierig.

»Das muss Farbe gewesen sein. Der Fleck ist nicht beim Waschen herausgegangen. Farbflecken sind immer problematisch.«

Rote Farbe? Nach allem, was geschehen war, tippte ich auf Blut. Das ließ sich ebenfalls schwer aus Textilien entfernen.

»Wurde denn etwas rot gestrichen?«, forschte ich nach.

»Das weiß ich nicht. Jedenfalls ist es immer gut, ein

Tüchlein bei sich zu tragen, gerade hier ...«
»Wann haben Sie den Fleck weggewischt? Bevor Sie Carl Rebmann das letzte Mal gesehen haben oder danach?«, unterbrach ich gereizt ihren Redefluss, ohne Rücksicht darauf, womöglich erkannt zu werden.
Sie schaute mich befremdet an und schwieg. Brillenputztücher stellten für sie offenbar ein ergiebigeres Thema dar, als der Mord an ihrem Chef. Ich versuchte meine aufkeimende Ungeduld zu zügeln, als sie keinerlei Anstalten machte, mir zu antworten und stattdessen mit ihrem Putztuch weiter auf der Vitrine herumwienerte.
»Beantworten Sie bitte meine Frage. Vorher oder nachher?«
»Sind Sie von der Polizei?«, fragte sie schließlich.
»Glauben Sie, ich würde sonst solche Fragen stellen?«, wich ich aus, um nicht lügen zu müssen. »Bitte, Frau Jokisch, das könnte wichtig sein. Wann genau haben Sie den Fleck weggewischt?«
»Kurz nachdem Frau von Langen die Treppe heruntergestürmt ist, weil sie den Notruf informieren wollte. Sie hätte mich fast umgerannt.«
»Danke. Sie haben uns sehr geholfen. Und bitte seien Sie so nett und reden mit niemanden darüber. Unsere Ermittlungen sollen vorerst geheim bleiben«, gab ich mich amtlich.

»Das gibt's nicht, diese blöde Kuh mit ihrem Putztick. Beseitigt einfach wichtige Spuren.«
Viktoria konnte sich kaum beruhigen. Wir hatten uns im Waschraum der Damentoilette zu einem kurzen Zwischenbericht getroffen.
»Weißt du noch, was in der Vitrine im Jugendstil-

Boudoir ausgestellt war? Ich bin damals an diesem Raum vorbeigegangen.«
»Es lagen alte Silberbestecke auf dem schwarzen Samt, die erst später am Nachmittag versteigert werden sollten.«
»War die Vitrine auch extra gesichert?«
»Nein. Sie hatte ein einfaches Schloss. Die Bestecke waren nicht so wertvoll wie der Schmuck und da wir uns ständig in den Räumen umsehen, war die Gefahr eines Diebstahls nicht gegeben.«
»Meinst du, es könnte Farbe gewesen sein?«
»Niemals. Es wurde an dem Tag nichts rot gestrichen. Außerdem wäre mir ein Fleck aufgefallen. Er kann nur nach dem Mord auf die Vitrine gekommen sein. Garantiert war es Rebmanns Blut. Aber wie kam es auf die Vitrine? Ob sich der Mörder kurz im Jugendstil-Boudoir versteckt hatte?«
»Gab es dort bei der letzten Auktion Versteckmöglichkeiten?«
»Außer dem Vorhang oder hinter der Tür gab es nichts, wo sich jemand hätte verstecken können. Der Mörder könnte dort hineingelaufen sein, weil jemand auf dem Flur war und er niemanden begegnen wollte«, überlegte sie.
»Dann wäre der Fleck aber nicht an der Vitrine gewesen«, wandte ich ein.
»Ja, du hast Recht. Das ist sehr merkwürdig. Das müssen wir später in Ruhe durchdenken. – Übrigens habe ich mit meiner Kollegin gesprochen, die damals versehentlich den Nachttopf hochgehalten hat. Sie erinnerte sich Schneiders Frau kurz im Raum gesehen zu haben. Das bedeutet, sie könnte ihn mit der falschen Nummer versehen haben.«

Eine Frau betrat den Waschraum und beendete damit unser Gespräch. Wir nickten uns zu, dann ging Viktoria hinaus, als würden wir uns nicht kennen. Ich folgte ihr Minuten später und stöckelte erneut die Treppe hoch, um mir das Jugendstil-Boudoir genauer anzusehen. Ich betrat den in graugrünen Tönen gehaltenen Raum und blickte geradeaus auf schwere Vorhänge, die zu beiden Seiten am Fenster herunterhingen und sich über den etwas helleren, samtig schimmernden Velourstepppich ergossen. In der Fenstermitte waren sie in zwei kurze Bögen gefasst, die den Blick auf den durchscheinenden Store freigaben. An der Wand, an der ich das letzte Mal die Vitrine gesehen hatte, stand heute ein Schreibsekretär, der von zwei geblümten Sesseln eingerahmt wurde. Zwei weitere Sessel und ein kleines Tischchen standen dekorativ mitten im Raum unter einem Kristalllüster. Dahinter standen ein Büfett und ein geblümtes Sofa mit Beistelltisch an der Wand.
Eine Vitrine suchte ich heute vergebens im Raum. Ich versuchte mir die Vitrine vom letzten Mal vorzustellen. War der Fleck, den die Brillenputztuchtante am Mordtag weggewischt hatte, wirklich Rebmanns Blut gewesen? Falls ja, wie war es dorthin gekommen? Der Mord hatte im Rokokosalon am Ende des Flures stattgefunden. Jäh fiel mir ein, dass Björn Rebmanns Blut an seinem Finger gehabt hatte. War er auch in diesem Raum gewesen und hatte versehentlich auf der Suche nach Ramirez auf die Vitrine gefasst? Oder war auch der Mörder mit Rebmanns Blut in Kontakt gekommen? Wenn ja, was hatte er hier gewollt? Er hätte sich kaum in der Vitrine verstecken können. Plötzlich durchzuckte mich ein Gedanke.

Was war mit dem Mordwerkzeug? Daran hatte sicher Rebmanns Blut geklebt. Hatte der Mörder es hier verstecken wollen? Ich versuchte, mir den mit schwarzem Samt belegten Boden der Vitrine samt Besteck vorzustellen. Wie hätte der Mörder darin das Tatwerkzeug verstecken können? – Der Tanz der Skelette! Vor kurzem hatte ich eine faszinierende Ballettdarbietung in einem Fernsehfilm gesehen. Leuchtende Knochen hatten sich im Takt einer Musik rhythmisch bewegt. Der Trick der Tänzer hatte darin bestanden, schwarze Kostüme zu tragen, auf denen fluoreszierender Stoff in Form von Knochen aufgenäht war. Bei entsprechender Beleuchtung waren vor einem schwarzen Hintergrund nur die Knochen zu sehen gewesen.

Schwarz auf schwarz, das war die Lösung! Wenn der Mörder das Mordwerkzeug ebenfalls in schwarzem Samt eingewickelt und geschickt als Dekorationsuntergrund platziert hätte, wäre es nicht aufgefallen. Das wäre auch eine Erklärung für einen möglichen Blutfleck auf der Vitrine gewesen. Der Mörder müsste in diesem Fall entweder einen Schlüssel für die Vitrine gehabt haben, oder das Schloss ohne Schlüssel öffnen können. Letzteres hätte nur funktioniert, wenn er sich mit dem Öffnen von Schlössern ausgekannt hätte oder die Vitrine nicht verschlossen gewesen wäre.

Was war aber danach mit der Tatwaffe geschehen? Sie hätte spätestens beim Ausräumen der Vitrine gefunden werden müssen. Da dies offensichtlich nicht der Fall gewesen war, musste sie der Täter oder ein Komplize vorher entfernt haben. Das bestätigte unseren Verdacht, der Mörder habe sich bestens in der Auktion ausgekannt oder einen Komplizen, wahrscheinlicher eine Komplizin gehabt. Während der Auktion arbeiteten bis auf den Auktionator und einen weiteren Mann nur Frauen hier. Um meine Theorien zu überprüfen, ging ich entschlossen über den Flur. Nach wenigen Schritten erreichte ich den Rokoko-Salon. Der Mörder hätte also ein in Samt eingewickeltes Tatwerkzeug schnell zur Vitrine bringen können.

Mit gemischten Gefühlen betrat ich den Rokokosalon. Bisher hatte ich ihn ängstlich ausgespart. Nichts deutete mehr auf den Mord vor ein paar Wochen hin. Anders als bei der letzten Auktion beherrschten heute alte Tische und Stühle den vorderen Teil des Raumes. Ich überlegte, ob es notwendig wäre, weiter ins Zimmer hineinzugehen, als ich an einem der schweren Brokat-Vorhänge im hinteren Teil des Raumes eine Bewegung bemerkte. Trotz der Hitze bildete sich sofort eine Gänsehaut auf meinen Armen. Hätte ich hier Kinder herumlaufen sehen, wäre die Sache klar gewesen. Doch ich war die ganze Zeit keinem der ›Minis‹ begegnet. Wäre ich eine Anhängerin von Gespenstergeschichten gewesen, hätte ich mich gefragt, ob Rebmanns Geist hinter der Gardine spukte.

Mit klopfendem Herzen näherte ich mich neugierig dem Rundbogen. Diesmal befand sich im hinteren Teil des Raumes kein großer Schrank. Einladend standen stattdessen ein kleines antikes Sofa mit einem Tischchen und eine Anrichte dort. Ratlos betrachtete ich den Vorhang und entdeckte die Schuhspitze eines schwarzen Schuhs, die unter dem Saum hervorlugte. Gespenster trugen bestimmt keine Schuhe. Weshalb versteckte sich jemand hinter dem Vorhang? Ehe mein Verstand auf die Gefahren hinweisen konnte, lenkte das kleine Teufelchen in mir meine Schritte zum Vorhang. Mit einem Ruck zog ich ihn entschlossen weg.

»Du? Was machst du hier?«
Ich starrte verblüfft auf Björn Schneider, der mich ärgerlich beäugte.
»Das könnte ich eher dich fragen. Was soll diese Aufmachung?« Er zog an meiner Perücke. »Spielst du aufs Neue die Detektivin?«
»Wieso warst hinter dem Vorhang?«, fragte ich.
»Ich hab dich kommen sehen und dachte, ich könnte auf diese Weise eine Begegnung mit dir vermeiden.«
»Warum das? Hast du etwa Angst vor mir?«
»Ich treffe nicht gern auf Frauen, die mich für einen Mörder halten und mich mit Typen namens Olli betrügen.« Seine Stimme drückte absolute Verachtung aus.
»Ich habe dich nicht betrogen«, verteidigte ich mich empört. »Olli ist Viktorias Sohn. Nachdem ich in deiner Wohnung den Stein und das Foto gefunden hatte, dachte ich, du seist der Mörder. Ich fühlte mich von dir betrogen und habe mich schlichtweg betrunken. Olli hat mich begleitet, damit mir nichts passiert. Und weil ich etwas zum Kuscheln brauchte, hat er mir seinen weichen Pulli dagelassen. Ich fühlte mich ohne dich so einsam. Glaub mir, zwischen uns war nicht das geringste.«
»Das hat mir meine dritte Ehefrau auch vorgelogen. Warum sollte ich dir also glauben?«
»Weil es die Wahrheit ist.«
»Ja, vielleicht.«
Sekundenlang schwieg er unschlüssig, dann fuhr er aufgebracht fort: »Selbst wenn du in diesem Punkt die Wahrheit sagen solltest, ändert das nichts an der Tatsache, dass du mich verdächtigst, den Mord an Carl Rebmann begangen zu haben. Warum traust Du mir nicht? Damals auf La Palma konnte ich verstehen,

warum du mich für schuldig gehalten hast. Aber nach allem, was zwischen uns war, enttäuscht mich dein jetziges Misstrauen zutiefst.«
»Tut mir leid, Björn, das kann ich nicht einfach abstellen. Ich bin leider ein misstrauischer Mensch. Seit mein Ex-Mann, dem ich vertraut habe, mich jahrelang belogen und betrogen hat, hat sich das verschlimmert. Wir beide kennen uns zu kurz und diese Mordgeschichte lässt mich nicht los. Irgendjemand hat Rebmann umgebracht und ich habe seine Leiche gefunden. Und nach allem, was Viktoria und ich wissen, scheint Ramirez den Mord nicht begangen zu ...«
»Und deshalb seid ihr zum zweiten Mal auf mich gekommen«, fiel er mir vorwurfsvoll ins Wort.
»Wenn du mich nicht beschuldigt hättest, dann könnte ich in Ruhe an anderen Fällen arbeiten, ohne weiter über Ramirez nachdenken zu müssen. Jetzt muss ich versuchen, den Fall neu zu rekonstruieren, weil Gunter ein Wahrheitsfanatiker ist und angefangen hat, mir unnötige Fragen zu stellen.«
»Ach.«
Das hörte ich wirklich gerne. Dabei hatte ich gedacht, den Hauptkommissar interessiere der Fall nicht mehr.
»Da hätte ich gleich eine Frage: Als du hinter Ramirez hergelaufen bist, warst du auch im Jugendstil-Boudoir?«
Er fixierte mich mit seinen Augen, als wäre ich ein kleiner Mistkäfer, der nichts in diesen stilvollen Räumlichkeiten zu suchen hatte. Die Frage war, was würde er am liebsten gedanklich mit Mistkäfer Sam tun wollen? Mich an die frische Luft setzen oder zertreten? Beides wäre bei seinem zornigen Blick denkbar gewesen.

»Hör endlich mit den Schnüffeleien auf. Die ganze Sache geht dich nicht das Geringste an. Mit euren stümperhaften Ermittlungen bringt ihr alles durcheinander. Das hat die Kripo nicht gern und ich erst recht nicht.«

»Vielleicht sollte ich deinem Gedächtnis ein wenig nachhelfen: Ohne uns hätte die Polizei weder das Armband gefunden, noch den Hehler, Ramirez und Seiters überführen können«, erklärte ich herablassend.

»Und ohne mich hättest du das nicht erlebt«, konterte er. »Bitte, Sam, lass es sein. Sonst werde ich mit Gunter Melzner sprechen.«

»Du bist unfair, Björn. Kannst du nicht verstehen, dass ich einfach herausfinden möchte, wer es war?«

»Ist dir das so wichtig?«, fragte er stirnrunzelnd.

»Ja.«

»Schade.« Seine Stimme klang enttäuscht. »Ich fürchte, du hast mit meiner dritten Ehefrau zu viele Gemeinsamkeiten. Sie hat als Versicherungsdetektivin alles getan, um einen Täter überführen zu können, selbst wenn sie dafür einen Umweg über sein Bett machen musste.«

»Ich war nicht mit Olli ...«

Er hob mich unterbrechend die Hand.

»Darum geht es nicht allein. Wenn du wenigstens mit mir über alles geredet hättest ...« Er hob hilflos die Schultern. »Egal, es ist besser, wenn wir uns nicht mehr sehen.«

Ich hätte heulen können. Nun war es endgültig mit Björn vorbei. Warum mussten Männer bloß so kompliziert und unnachgiebig sein? Natürlich wäre es richtiger gewesen, mit ihm zu sprechen. Aber wenn Björn doch der Mörder war, was dann?

»Viktoria hat gesagt ...«, versuchte ich mich zu rechtfertigen, wurde aber schroff von ihm unterbrochen.
»Hör mir mit Viktoria auf. Wie kannst du dich von ihr derart beeinflussen lassen? Hast du keine eigene Meinung?«, fuhr er mich an.
Und ob ich die hatte! Wütend trat ich ihm gegen das Schienbein. Ich hasste selbstherrliche und starrköpfige Männer.
»Hast du nie Fehler gemacht?«
Aufgebracht rannte ich aus dem Rokokosalon und kam bis zum Flur. Dort knickte ich mit den ungewohnten Stöckelschuhen um und ging wenig elegant zu Boden. Als ich aufstehen wollte, kam ein gut aussehender, drahtiger Mann in den Dreißigern freundlich lächelnd auf mich zu.
»Kann ich Ihnen helfen? Ich hoffe, Sie haben sich nicht verletzt?«
Hilfsbereit griff er mir unter die Arme und half mir hoch. Während ich meinen Rock gerade zog, bückte er sich und hob galant meine Brille auf, die mir bei dem Sturz heruntergefallen war.
»Bitte schön, Frau ...?«
»Martin.«
»Freut mich Sie kennenzulernen, Frau Martin. Ich bin Raimund Rebmann«, höflich deutete er eine Verbeugung an, ehe sein Blick sich auf meinen Kopf richtete. »Sie möchten sicher Ihre Haare in einem Spiegel richten.«
Meine Haare? Unsicher tastete ich nach der Perücke. Sie schien auf einmal schief auf meinem Kopf zu sitzen. Auch das noch.
»Kommen Sie, ich zeige Ihnen den Waschraum«, meinte er zuvorkommend und zeigte mir den Weg zu

der kleinen Nische, in der sich die Toiletten befanden. Ein Blick in den Spiegel zeigte mir die vom Sturz verrutschte Perücke, die auf der rechten Seite meine darunter versteckten, dunklen Wuschelhaare enthüllte. Peinlich, peinlich! Bloß gut, dass Raimund Rebmann mich darauf aufmerksam gemacht hatte. Sonst hätte ich mich zum Gespött der teilweise recht versnobten Leute gemacht, die die Auktion bevölkerten. Abermals verfluchte ich Viktoria mit ihren Ideen. Warum hatte ich mich bloß von ihr überreden lassen, eine Perücke zu tragen? Was machte es schon, falls mich jemand erkannte? Sie konnte mich mal! Alle konnten mich mal!

Ich nahm die Perücke ab, suchte meine kleine Bürste aus meiner Handtasche heraus und machte wenigstens haarmäßig Sam aus mir. Während ich in den Spiegel schaute, fiel mir mein erster Besuch ein. Damals war die Damentoilette verschlossen gewesen. Wenn nicht eine harmlose Besucherin in der Zeit die Toilette benutzt hatte, könnten Ramirez oder der Mörder hier Zuflucht gesucht haben. Falls ja, war allerdings die Frage, warum sie stattdessen nicht die freie Herrentoilette gewählt hatten. Oder hatten wir es am Ende doch mit einer Mörderin zu tun?

Björns Frau kannte sich in der Auktion aus. Sie war sogar in der Nähe des Nachttopfes gewesen. Wie ich von den Bildern wusste, hatte sie Björns Größe. Vielleicht wäre sie sogar kräftig genug gewesen Rebmann zu töten. Zufrieden verließ ich die Toilette. Der Gedanke gefiel mir. Was für eine Genugtuung wäre es gewesen, diesem überheblichen Versicherungsdetektiv, in den ich mich dummerweise verliebt hatte, seine Frau als Mörderin zu präsentieren.

Auf dem Flur sah ich Björn mürrisch plaudernd mit Raimund Rebmann stehen. Kaum entdeckte mich der Sohn von Carl Rebmann, lächelte er mich bewundernd an. Ich beschloss Björn zu ignorieren und strahlend auf seinen Gesprächspartner zuzugehen. Der war mit seinem Lächeln eindeutig sympathischer als Björn und bestens geeignet mein Selbstbewusstsein aufzupolieren.
»Vielen Dank, Herr Rebmann. Eigentlich hätte ich dringend zum Friseur gemusst. Ich finde meine Haare liegen heute fürchterlich. Deshalb hatte ich mich entschlossen, eine Perücke zu tragen. War offenbar keine gute Idee«, fühlte ich mich bemüßigt, ihm die Sache mit meinen Haaren zu erklären.
Er schmunzelte verstehend. »Viele Frauen tragen aus verständlicher Eitelkeit Perücken. Sie hätten das allerdings nicht nötig gehabt. Ihre echten Haare passen viel besser zu ihnen.«
»Danke.«
Sein Kompliment nahm ich gerne an. Möglicherweise hätten wir uns länger unterhalten, wenn nicht eine elegant gekleidete Frau auf modischen Pumps gekonnt die Treppe hochgekommen und direkt auf uns zugesteuert wäre. Ich erkannte in ihr jene Frau aus der letzten Auktion, die im Vitrinenraum das Wort geführt hatte. Sie musste Anne Rebmann sein, die Witwe des Ermordeten. Wie das letzte Mal waren ihre goldblonden Haare sorgsam nach hinten frisiert. Sie gaben den Blick auf zwei goldene Ohrclips frei, die mit ihrer muschelartigen Form die Ohrläppchen verdeckten. Ihr schwarzes, vorn geknöpftes Kleid war stark figurbetont geschnitten. Die oberen Knöpfe hatte sie offen gelassen, um ihre ausladenden Brüste zu betonen. Auf

Männer mochte das erotisch wirken. Ich fand es reichlich affektiert, ein Eindruck, der sich durch ihre Art zu sprechen verstärkte.
»Ach, hier bist du, Raimund. Ein Kunde möchte dich unten sprechen.«
»In Ordnung, Anne. – Tut mir leid, Frau Martin, die Pflicht ruft. Wir sehen uns«, verabschiedete er sich liebenswürdig von mir, ehe er sich förmlich an Björn wandte: »War nett Sie zu treffen, Herr Schneider.«
Der nickte nur, während sich seine Augen sofort auf Anne richteten, die ihn gewinnend anhimmelte.
»Guten Tag, Herr Schneider. Wie gefällt Ihnen unsere heutige Kollektion?«
Ihre Stimme, die bei Raimund Rebmann geschäftsmäßig geklungen hatte, bekam in Björns Gegenwart ein melodisches Timbre, das eine unterschwellige Sinnlichkeit ausstrahlte. Offensichtlich betrauerte sie den Tod ihres Mannes nicht allzu sehr.
»Gut. Es sind einige sehr edle Stücke darunter.«
Auch seine Stimme hörte sich nun sanft und interessiert an, während sein Blick förmlich in ihrem Ausschnitt versank und nichts anderes mehr wahrnahm. Nicht einmal mich. Das gab mir für diesen Tag den Rest. Ich wollte nichts mehr hören und nichts mehr sehen. Ich ging, ohne mich von irgendjemandem zu verabschieden. Wahrscheinlich hatte Viktoria Recht. Björn war doch der Mörder. Bei notorischen Playboys, die die beleidigte Leberwurst spielten, war alles denkbar.

15

»Kannst du nich'n bisschen auf die Tube drücken? Da ist ja 'ne lahme Ente schneller als du.«
Viktoria ging es in Ollis Polo zu langsam voran.
»Wenn du dich weiterhin beschwerst, setze ich dich an der nächsten Raststätte ab«, ließ Olli sich nicht beirren.
»Habe ich dir gesagt, dass du zeitweilig ein sehr undankbares Kind bist?«, maulte Viktoria.
»Ja, mehrfach, Mutter. Das wird nichts ändern. Du fährst in meinem Auto mit und musst dich deshalb meinen Fahrgewohnheiten anpassen. Oder soll ich gleich an den Randstreifen fahren?«
Sie drehte sich zu mir nach hinten um.
»Sam, du bist doch Erzieherin. Findest du es richtig, wenn ein Sohn seine Mutter mitten auf der Autobahn im Stich lässt, bloß weil sie wagt, berechtigte Kritik an seiner Fahrweise zu äußern?«
»Bisher hat er berechtigterweise nur damit gedroht«, nahm ich Olli in Schutz.
»Gedroht? Im letzten Jahr hat er mich an einer Raststätte sitzen lassen. Wenn mich nicht ein netter LKW-Fahrer mitgenommen hätte, säße ich noch dort.«
Viktorias Stimme drückte tiefste Empörung aus. Ich fing Ollis grinsenden Blick im Rückspiegel auf.
»Also, ich finde, Olli hat das richtig gemacht. Du kannst einem mit deiner Nörgelei arg auf die Nerven gehen.«
Ein vernichtender Blick traf mich.
»Ach, was wisst Ihr Küken schon ... Als betagte alte Dame kann ich wohl ein bisschen Respekt erwarten.«
»Hast du eben Dame gesagt?«

Olli hüstelte grinsend.

»Möchtest du in deinem Alter von deiner Mutter eine Ohrfeige bekommen?«, fragte Viktoria streng.

»Später, Mutter. Jetzt muss ich mich auf den Verkehr konzentrieren. Wir sind gleich am Elbtunnel. Wenn wir nicht in einen Stau kommen, kannst du mir spätestens in einer halben Stunde in Hamburg eine Ohrfeige geben. Meinst du, du hältst es so lange aus?«

»Schwerlich! – Hoffentlich kriegen wir einen Parkplatz.«

Wir hatten Glück und ergatterten einen der raren Parkplätze in der Hamburger Innenstadt. Von hier war es zu Fuß nur ein kurzes Stück bis zum Geschäft von Björns Ex-Frau Rita Lore. Viktoria hatte Namen und Adresse anhand der Bieterkarten herausgefunden. Sie hatte bereits des Öfteren Antiquitäten in der Auktion ersteigert. Unter anderem jenen Nachttopf, der Ramirez als Zeichen gedient hatte, das Armband aus der Kommodenschublade zu holen. Diesen Umstand fand Viktoria sehr verdächtig.

Viktorias Plan sah folgendermaßen aus: Sie und ich wollten kurz vor Geschäftsschluss den Laden betreten und uns wie potenzielle Kunden verhalten. Das Begutachten der Ware fand unter dem Aspekt statt, ein Versteck für Viktoria zu finden, in dem sie bis nach Geschäftsschluss ausharren konnte. Danach würde sie Laden und Büro in Ruhe durchsuchen. Olli war wenig begeistert, seine Mutter allein zurücklassen zu müssen und hatte ihr die Risiken aufgezählt. Aber wenn Viktoria sich etwas in den Kopf gesetzt hatte, ließ sie sich nicht einmal von ihrem Sohn davon abbringen. Falls etwas schief gehen sollte, würde sie Olli und mich mit ihrem Handy anrufen.

Viktoria stieg aus und reckte sich nach der knapp zweistündigen Autofahrt.
»Kommst du, Sam?«
Ja, Sam kam. Eigentlich hätte ich um diese Zeit im Kindergarten mit meinen Kindern für das Sommerfest am kommenden Wochenende Girlanden basteln müssen. Aber ich hatte Viktorias Bitte um Mithilfe nicht widerstehen können und meine Kollegin Britta gebeten, mich zu vertreten. Außerdem hoffte ich auf diese Weise, Indizien für meine These zu finden, nach der allein Björns Ex-Frau die Mörderin von Carl Rebmann sein könnte. So sehr ich mich bemühte, Björn zu hassen und für den Mörder zu halten, es gelang mir nicht.
Zur Tarnung hatten wir uns wie zwei Damen von Welt zurechtgemacht. Viktoria trug ein lindgrünes Kostüm mit passendem Hut, der einen kleinen Schleier vor dem Gesicht hatte. Mir hatte sie ein knallrotes Minikleid geliehen, nebst rotem Hut mit breiter Krempe, der aus ihrem im Laufe von Jahrzehnten zusammengesammelten Hüte-Fundus stammte. Dazu trug ich eine Sonnenbrille mit roter Fassung. Beim Betreten des Ladens kündigte uns ein Türglöckchen als Kundschaft an. Durch eine angelehnte Tür im hinteren Bereich kam uns Björns Frau entgegen. Sie sah genauso aus, wie auf der Aufzeichnung der Überwachungskamera und dem Foto, das wir bei Björn gefunden hatten.
»Was kann ich für Sie tun?«
»Meine Tochter und ich würden uns gern ein wenig umsehen«, äußerte Viktoria interessiert. »Leider sind wir etwas spät dran. Ich hoffe, das macht nichts.«
»Selbstverständlich nicht. Suchen Sie etwas Bestimmtes?«
»Nicht direkt, wir wollten uns inspirieren lassen. Mei-

ne Tochter heiratet demnächst und da suchen wir etwas Schnuckeliges für ihre Villa.«
Viktorias gestelztes Auftreten ließ mich innerlich schmunzeln. Nach außen hin versuchte ich gelangweilt zu wirken.
»Ich weiß nicht, Mutter, ob wir hier etwas passendes finden«, bemühte ich mich Viktorias affektierten, überheblich wirkenden Ton zu treffen.
»Schauen Sie alles in Ruhe an. Wir führen nur exquisite Antiquitäten, wie Sie sie nirgendwo anders bekommen«, versicherte mir Rita Lore.
Wir schauten uns beide Interesse heuchelnd um. Der Laden war mit alten Möbeln vollgestopft. Kommoden, Büfetts, Schreibtische, Sekretäre, alte Stühle und Tische. Wo ein winziges Fleckchen Stellfläche war, hatte sie etwas hingestellt. Sogar auf den Schränken hatte sie Porzellan und Glas in allen Variationen verteilt. Viktorias Interesse galt einem alten Bauernschrank, der von seinen Ausmaßen her bestens als Versteck geeignet gewesen wäre.
»Wäre das nicht etwas für die obere Diele, mein Kind?«
Noch bevor ich zustimmen konnte, riss sie schwungvoll die Tür auf. Ein ausgestopfter, borstiger Wildschweinkopf, der auf einem Berg alter Bücher lag, glotzte uns hämisch an. Selbst im präparierten Zustand spiegelten seine Furcht einflößenden Hauer wilde Angriffslust wieder. Wie ich aus Viktorias entgeisterter Miene folgerte, wollte sie nicht das Versteck mit einem toten Keiler teilen. Sie holte tief Luft, als Rita Lore uns mitteilte, der Schrank würde selbstverständlich ohne Inhalt geliefert. Wir lehnten dankend ab. Ein gedrechselter Garderobenschrank mit Holzwurmlö-

chern, der nicht weit entfernt stand, zog nun Viktorias Interesse auf sich. Diesmal überließ sie es Björns Frau den Schrank zu öffnen. Er war leer und damit stand fest, wo Viktoria eine Weile untertauchen würde.
»Ach, was für ein origineller Topf.«
Viktoria brach vom Schrank ablenkend in helle Entzückensschreie aus. Sie hatte den Porzellannachttopf im Visier, der in der Auktion mit der falschen Nummer gekennzeichnet gewesen war.
»Wäre das nicht etwas, mein Kind?«
»Ich weiß nicht, Mutter.«
»Wie teuer ist der?«, fragte Viktoria Rita Lore, die sich stets in unserer Reichweite aufhielt.
»Ich sehe, Sie haben einen besonderen Geschmack. Der Porzellantopf kostet nur 440.- Euro. Er stammt aus dem 18. Jahrhundert und wurde handbemalt. Ein sehr edles Stück. Es heißt, sogar Reichspräsident von Hindenburg solle ihn benutzt haben.«
Björns Frau wirkte nicht nur geschäftstüchtig, sie war es. Den Topf hatte sie vermutlich aus dem einzigen Grund ersteigert, einen guten Gewinn zu erzielen. Wie ich von Viktoria wusste, war der Nachttopf in der Auktion für knapp die Hälfte des genannten Preises an sie übergegangen. Außerdem hatte sie die Hindenburg-Geschichte zur Aufwertung des Preises erfunden, kein nobler Zug, fand ich. Konnte dieses Verhalten auf krumme Geschäfte hindeuten, in die sie verwickelt war und von denen Rebmann gewusst hatte? Hatte sie ihn womöglich deshalb aus dem Weg geräumt?
Was hatte Björn an ihr anziehend gefunden? War es der Reiz gewesen, diesen Eisblock von Frau zum Schmelzen zu bringen? Wenn ja, warum hatte er sich nicht mit ihr als Ehefrau begnügt, sondern den Schul-

dienst quittiert, um in solch einem muffeligen Laden zu arbeiten? War Viktorias These richtig, Björn und seine Ex-Frau hätten Carl Rebmann zusammen ermordet?
Viktoria trat ans Schaufenster beugte sich mit gespieltem Interesse über eine Bodenvase und fuhr sich mit der Hand auffällig durch die Haare. Das war das Zeichen für Olli.
»Ich glaube, ich habe vergessen unseren Mercedes abzuschließen«, Viktoria tat, als wäre es ihr diesen Moment eingefallen. »Oder erinnerst du dich, mein Kind?«
»Ich habe nicht darauf geachtet, Mutter. Geh ruhig vor. Der Laden schließt sowieso gleich. Ich will mir unbedingt diese Uhr ansehen.«
Ich deutete vage auf eine Pendeluhr, die müde vor sich hin tickte und mich nicht im Mindesten interessierte. Viktoria verabschiedete sich von Rita Lore, versprach am Morgen zurückzukommen, weil sie so hübsche Sachen habe und ging in Richtung Tür. Das Türglöckchen klingelte. Olli betrat die Szene. Mit Baseballmütze kam er Kaugummi kauend hereingelatscht, hielt aber für Viktoria die Tür offen. Viktoria tat, als ginge sie hinaus. Rita Lore trat abweisend vor Olli. Er wirkte wohl nicht wie ein potenzieller Kunde auf sie.
»Was wollen Sie?« Ihr Ton klang alles andere als einladend.
»Ick will zu Björn. Der hat mich vor 'ner Weile 'n paar Euro jeliehn. Die wollt' ick ihm zurückjeben!«
Als waschechter Hannoveraner sprach Olli normalerweise ein dialektfreies, reines Hochdeutsch. Doch für diesen Auftritt hatte er einen Berliner Jargon gewählt, den kein Komiker besser hätte imitieren können. Ich

schob mich zur Tür um Viktoria Rückendeckung zu geben, die diesen Moment nutzte, um sich hinter einer Kommode gebückt zum Garderobenschrank zu schleichen.
»Björn hat Ihnen Geld geliehen?«, fragte Rita Lore argwöhnisch.
»Ja, wa. Is a da?«
Die Rolle schien Olli zu gefallen. Viktoria hatte den Schrank, dessen Tür angelehnt war, erreicht.
»Björn, kannst du kurz kommen? Da will dich jemand sprechen«, rief Rita Lore völlig überraschend.
Zu unserem Entsetzen trat Björn leibhaftig durch eine versteckt liegende Tür, hinter der ich das Büro vermutete.
»Was ist, Rita? Ich habe nicht viel Zeit.«
»Der junge Mann hier sagt, du hättest ihm Geld geliehen, das er dir zurückbringen wollte.«
»Wie bitte?«
Ich sah Ollis verdutztes Gesicht. Damit hatte keiner von uns gerechnet. Was hatte Björn hier zu suchen? Es war eine Frage von Sekunden, bis er mich entdecken würde. Warum konnte ich mich nicht in Luft auflösen?
»Tach, Björn«, entschloss Olli sich seine Rolle weiterzuspielen. »Lange nich jesehn.«
»Kennen wir uns nicht aus Hannover aus dem Steakhaus?«
Das musste man Björn lassen, sein Personengedächtnis war hervorragend.
»Ich kann mich nicht erinnern, Ihnen Geld geliehen zu haben. Außerdem frage ich mich, wieso Sie ausgerechnet hier her gekommen sind?«
Seine Stimme drückte einhellig Misstrauen aus.
»Mich entschuldigt bitte. Ich habe noch Kundschaft«,

ließ Rita Lore sich nicht weiter von Olli ablenken.
»Gefällt Ihnen die Uhr?«
Da war er wieder, dieser geschäftsmäßig schneidende Tonfall. Sie kam mir wie ein in der Luft kreisender Geier vor, der ein Opfer erspäht hatte. In dem Augenblick, als sie auf mich zustürzte, entdeckte mich Björn.
»Sam?!«
Ärgerlich schlug er mit der Hand auf den neben ihm stehenden Eichenschreibtisch. Dann ließ er hastig seinen Blick umherschweifen und sah Viktorias Rücken in der geöffneten Schranktür verschwinden.
»Dachte ich es mir h, dass Sie nicht weit sind, Frau von Langen. Was suchen Sie im Schrank?«
Ertappt trat sie zurück und drehte sich mit einem gereizten Gesichtsausdruck um. Björn hatte ihren grandiosen Plan zunichte gemacht. Das nahm sie ihm übel.
»Wir wollten sowieso gehen«, polterte sie los und marschierte den Rückzug antretend auf mich zu. »Wir haben genug gesehen.«
»Es reicht!« Mit in die Hüfte gestützten Armen stellte Björn sich uns in den Weg. »Was fällt euch ein, dauernd hinter mir her zu schnüffeln?«
»Ich erinnere mich nicht, Ihnen das ›Du‹ angeboten zu haben, junger Mann«, donnerte Viktoria ihn unbeeindruckt an. »Hier ist ein freies Land, da kann jeder hingehen, wo er will. Lassen Sie uns vorbei. Oder möchten Sie uns gern erzählen, was Sie hier zu suchen haben? Stimmen Sie Ihre Aussagen miteinander ab, falls Hauptkommissar Melzner Sie demnächst wegen Mordes festnehmen wird?«
»Da ich den Mord an Rebmann nicht begangen habe, wird er mich nicht festnehmen. Sie dagegen sollten sich eher mit dem Gedanken an eine Festnahme ver-

traut machen. Ich denke nicht daran, mich weiter von Ihnen verdächtigen zu lassen«, blaffte er zornig zurück.

Mit meinem fast angeborenen Bedürfnis nach Harmonie versuchte ich die explosive Situation entschärfen.

»Tut mir leid, Björn. Das war meine Schuld. Ich mag dich trotz allem, was geschehen ist. Deshalb wollte ich deine zweite Ex-Frau kennen lernen. Ist das so schlimm?«

Ich setzte meine Unschuldsmiene auf und schob mich dicht an ihn heran, bis meine Brüste seinen Körper berührten. Eine leichte Unsicherheit machte sich auf seinem Gesicht bemerkbar, dann hatte er sich wieder in der Gewalt.

»So, du wolltest sie unbedingt kennen lernen. Und warum hast du deine Freunde mitgebracht? Das wirkt, als würdet ihr Rita auch verdächtigen.«

»Ein interessanter Gedanke«, platzte Viktoria heraus. »Darauf wären wir nie gekommen. Glauben Sie, es könnte Ihre Ex-Frau gewesen sein?«

Rita Lore schnappte irritiert nach Luft und warf Björn einen hilflosen Blick zu. Der starrte Viktoria verächtlich an.

»Ihre ausufernde Fantasie ist nicht zu überbieten, Frau von Langen. Nur zu Ihrer Information und damit Sie Rita künftig in Ruhe lassen. Sie kann es nicht gewesen sein. Wie der Gerichtsmediziner festgestellt hat, wurde der Schlag mit der rechten Hand ausgeführt. Rita ist Linkshänderin.«

Es war zu schade, dass Rita Lore als Mörderin ausschied. Zwar konnten Björns Einwände eine faustdicke Lüge sein, aber ich erinnerte mich dunkel an die Aufzeichnung der Überwachungskamera, wo sie tatsächlich mit der linken Hand ihre Haare gerichtet hatte. Außerdem hatte sie bei näherer Bekanntschaft kaum kräftig genug gewirkt, einen tödlichen Schlag ausführen zu können. Somit kam sie allenfalls als Komplizin von Björn in Betracht, der nach wie vor Viktorias Verdächtiger Nummer eins war.

Ein weiteres Mal gingen wir die Ereignisse vom Tag des Mordes durch und stießen auf eine Person, an die bisher niemand von uns einen Gedanken verschwendet hatte. Es war die Auktionsmitarbeiterin Maren Fiedler, die ich ebenfalls am Mordtag in der oberen Etage zusammen mit Viktoria, der Jokisch und Anne Rebmann gesehen hatte. Ihre Krankmeldung für die vergangene Auktion ließ Viktoria ins Grübeln kommen. Sie meinte, sonst sei sie nie krank gewesen, und es könne nichts schaden, sie zu besuchen.

Maren Fiedler wohnte in der Garbsener Ortschaft Schloss Ricklingen und hatte es von allen Mitarbeiterinnen am nahesten zum Schloss. Das Vierfamilienhaus, in dem sie wohnte, lag idyllisch an einer Pferdekoppel am Ortsausgang und schien neueren Ursprungs zu sein.

»Ach, Sie sind's Frau von Langen.«

Maren Fiedler öffnete ihre Wohnungstür. Sie sah abgespannt aus und hatte tiefe Ringe unter den Augen. Ihre kurzen, schmutzig-blonden Haare, die am Auktionstag sorgfältig frisiert gewesen waren, lagen heute wie angeklatscht an ihrem Kopf.

»Guten Tag Frau Fiedler. Ich dachte, wir schauen vorbei, wie's Ihnen geht. Das ist eine junge Freundin, Frau Martin.« Viktoria konnte durchaus höflich sein, wenn sie wollte.

»Guten Tag. Kommen Sie rein.«
Gastfreundlich ließ sie uns in ihre Wohnung. Viktoria hatte Recht, sie war zu wohlerzogen, als dass sie uns draußen hätte stehen lassen.
»Ich habe sie am Samstag vermisst«, meinte Viktoria leichthin. »Geht es Ihnen heute besser?«
»Es geht, danke.«
Sie führte uns in ihr Wohnzimmer, das den Eindruck einer guten Stube aus einem vergangenen Jahrhundert machte und wies mit der Hand auf ein Holzrahmensofa mit goldgrüner Polsterung.
»Louis Seize?«, fragte Viktoria mit Kennerblick.
Maren Fiedler nickte abwesend. »Eine Imitation. – Ich mach schnell einen Kaffee«, sagte sie eilfertig und verschwand.
Sekunden später hörten wir sie mit Geschirr klappern. Statt uns zu setzen, sahen wir uns genauer im Wohnzimmer um. Es erinnerte mich ein wenig an den Antiquitätenladen von Björns Frau. Zwar hingen nirgends Preisschilder an den dunklen Möbeln, doch auch hier war jeder freie Platz mit diversen Schränken zugestellt und ließ den kleinen Raum hoffnungslos überladen wirken. Ein wuchtiges Büfett mit Aufsatz, hinter dessen Glasscheiben Medaillen und Pokale aufbewahrt wurden, nahm eine Wand des Zimmers fast allein ein. In die Ecke gequetscht, fristete ein mit zahllosen verschnörkelten silbernen Bilderrahmen vollgestelltes Nähtischen ein Schattendasein
»Sieh an«, murmelte Viktoria, die sich die Medaillen ansah.
»Ich wusste gar nicht, dass Sie Kugelstoßerin waren«, sagte sie mit Blick auf die Medaillen, als Maren Fiedler mit dem Kaffeegeschirr hereinkam.

»Das ist lange her«, einen Moment schien ein Lächeln über ihr ernstes Gesicht zu huschen. »War eine schöne Zeit.«
»Na, so lange kann das nicht her sein. Sie sind doch erst Mitte Vierzig, wenn ich nicht irre, oder?«
»Das ist uralt für eine Sportlerin«, meinte sie wehmütig und deckte den Tisch. »Bitte bedienen Sie sich«, sie deutete auf einige Kekse, die sie achtlos auf einen Teller entleert hatte. »Der Kaffee ist gleich fertig.«
»Wenn es Ihnen besser geht, werden Sie sicher bei der nächsten Auktion wieder mit dabei sein?«, versuchte Viktoria das anfängliche Gespräch aufzunehmen, während sie sich artig an den Tisch setzte.
»Ich weiß nicht. Wahrscheinlich kündige ich. – Ich seh nach dem Kaffee.«
Erneut verschwand sie. Viktoria und ich sahen uns stumm an. Das war interessant.
Die Wartezeit nutzend, beugte ich mich zu den Bildern auf dem Nähtischen herunter. Viktoria hatte Recht, Fotos konnten sehr viel über einen Menschen aussagen. Auf einem neueren Farbfoto war Maren Fiedler mit einem älteren Mann an einem Tisch in einem Restaurant abgebildet. Sie tranken zusammen aus einem Glas mit zwei Strohhalmen und lächelten einander an. Der Mann war seitlich abgebildet, aber ich erkannte ihn sofort. Ein Schauer jagte über meinen Rücken. Maren Fiedler kam mit dem Kaffee und goss ein. Ich nahm mit zitternden Fingern das Bild auf und legte es neben den Plätzchenteller. Viktoria atmete hörbar aus.
»Ach, Sie waren näher mit Carl Rebmann befreundet?«
Aus Viktorias Stimme klang eindeutig Erstaunen.
»Was geht Sie das an?«

Aufgebracht sprang Maren Fiedler aus ihrem Sessel hoch. »Was wollen Sie überhaupt hier?«
»Wir wollten Ihnen einige Fragen wegen des Mordes stellen«, begann Viktoria behutsam.
»Carl ist tot. Da gibt es nichts mehr zu reden. Verlassen Sie sofort meine Wohnung!«
»Aber Frau Fiedler, lassen Sie uns in Ruhe ...«
»Ich will nicht! Er ist tot! Raus hier!«, schrie sie uns hysterisch an und wedelte aufgeregt mit einem Arm in Richtung Tür.
Es hatte keinen Zweck weiter mit ihr zu reden. Eilig verließen wir die Wohnung, deren Tür wütend ins Schloss geschlagen wurde. Im nächsten Moment hörten wir, wie Maren Fiedler hinter der Tür laut aufschluchzte. Sie tat mir leid. Offenbar hatte ihr Carl Rebmann viel bedeutet. Aber war das der einzige Grund für ihr eigenartiges Verhalten?
»Sie ist sehr groß und wirkt sehr kräftig, fast wie ein Mann«, sinnierte ich, als wir auf den Gehweg traten.
»Ja, da ist was Wahres dran.« Viktoria starrte nachdenklich auf die grasenden Ponys auf der Weide. »Als ehemalige Kugelstoßerin wäre sie problemlos in der Lage gewesen, Rebmann zu erschlagen. Vielleicht hatte sie eine Affäre mit ihm. Der hat mitgenommen, was kam. Dann hatte er genug und wollte mit ihr Schluss machen. Da könnte bei ihr 'ne Sicherung durchgeknallt sein.«
»Hm, aber hätte sie die Gelegenheit dazu gehabt? Du, Anne Rebmann, Maren Fiedler und die Jokisch, ihr hattet in der oberen Etage zusammen Dienst. Wäre es ihr zeitlich möglich gewesen, Carl Rebmann zu ermorden? War sie irgendwann allein im Schloss unterwegs?«

Viktoria, die einem Isländer-Pony hinterher sah, das ausgelassen über die Weide galoppierte, runzelte die Stirn.
»Keine Ahnung. Sie war mit der Jokisch im Vitrinenzimmer eingeteilt. Ehrlich gesagt, wäre ich nie auf die Idee gekommen, sie könne etwas mit dem Mord zu tun haben. Ich hielt sie für eine nette, etwas zurückhaltende Frau. Und von einer privaten Bekanntschaft mit Carl Rebmann hatte ich keine Ahnung. Die einzige, die uns weiterhelfen kann, ist ausgerechnet die blöde Jokisch.«
»Mit anderen Worten, wir müssen uns mit ihr unterhalten?«, fragte ich wenig begeistert.
»Sieht so aus«, stimmte Viktoria mir knurrend zu. Doch dann erhellte sich ihre Miene.
»Mir fällt ein, sie wollte diese Woche für vierzehn Tage nach Berlin zu ihrer Tochter fahren. Die erwartet das erste Kind.«
»Die arme Tochter«, murmelte ich.
Viktoria grinste mich an.
»Das ist nicht unser Problem. Ich werde versuchen, die Telefonnummer von ihrer Tochter herauszubekommen. Soweit ich weiß, sollte der Mann von der Jokisch zu Hause bleiben, weil Männer beim Gebären stören, wie sie es ausdrückte. Ein Telefonat mit ihr dürfte weniger stressig sein, als ihr gegenüber zu stehen.«

16

Am darauf folgenden Samstag veranstalteten wir im Kindergarten unser jährliches Sommerfest. Da Viktoria bisher nicht herausgefunden hatte, unter welcher Telefonnummer die Jokisch in Berlin zu erreichen war, konnte ich mich voll und ganz auf diesen Höhepunkt im Kindergartenalltag konzentrieren. Seit Tagen hatten meine Kolleginnen und ich die Spiele vorbereitet, Girlanden mit den Kindern gebastelt und den Garten in der Hoffnung aufgeräumt, draußen feiern zu können. Eine der Attraktionen des Festes war Olli. Ich hatte ihn überreden können, Fotos von den Kindern zu machen, die wir nach der Feier Gewinn bringend verkaufen wollten. Wir brauchten dringend neues Spielzeug und wie in allen Kindergärten, reichten die von der Stadt zur Verfügung gestellten Mittel hinten und vorn nicht aus. Olli war mit Begeisterung dabei, Schnappschüsse und Portraits von allen zu schießen. Ich kümmerte mich derweil um redselige Eltern, verschüttete Getränkebecher und das Schminken eisverschmierter Kindergesichter.
»He, Sam, lach mal.«
Olli tauchte überall auf und bannte spontan alles auf seinen Film, was ihm gefiel.
»Willst du nicht ein bisschen näher kommen?«
Ich schwenkte einen roten Schminkstift durch die Luft. Klack, klack, machte Ollis Fotoapparat, während er lachend abwehrte: »Nein, lieber nicht, Sam.«
Gerade wollte ich einem kleinen Mädchen rote Herzen auf die Backe zu malen, als ich abseits der aufgebauten Kinderspiele einen Mann an einem Baum lehnen sah, der mich beobachtete. Ich erkannte in ihm sofort den

bärtigen Lockenkopf wieder, der mich am Tag nach dem Mord im Kindergarten beschattet hatte. Diesmal hatte er den Trenchcoat gegen ein kurzärmliges, weißes Hemd und eine weiße Sommerhose eingetauscht. Was wollte er heute hier? Hatte Björn seine Drohung wahr gemacht und doch mit Melzner gesprochen? – Dieser Verräter! Das kleine Teufelchen in mir rebellierte. Das würde ich mir nicht gefallen lassen.
»Was ist los, Sam? Du siehst plötzlich aus, als würdest du vor Wut platzen wollen.«
»Das tue ich. Sieh dir das an. Björn hat uns bei der Polizei verpetzt und Melzner hat mir wieder seinen Schatten angehängt. Aber die werden mich kennen lernen.«
Ich nickte nur für Olli sichtbar zu dem Mann an dem Baum herüber.
»He, Kinder«, brüllte ich los, um mir bei den lärmenden Kindern, die auf das Schminken warteten, Gehör zu verschaffen. »Habt ihr Lust ein neues Spiel mitzumachen?«
Ein begeistertes ›ja‹ war ihre Antwort.
»Okay, seht ihr da drüben am Baum den Mann mit den weißen Sachen?«
Sie sahen ihn alle.
»Jetzt male ich euch die Hände an und wenn ich ›los‹ sage, rennt ihr zu ihm und wischt Sie an seinen Sachen ab.«
Das war ein tolles Spiel. Sonst sollten sie ihre Hände waschen, wenn sie dreckig waren und jetzt durften sie so schöne, weiße Sachen voll schmieren.
»Das ist nicht dein Ernst, Sam? Damit handeln wir uns weiteren Ärger ein«, stöhnte Olli.
»Na und? Vergiss nicht, ein paar schöne Bilder für

Björn und die Kripoleute zu machen, damit sie sich die einrahmen können. – Auf die Plätze, fertig, los!«
Mit Genugtuung lief ich hinter den johlenden Kindern her, geradewegs auf den ahnungslosen Lockenkopf zu. Er hatte keine Chance zu entkommen. Im Nu umringten die Kinder ihn und traktierten mit ihren bunten Händen seine vormals weißen Kleidungsstücke. Sogar sein Bart bekam einen grünen Klecks ab. Mit entgeistertem Blick stand er wie angewachsen da und unternahm nicht den geringsten Versuch, die Kinderhände abzuwehren.
»Gut, Kinder und nun lauft schnell in den Waschraum und wascht die Hände. Dann kommt zu mir. Ich hab' was Süßes für euch.«
Augenblicklich stürmten die Kinder davon. Auf einmal hatte ich Mitleid mit dem Lockenkopf. Er führte ja nur die Befehle von Melzner aus. Und der wiederum hatte sich von Björn aufhetzen lassen.
»Tut mir leid, das war nicht gegen Sie persönlich gerichtet. Die Reinigungskosten übernehme ich selbstverständlich. Sagen Sie ihrem Boss, er soll mich endlich in Ruhe lassen. Sonst werde ich mit dem Polizeipräsidenten persönlich reden. – Und nun verschwinden Sie!«
Letzteres brauchte ich nicht zweimal sagen. Fluchtartig verließ er den Kindergarten. Damit er es sich nicht anders überlegte, folgte ich ihm und sah ihn mit einem weißen Auto fortfahren.

Als ich nach dem Sommerfest und den anschließenden Aufräumarbeiten zu Hause ankam, flammte meine Wut auf Björn erneut auf. Zwar kochte sie nach dem anstrengenden Tag auf Sparflamme, aber er sollte sich

nicht einbilden, ich würde sein Verhalten kommentarlos hinnehmen. Entschlossen griff ich zum Telefon.
»Schneider«, meldete er sich am anderen Ende der Leitung.
»Ach, ist dein Anrufbeantworter kaputt, dass du dich selbst ans Telefon traust?«, attackierte ich ihn. »Wie konntest du derart gemein sein, mich bei Melzner zu verpetzen.«
»Sam?«
»Wer sonst? Glaubt nicht, mich einschüchtern zu können, in dem ihr mir wieder einen Wachhund auf den Hals hetzt. Ich mache, was ich will!«
Ohne seine Antwort abzuwarten, knallte ich den Hörer auf die Gabel. Jetzt ging es mir besser. Zufrieden zog ich den Telefonstecker heraus. Eine längere Diskussion mit Björn wäre das Letzte gewesen, was ich jetzt wollte. Ich schnappte mir den Liebesroman, den ich zurzeit las und ließ mich auf mein Sofa fallen. Die Türklingel riss mich eine halbe Stunde später hoch. Es waren Hauptkommissar Melzner und Björn.
»Ah, der Chef persönlich. Wollen Sie mir die Rechnung für die Reinigung überreichen? Oder wollen Sie mich wegen Behinderung der Polizeiarbeit oder womöglich wegen tätlichem Angriffs festnehmen?«
Sofort war meine Wut präsent.
»Ich würde Sie zu gerne festnehmen, Frau Martin«, bellte Melzner ungehalten zurück. »Und zwar deshalb, weil ich Ihretwegen die Sportsendung ausfallen lassen muss. Auch Polizeibeamte haben ein Recht auf den Feierabend. – Können wir reinkommen? Oder wollen Sie, dass Ihr Nachbar an seinem Guckloch aus lauter Neugier ebenfalls die Sportsendung versäumt?«
Er warf einen harschen Blick zur Nachbarstür, hinter

der Rumoren zu vernehmen war. Widerwillig ließ ich beide eintreten.

»Und?«, fragte ich schnippisch.

»Sam, was war los?«

Björns Stimme klang besorgt.

»Nichts. Ich habe dem Kripobeamten lediglich meine farbbeschmierten Kinder auf den blütenweißen Pelz geschickt.« Ich wandte mich an Melzner: »Man wird sich wohl mal einen Spaß erlauben dürfen.«

»Von welchem Kripobeamten reden Sie?«, schnarrte Melzner ungeduldig.

»Na, von dem, der mich beschattet hat. Was habe ich denn Schlimmes getan? Finden Sie es richtig, Steuergelder derartig zu verschleudern? Wenn Sie mich nicht in Ruhe lassen, werde ich mich beim Polizeipräsidenten beschweren. Hat Ihnen Ihr Kollege das nicht ausgerichtet?«

»Verstehe ich Sie richtig, Sie glauben, ich hätte einen meiner wenigen Mitarbeiter an einem Samstag für eine Observierung Ihrer Person abgestellt?«, vergewisserte sich Melzner.

»Nennen Sie es, wie Sie wollen. Lassen Sie mich in Ruhe! Es ist schließlich nicht verboten, in eine Auktion zu gehen oder nach Hamburg zu fahren oder eine von Viktorias Kolleginnen zu besuchen«, empörte ich mich und merkte zu spät, dass ich mich in meiner Wut verplappert hatte.

Prompt stellte Melzner ärgerlich fest: »Sie haben also weiterhin Ihre Nase in Dinge gesteckt, die sie nichts angehen.«

»Das wissen Sie längst. Björn hat uns verpetzt, sonst hätten Sie mir kaum Ihren Kollegen hinterher geschickt.«

»Nein, Björn hat mir von ihren weiteren Einmischungen kein Wort gesagt. Warum eigentlich nicht?«
Er drehte sich fragend zu Björn herum, der wenig erfreut über den Vorwurf in Melzners Stimme den Kopf schüttelte.
»Warum sollte ich, Gunter? Ich dachte, sie würde durch meine Drohung zur Vernunft kommen.«
Mit Blick zu mir meinte er: »Auch wenn du mir alle Schlechtigkeiten zutraust, ich habe Gunter weder von eurem Besuch in der Auktion, noch bei Rita erzählt.«
»Du warst in Hamburg?«, hakte Melzner sofort nach.
Björn zuckte kaum merklich zusammen. »Zufall! Rita wollte mit mir ein Geschenk für meine Tochter kaufen. Sie macht das lieber mit mir zusammen, weil ich meine Tochter besser kenne als sie. Das war alles.« Er wandte sich mir zu. »Sam, ich habe dir bloß gedroht, Gunter über eure Ermittlungen zu informieren, um dich von dieser Sache abzubringen. Es geht schließlich um Mord!«
»Aber wieso haben Sie mich dann bewachen lassen?«, fragte ich Hauptkommissar Melzner neugierig.
»Ich habe Sie nicht beschatten lassen«, antwortete Melzner jedes Wort betonend.
»Nicht?« Ich starrte ihn ungläubig an.
»Aber der bärtige Lockenkopf hat mich doch auch am Montag nach dem Mord beobachtet. Wir dachten, er sei von der Polizei, weil Sie mich damals verdächtigt haben. Verdächtigen Sie mich etwa wieder?«
Melzner verzog sein Gesicht zu einem Grinsen. »Sie müssten noch einiges lernen, wenn Sie eine gute Detektivin sein wollten. Sie ...«, er macht eine kurze Pause, um dies besonders hervorzuheben »... habe ich zu keinem Zeitpunkt ernsthaft verdächtigt.«

»Aber ...«
Ich wusste nicht, was ich sagen sollte. Melzner hatte mich nie verdächtigt? Das hieß mit anderen Worten, ich hätte nicht nach La Palma zu fliegen brauchen, um meine Unschuld zu beweisen...
»Da das geklärt ist, Frau Martin, erzählen Sie mir bitte alles über den Mann, der Sie beschattet hat.«
Mit unbewegter Miene hörte sich Melzner an, was ich ihm über den bärtigen Lockenkopf erzählen konnte und machte sich einige Notizen auf seinem kleinen Notizblock.
»Schade, dass Sie weder den Autotyp, noch das Kennzeichen des weißen Autos wissen«, resümierte Hauptkommissar Melzner und führte mir damit vor Augen, wie dilettantisch ich mich als Detektivin verhalten hatte.
»Ich dachte, der Mann wäre Polizist«, verteidigte ich mich.
»Detektivinnen sollten auf solche Dinge in jedem Fall achten«, belehrte er mich gönnerhaft. »Frau Martin, bitte tun Sie sich selbst einen Gefallen und halten Sie sich endlich aus der Angelegenheit heraus.«
»Hm.«
Ein ›ja‹ ersparte ich mir. Schließlich wusste ich noch immer nicht, wer Rebmann umgebracht hatte. Je tiefer ich in den Fall verstrickt wurde, desto interessanter wurde es für mich. Ich brannte geradezu darauf, Viktoria alles zu erzählen. Leider versuchte sie zurzeit in Düsseldorf etwas aus Seiters herauszubekommen. Da keine Fluchtgefahr bestand, befand er sich bis zu seinem Prozess auf freiem Fuß.
»Wir müssen herausfinden, wer der Mann war und was er von Sam wollte. Ich mache mir Sorgen um sie.«

Ich horchte auf. Björn machte sich Sorgen um mich? Das hörte ich gerne.

»Ich kann dich verstehen, Björn. Aber als Polizeibeamter muss ich mich an gewisse Richtlinien halten. Im Moment kann ich nichts tun. Der Mann hat kein Verbrechen begangen, es wurden keine Drohungen ausgesprochen und wir wissen nicht einmal, ob er mit dem Mord zu tun hatte. Unter Umständen war der Mann ein heimlicher Verehrer.«

»Ein heimlicher Verehrer, der ausgerechnet zum ersten Mal auftaucht, nachdem Sam eine Leiche entdeckt hat? Das glaubst du selbst nicht.«

»Zugegeben, das ist verwunderlich, könnte aber Zufall sein. Immerhin ist der Mann stets am Kindergarten aufgetaucht.«

»Dort ist er ihr aufgefallen. Er könnte sie längere Zeit beobachtet haben, ohne dass sie es bemerkt hat.«

»Möglich ist alles. Trotzdem sind mir die Hände gebunden. Ich werde mit ihr am Montag ein Phantombild erstellen lassen. Viel wird nach meinen bisherigen Erfahrungen nicht dabei herauskommen, aber wir können es versuchen.«

Die beiden Männer unterhielten sich über meinen Kopf hinweg, als wäre ich nicht anwesend. Zugegeben, ich hatte den einen oder anderen Fehler gemacht und sicher war ich keine coole, allwissende Detektivin. Mich derart überheblich zu ignorieren, missfiel mir gründlich. Es wurde Zeit das zu ändern.

»Sie können Fotos von dem Mann bekommen. Oliver von Langen hat ihn in meinem Auftrag fotografiert«, erklärte ich mit möglichst gönnerhafter Miene.

Melzner blickte mich erstaunt an. Björns Gesichtsausdruck veränderte sich sofort in Richtung Ärger.

»Ach, dein Verehrer war da? Warum rufst du ihn nicht an, damit er sich um dich kümmert?«
»Ich habe dich nicht gebeten, dich um mich zu kümmern. Ich habe dich angerufen, weil ich sauer auf dich war«, fauchte ich ihn an.
»Du warst sauer auf mich? Ich habe dir keinen Grund dafür gegeben. Du hast diesen Olli mir vorgezogen.«
»Wie ich dir bereits sagte, war nichts zwischen Olli und mir. Du bist derjenige, der dauernd um alle möglichen Frauen herumtanzt. Erst neulich konntest du dich an der vollbusigen Anne Rebmann kaum satt sehen«, fuhr ich ihn an.
»Du hast es nötig«, gab Björn aufgebracht zurück.
»Wenn die Herrschaften streiten wollen, dann ohne mich«, brummelte Gunter Melzner und steuerte meine Wohnungstür an.
»Ich komme mit, Gunter. Ich glaube, Sam kommt gut alleine klar.« Björn hatte es ebenfalls eilig.
»Da kannst du sicher sein«, schrie ich ihm hinterher.

Natürlich kam ich ohne Björn aus. Mit ihm hätte es nur mehr Spaß gemacht, den Sonntag zu verbringen. Ein Eis leckend schlenderte ich am nächsten Nachmittag am Maschsee entlang, der zu Fuß eine Viertelstunde von der hannoverschen City entfernt lag. An schönen Sonntagen wie diesem war hier stets viel los. Der Maschsee vom Südufer aus gesehen, bildete ein buntes Panorama aus glitzerndem Wasser, Segelschiffen, Surfbrettern, Menschen, Bäumen und dem majestätischen Neuen Rathaus im Hintergrund. Er war in den dreißiger Jahren des vergangenen Jahrhunderts eigens für die Erholung der Hannoveraner angelegt worden. Im Rahmen einer Arbeitsbeschaffungsmaßnahme hoben Arbeitslose den knapp zweieinhalb Kilometer langen, teilweise bis zu fünfhundert Meter breiten See in einer durchschnittlichen Tiefe von zwei Metern aus. Umsäumt von Wiesen, alten Baumbeständen und einer Uferpromenade bildete er nicht nur einen der Hauptanziehungspunkte für uns Stadtbewohner, sondern auch für die Tierwelt.

Ich setzte mich auf die Steinmauer, die den See am Nordufer von der Promenade trennte und verfütterte den Rest meiner Eiswaffel an die Karpfen, die behäbig ihre Bahnen im Wasser zogen. Fast jedes Jahr wurden sie in der Weihnachtszeit abgefischt und als kulinarische Spezialität verkauft. Es dauerte nicht lange und ein paar Enten landeten laut schnatternd auf der Wasseroberfläche in der Erwartung, ebenfalls einige Brocken erhaschen zu können. Die Bugwelle eines vollbesetzten Maschsee-Linienschiffes, das in regelmäßigen Abständen die um den See verteilten Bootsanleger anfuhr, ließ die Enten auf und ab schaukeln. Geschickt fischten sie mit ihren Schnäbeln die zugeworfenen Leckerbissen auf.

Ein Blick auf die Uhr ließ mich zu meinem Fahrrad zurückkehren. Ich wollte nach Hause, um mir im Fernsehen einen Film anzusehen, den ich im Kino versäumt hatte. Ich schloss mein Rad los und fuhr am viel befahrenen Rudolf-von-Bennigsen-Ufer hinunter in Richtung Döhren. Dort bog ich in eine weniger belebte Nebenstraße ab.

Meine Gedanken schweiften während des Fahrens zu Björn. War ich ihm doch nicht gleichgültig? Und wenn schon, was sollte ich mit noch einem Frauenhelden oder gar einem Mörder? Ich konnte froh sein, wieder solo zu sein. Gedankenverloren wartete ich an einer roten Ampel. Sie sprang auf grün und ich schob mein Rad automatisch auf die Straße.

Zu meinem Entsetzen bewegte sich ein weißes Auto mit hoher Geschwindigkeit auf mich zu. Reflexartig ließ ich mein Rad los und rannte schutzsuchend hinter die Ampel. Einen winzigen Augenblick wandte mir der Fahrer des Wagens seine verzerrte Fratze zu, die mich durch eine dunkle Strumpfmaske anstarrte. Sekunden später wurde mein Fahrrad von den Autorädern erfasst und zermalmt.

Unheilvoll knirschend schleifte das Schutzblech über den Asphalt, bis mein Rad einem Schrotthaufen gleich, verbogen auf der Straße liegen blieb. Mit quietschenden Reifen fuhr der Fahrer davon.

Benommen stand ich auf dem Fußweg. Im letzten Moment besann ich mich und versuchte, mir die Nummer des hannoverschen Autokennzeichens einzuprägen. Mit einem Stift aus meiner Gürteltasche, die ich beim Radfahren mit den wichtigsten Utensilien bei mir trug, schrieb ich sie in zittrigen Ziffern in meine Hand. Erst jetzt machte sich bei mir Panik breit.

Der Fahrer hatte versucht mich umzubringen. Mich?! Ich hatte niemandem etwas getan. Warum ich? Tränen der Wut und der Fassungslosigkeit rannen über mein Gesicht. Warum ...? Keinen klaren Gedanken fassen könnend, rannte ich auf den nächsten Hauseingang zu und drückte alle Klingelknöpfe auf einmal.

17

»Sind Sie wirklich in Ordnung, Frau Martin?«
Zum ersten Mal seit ich Hauptkommissar Melzner kannte, klang er mitfühlend. Kein Gepoltere, keine Vorwürfe, keine Fragen, jedenfalls noch nicht. Ich hielt ihm meine Hand mit dem Autokennzeichen hin.
»Der war's. Diesmal hab ich aufgepasst.«
»Sehr gut. Soll ich irgendjemanden benachrichtigen? Björn vielleicht?«
Ich schüttelte den Kopf.
»Das haben die freundlichen Leute versucht. Er ist nicht zu Hause. Sein Handy ist ausgeschaltet. Olli bringt mich nach Hause.«
Die freundlichen Leute, das waren die Mieter der unteren Wohnung des Mehrfamilienhauses, die ich aus ihrer Sonntagsruhe aufgeschreckt hatte. Der Mann hatte mir zur Beruhigung einen Kognak eingegossen. Währenddessen hatte seine Frau die Polizei benachrichtigt
»Können Sie mir erzählen, was passiert ist?«, fragte Melzner ruhig, ohne mich zu drängen.
Wieso hatte ich ihn bisher bloß als Bullerkopf eingestuft? Eigentlich war er nett. Stockend erzählte ich ihm vom Mordanschlag. Er unterbrach mich kein einziges Mal. Erst als ich geendet hatte, fragte er nach: »War es dasselbe weiße Auto wie gestern?«
»Ich weiß es nicht genau. Mit Automarken kenne ich mich nicht aus. Glauben Sie, der Mörder wollte mich umbringen, weil ich dem bärtigen Lockenkopf mit dem Polizeipräsidenten gedroht habe?«
»Könnte sein, dass der Mörder dadurch unruhig geworden ist. Was genau haben Sie in der letzten Zeit

unternommen, nachdem Sie mit Oliver von Langen bei mir im Präsidium gewesen sind?«
Ich erzählte ihm alles. Er nickte interessiert, enthielt sich jedoch jeglichen Kommentars.
»Glauben Sie, Maren Fiedler könnte dahinter stecken? Wir haben noch nicht mit Frau Jokisch abklären können, ob sie in der fraglichen Zeit aus dem Vitrinenzimmer gegangen ist und Carl Rebmann hätte töten können.«
»Wir werden sehen, Frau Martin. Diesmal werden Sie sicher nichts dagegen einzuwenden haben, wenn ich ab sofort einen meiner Leute mit Ihrer Bewachung beauftrage, nicht wahr?«

»Ich habe für alle Fälle meinen Schlafsack und ein paar Sachen eingepackt. Ein paar heitere Filme zum Ablenken habe ich auch mitgebracht, falls dich so etwas interessiert. Ich dachte, du würdest vielleicht heute Nacht nicht allein bleiben wollen.«
Unschlüssig deutete der gute Olli auf eine Reisetasche in seinem Kofferraum und sah mich hilflos an.
»Oder ist es dir lieber, wenn ich gehe?«
Unwillkürlich musste ich lächeln. »Ach, Olli, du bist süß. Wenn deine Verlobte nichts dagegen hat, wäre ich sehr froh, wenn du heute bei mir bleiben würdest.«
»Was sollte sie dagegen haben? Sie ist mit ihren Eltern in den Urlaub gefahren. Außerdem leben wir nicht zusammen.«
»Sie ist mit ihren Eltern gefahren, nicht mit dir?«
»Ihre Eltern mögen mich nicht. Und eine Reise nach Australien kann ich meiner Verlobten nicht spendieren«, grinste er und legte brüderlich seinen Arm um mich.

»Brauchst jetzt keine Angst mehr zu haben, Sam, ich passe auf dich auf.«

»Ich weiß«, beruhigt lehnte ich meinen Kopf gegen seinen Oberkörper.

Bei ihm fühlte ich mich sicher. Ich fand es schön, einen guten Freund zu haben.

»Hast du keinen Hunger?«, fragte Olli mich später in meiner Küche beim Abendbrot. Im Gegensatz zu mir langte er zu, als hätte er seit Tagen nichts gegessen.

»Nicht so richtig.«

Auch wenn es mir besser ging, hatte ich das Gefühl noch immer das Knirschen des Metalls in meinen Ohren zu hören. Statt über mein Fahrrad, wäre der Täter beinahe über mich hinweg gefahren. Ob es wehgetan hätte, so sterben zu müssen?

»He, Sam, willst du nicht doch ein bisschen essen?« Sanft berührte Olli meine Hand, die auf dem Tisch lag.

»Ich wäre jetzt fast das zweite Mal in die ewigen Jagdgründe eingegangen«, stellte ich deprimiert fest.

»Alles, was mit dem Tod zu tun hat, kann einem an die Nieren gehen. Das geht allen Menschen so, denke ich. Als mein Vater vor zweieinhalb Jahren über Nacht an Herzversagen starb, dachte ich, eine Welt würde zusammenbrechen. Besonders für Mutter war es eine Katastrophe. Die beiden haben sich geliebt. Die letzten Jahre sind sie durch die Welt gereist oder haben Leseabende und Reisevorträge gehalten. Mein Vater war knapp zwanzig Jahre älter als Mutter und wusste auf alles eine Antwort. Als Bibliotheksleiter hatte er stets das richtige Nachschlagewerk zur Hand gehabt. Mutter wurde nach seinem Tod sehr krank und ich fürchtete das Schlimmste. Aber dann hat sie einen völligen Neuanfang gewagt. Sie verkaufte das Haus, in dem sie

jahrzehntelang mit meinem Vater gelebt hatte und zog in ihre jetzige Wohnung ganz in meine Nähe. Sie fing an, sich auf jung zu trimmen, kaufte sich die Harley, nahm den Job in der Auktion an und begann mit allen möglichen Männern zu flirten. Das finde ich zwar nicht toll, aber wenigstens genießt sie ihr Leben wieder.«
Auf einmal verstand ich Viktorias Handlungsweise. Sie war ähnlich einsam gewesen wie ich nach meiner Scheidung und hatte ihren Weg gefunden.
»Du liebst sie sehr, nicht?« fragte ich Olli mitfühlend.
»Hm, kann man so sagen.«
Olli klang leicht verlegen. Es schien ihm peinlich zu sein, über seine Gefühle für seine Mutter zu sprechen.
»Dein Vater ist sicher ein netter Mann gewesen«, versuchte ich seine Verlegenheit zu übergehen.
»Ja, er war ein großartiger Mann. Er hätte dir gefallen und du ihm.«
Ein Moment des Schweigens entstand, in dem jeder von uns seinen Gedanken nachhing. Meine landeten schnell wieder bei dem Anschlag.
»Warum habe ich mich bloß auf diese hirnrissigen Ermittlungen eingelassen?«, murmelte ich vor mich hin.
»Weil du genauso wenig wie Mutter und ich bereit bist, dir von der Gesellschaft vorschreiben zu lassen, was man tut und was man tunlichst lässt, auch wenn du auf den ersten Blick mehr eine konventionelle Denkweise vertrittst. Manche Dinge muss man einfach tun, selbst wenn sie vom Verstand her reichlich verrückt sind. Wenn ich allerdings sehe, zu was unsere Herumschnüffelei geführt hat, bin ich mir nicht sicher, ob wir uns nicht besser aus allem heraus gehalten hätten. – Es

tut mir leid, was alles passiert ist, Sam.« Olli beugte sich zu mir vor und streichelte abermals brüderlich meine Hand.

»Andererseits wäre es schade gewesen, wenn wir uns nicht kennen gelernt hätten«, lächelte er mich schalkhaft an.

Ich stimmte ihm zu. Olli und Viktoria kennen zu lernen, war das Beste gewesen, was mir in der letzten Zeit passiert war. Ohne sie wäre ich nie über meinen Schatten gesprungen. Unwillkürlich musste ich an Björn denken. Ihn hätte ich dann auch nicht kennen gelernt.

»Glaubst du, dass Björn mit dem Mord zu tun hat?«
Olli zuckte nachdenklich seine Schultern.

»Ich weiß es nicht. Genauso gut könnten es Maren Fiedler oder der bärtige Lockenkopf gewesen sein, oder auch der Kunde, mit dem sich Carl Rebmann hatte treffen wollen und den wir nicht kennen. Selbst von den etwa sechzig Interessenten, die in der fraglichen Zeit im Schloss waren, hätte es jeder gewesen sein können.«

»Aber wie es aussieht ist Björn als einziger mit Rebmanns Blut in Kontakt gekommen«, flüsterte ich.

Olli betrachtete mich nachdenklich.

»Warum bist du ihm gegenüber eigentlich so misstrauisch, Sam? Wir kennen uns genauso lange und trotzdem vertraust du mir.«

»Ich weiß nicht, warum ich dir keinen Mord zutraue. Eigentlich denke ich das auch nicht von Björn, aber ...«, ich suchte nach Worten, um es Olli begreiflich zu machen. Ich sah ihn hilflos an. Dann unternahm ich einen neuen Versuch.

»Es muss an meinem Ex-Mann liegen. Der hat mich

belogen und betrogen. Wahrscheinlich kann ich nie wieder einem Mann trauen, in den ich mich verliebe«, überlegte ich niedergeschlagen.
»Das wäre schade. Vertrauen halte ich für die Basis in einer glücklichen Beziehung.«
»Björn sieht das genauso. Deshalb will er nichts mehr mit mir zu tun haben. – Ich habe alles falsch gemacht«, stellte ich frustriert fest.
»Du hast gehandelt, wie du es für richtig gehalten hast und daran ist meiner Meinung nach nicht das Geringste falsch. Und ohne Misstrauen gegenüber anderen Menschen, wird man leicht ausgenutzt. Die Schwierigkeit besteht darin, einen Mittelweg zwischen beidem zu finden. – So, und nun ist Schluss mit Trübsal blasen. Was hältst du von einem lustigen Film? Ich glaube, wir könnten beide eine Ablenkung gebrauchen. Oder hast du ein bessere Idee?«
Nein, die hatte ich nicht. Sich gemütlich vor die Glotze zu setzen und berieseln zu lassen, war auch eines meiner Rezepte, um auf andere Gedanken zu kommen. Allerdings hatte ich nach allem, was geschehen war, Zweifel, ob es diesmal helfen würde. Das sagte ich Olli natürlich nicht. Er wollte mir helfen, so gut er konnte und das fand ich großartig. Ich entschied mich für ›Das Dschungelbuch‹ von Walt Disney. Doch statt der erwarteten Zeichentrickfigur Mogli mit den Dschungeltieren, flimmerte eine Frau im Tigeranzug über die Mattscheibe, die sich an einem nackten Mann in eindeutig erregtem Zustand schlangenartig entlangzüngelte.
Olli stoppte mit knallrotem Kopf den Recorder. »D-d-d-as versteh ich nicht!« Der Ärmste schien förmlich in meiner Couch zu versinken. Dann: »Die kann was

erleben«, entfuhr es Olli wütend. »Den Porno kann nur Mutter heimlich in die Hülle getan haben. Sie hat mehrfach gefragt, wie mir und meiner Verlobten denn ›Das Dschungelbuch‹ gefallen hat. – Sam, ich schwöre dir, ich hatte keine Ahnung.«
Er schaute mich so verzweifelt und unschuldig aus seinen blauen Augen an, dass ich laut loslachte. Das Leben hatte mich wieder. Wer gesagt hatte, Lachen sei gesund, hatte Recht. Das war zwar kaum das gewesen, was Viktoria mit ihrem Streich bezweckt hatte, aber was machte das schon. Wir sahen uns schließlich eine alte, amerikanische Komödie mit Doris Day an und beschlossen danach schlafen zu gehen. Ich räumte in der Küche das Geschirr vom Abendbrot weg, während Olli meine Wohnzimmercouch zu einem Bett umfunktionierte. Es war gut zu wissen, dass ich nicht allein in meiner Wohnung schlafen musste.
»Ach, Olli? Wann stehst du morgen früh auf?«
Ich wollte meinen Wecker stellen und ging zu Olli ins Wohnzimmer, offensichtlich im falschen Moment. Er stand im Adamskostüm vor meiner Couch auf einem Bein und zog sich eine Schlafshorts an. Unweigerlich fiel mein Blick auf ein gewisses männliches Körperteil. Was für ein netter Anblick. Fass mal hin, stachelte mich hinterhältig das kleine Teufelchen in mir an. Schämst du dich gar nicht, so etwas denken, eiferte sich mein Verstand.
»Sam! Kannst du nicht klopfen?«
Es klang wie ein Entsetzensschrei. Im nächsten Moment bemühte er sich eiligst in die Hose zu kommen. Dabei verhedderte er sich und landete der Länge nach auf meiner Couch. Jetzt bekam ich seine Rückansicht zu sehen. Viktoria hatte nicht Unrecht. Ein knackiger

Männerpo hatte durchaus seine Reize. Diesmal konnte ich nicht widerstehen und gab ihm einen sanften Klaps darauf, was er mit einem weiteren Aufschrei kommentierte.
»Tut mir leid, Olli. Du hast gesagt, ich solle anklopfen«, kicherte ich. »Nicht böse sein, das mache ich bei kleinen Jungen öfter so.«
»Ich bin kein kleiner Junge«, kam es zurück.
Das stimmte irgendwie, wenn ich an ein gewisses männliches Körperteil dachte. Klein war es keinesfalls. Aber ich war nicht Viktoria.
Stürmisches Türklingeln hielt mich von weitergehenden Fantasien ab. Leise schlich ich mich zur Tür und schaute durch den Spion. Björn stand mit einer Sporttasche über der Schulter davor.
»Lass mich öffnen«, flüsterte mir Olli zu, der überraschend schnell in kurzer Schlafanzughose neben mir auftauchte.
»Es ist Björn«, gab ich ebenso leise zurück.
»So nett ich ihn finde, er ist verdächtig. Versteck dich in der Küche, Sam.«
Björn klingelte Sturm.
»Das ist blödsinnig. Eben sagtest du, ich solle ihm mehr Vertrauen entgegenbringen und nun soll ich mich vor ihm verstecken.«
»Man hat versucht dich umzubringen, Sam. Da ist Misstrauen angebrachter.«
Widerwillig verschwand ich in der Küche. Olli öffnete.
»Hallo, Björn, wollen Sie zu Sam?«
»Nicht schon wieder, Sie«, stöhnte Björn auf.
Für einen Moment dachte ich, er würde das Weite suchen, doch dann überrannte er Olli förmlich und sah sich suchend im Flur um.

»Wo ist Sam? Auf meinem Anrufbeantworter war eine Nachricht von Gunter, jemand hätte einen Mordanschlag auf sie verübt?«
Dann sah er mich im Türrahmen der Küche stehen.
»Sam, wie geht es dir?«
Ehe ich wusste, wie mir geschah, riss er mich in seine Arme und küsste mich. Dann ließ er mich abrupt los.
»Ich hoffe, ich habe die Herrschaften nicht gestört? Olli sieht mir zu leicht geschürzt aus.«
Das klang eifersüchtig. Recht geschah es ihm. Warum war Björn so ein Sturkopf?
»Wir wollten ins Bett gehen, getrennt, selbstverständlich. Nicht jeder Mann ist ein Playboy wie du«, erklärte ich mit Genugtuung.
Was für eine interessante Situation: Zwei Männer und eine Frau, es hätte eine klassische Filmszene sein können, die entweder in einer Tragödie oder in einem Lustspiel endete.
»Was soll ich noch alles sein? Verdammt, Sam, ich bin ein normaler Mann und weder ein Mörder noch ein Playboy. Ich habe mir Sorgen um dich gemacht.«
»Das hast du mir gestern auch erzählt. Und? Statt heute auf mich aufzupassen, hast du dich sonst wo herumgetrieben. Wo warst du, als der Kerl versucht hat, mich zu überfahren?«, fuhr ich ihn an.
Schuldbewusst nahm er mich in die Arme. »Es tut mir wahnsinnig leid, Sam. Ich weiß, ich hätte dich heute nicht allein lassen dürfen, aber ich dachte, du würdest dich mit ihm treffen.« Der Blick, den er Olli zuwarf, drückte alles andere als Freundschaft aus.
»Um es ein für alle Mal klarzustellen: Ich habe eine Verlobte und die heißt nicht Sam«, erklärte Olli seelenruhig. »Sam und ich sind nur Freunde.«

»Da das geklärt ist, können wir schlafen gehen. Ich bin müde. – Willst du hier bleiben, Björn? Oder treibt dich deine übertriebene Eifersucht aus dem Haus?«
Einen Moment überlegte Björn, dann meinte er zaghaft: »Wenn ich darf, würde ich gern hier bleiben.«
»Gute Nacht, ihr Zwei.« Olli wollte eiligst im Wohnzimmer verschwinden.
»Halt, Olli! Ich glaube, wir nehmen eine kleine Änderung vor. Du schläfst mit Björn im Schlafzimmer und ich nehme die Couch, okay?«
Die beiden Männer gehorchten widerstandslos, allerdings dürfte Björn eine andere Variante in Bezug auf die Schlafplatzverteilung vorgeschwebt haben.

18

»Das gibt es nicht!«
Als ich am nächsten Nachmittag nach der Arbeit in meine Wohnung zurückkehrte, traf mich fast der Schlag. Ich war kein ordnungsliebender Mensch, doch ein solches Chaos konnte nicht einmal ich nach wochenlangen Anti-Aufräum-Attacken zu Stande bringen. Eine Schublade hing aus meinem Flurschrank, zwei weitere lagen zwischen Handschuhen, Tüchern und Schuhen auf dem Boden. Mein Schuhschrank war umgekippt und versperrte den Eingang zu meiner Küche. Dort standen sämtliche Schranktüren offen, der Schrankinhalt befand sich auf dem Fußboden: Kaputtes Geschirr zwischen Zucker, Mehl, verstreuten Haferflocken, Nüssen, Trockenobst und anderen Vorräten.
Mitten im Chaos lagen die rustikalen Kiefernstühle meines runden Esstisches und streckten ihre gedrechselten Beine wie tote Fliegen nach oben. Die festgebundenen Kissen hingen schlapp herunter. Auch im Schlafzimmer sah es nicht besser aus. Der Eindringling hatte sämtliche Klamotten auf einen Haufen auf den Fußboden geworfen. Darüber hatte er den Inhalt von Björns Reisetasche gekippt, die er gepackt bei mir hatte stehen lassen.
»Wer hat das nur angerichtet?«, brach Björn als erster von uns das fassungslose Schweigen.
Er war mir den ganzen Tag nicht von der Seite gewichen. Sogar in den Kindergarten hatte er mich begleitet und mit den Kindern gespielt.
»Ein Müslifan war hier bestimmt nicht am Werk«, stammelte ich fassungslos.

Tröstend nahm er mich in seine Arme und küsste mich. Es tat gut, seinen starken Körper zu spüren. Zwar sprach alles dagegen, mich Björn hinzugeben, das Durcheinander um uns herum, mein Misstrauen ihm gegenüber, unser Streit, seine Frauengeschichten, einfach alles. Doch in diesem Moment wischte ich alles beiseite. Was hatte Olli sehr treffend bemerkt? Manchmal musste man Dinge einfach tun, auch wenn sie vom Verstand her reichlich verrückt waren.

»Tja, Frau Martin, nach einem gewöhnlichen Einbruch sieht das nicht aus, mehr nach einer Durchsuchung.«
Hauptkommissar Melzner blickte sich gut zwei Stunden später in meiner verwüsteten Wohnung um.
»Habt ihr was?«, wandte er sich an die Leute von der Spurensicherung, die bereits vor seinem Eintreffen Türen und Fenster untersucht hatten.
»Keinerlei Einbruchsspuren. Ich tippe auf Nachschlüssel oder den alten Trick mit der Scheckkarte«, erklärte ihm einer der beiden Beamten, während er seine Einsatztasche packte.
Nachdem Melzner sich von seinen Kollegen verabschiedet hatte, stakste er zwischen meinen aus dem Regal geräumten Büchern im Wohnzimmer auf und ab. Plötzlich schien ihm etwas einzufallen. Zielstrebig steuerte er die Haustür des miesepetrigen, alten Knasterbartes von gegenüber an. Mit dem Klingelton riss dieser seine Tür auf, ein untrügliches Zeichen, dass er die ganze Zeit dahinter zugebracht haben musste.
»Herr Kalling?« Melzner las seinen Namen vom Türschild ab. »Hauptkommissar Melzner, Kriminalpolizei!« Er zückte seinen Ausweis und hielt ihn dem Knasterbart unter die Nase.

»Endlich schaut hier jemand von der Polizei nach dem Rechten! Diese Frau da ...«, er deutete mit dem Finger drohend auf mich, »... hat sehr zwielichtigen Umgang. Ich habe vorhin zu meiner Frau gesagt, mit der wird es böse enden.« Wichtigtuerisch beugte er sich zu Melzner vor. »Was hat sie denn angestellt?«
»Nichts. Bei Frau Martin wurde heute eingebrochen. Haben Sie zufällig etwas bemerkt?«
»Bei dem Umgang, den sie hat, wundert mich das nicht. Dauernd gehen neuerdings Männer und eine Halbstarke in Lederjacke hier ein und aus. Vielleicht geht es um Rauschgift. Das steht heutzutage oft in der Zeitung. Früher hatten wir andere Zeiten, da konnten wir ...«
»Herr Kalling«, polterte Melzner in seiner unnachahmlichen Art dazwischen, »Ich bin nicht hier, um mich über alte Zeiten zu unterhalten, oder über unbescholtene Bürgerinnen herzuziehen. Entweder Sie erzählen mir, was sie gesehen haben, oder ich werde gleich sehr ärgerlich.«
Ich feixte. Melzner wurde mir immer sympathischer. Den Knasterbart konnte er ruhig ein bisschen härter anblaffen. Leute wie er, die ewig hinter anderen Leuten her spionierten, konnte ich nicht ausstehen.
»Selbstverständlich, Herr Kommissar«, meinte der Knasterbart unterwürfig. »Heute Morgen sah ich Frau Martin und den Herrn dort ...«, er zeigte auf Björn, »... und einen anderen aus der Wohnung kommen.« Er zog vielsagend die Augenbrauen hoch. »Ich will nichts gesagt haben, aber die zwei Männer haben in ihrer Wohnung übernachtet ...«
»Herr Kalling«, Melzners Stimme dröhnte unwirsch durch den Hausflur, »Ihre grundlosen Klatschereien

können Sie für sich behalten. Haben Sie etwas gesehen oder nicht?«

Einen Augenblick sah der Knasterbart noch knasterbärtiger aus als sonst, dann besann er sich.

»So gegen Mittag kamen ein Mann und eine Frau und sind in Frau Martins Wohnung gegangen. Sie blieben etwa eine Stunde darin. Gegen fünf kamen Frau Martin und dieser Herr ...« erneut deutete er auf Björn »... und gingen in die Wohnung. Sie, Herr Kommissar kamen um ...«

»Ich weiß, wann ich gekommen bin«, schnaufte Melzner sichtlich genervt. »Mich interessiert das Pärchen, das heute Mittag da war. Wie sind die beiden in Frau Martins Wohnung gekommen?«

»Der Mann hat aufgeschlossen. Jedenfalls sah es so aus.«

»Haben Sie sich nicht gewundert, was fremde Leute während Frau Martins Abwesenheit in ihrer Wohnung zu suchen hatten?«

»Bei dem Umgang, den Frau Martin pflegt, wundert sich ein anständiger Bürger über nichts.«

Ein grimmiger Blick traf mich.

»Passen Sie auf, was Sie sagen. Frau Martin könnte Sie wegen übler Nachrede anzeigen, Herr Kalling.«

Warum hatte ich nicht bei unserem ersten Treffen bemerkt, was für ein netter Kerl dieser Melzner war? Ich konnte heute nicht genug von seinem Verhörstil bekommen. Der miesepetrige, alte Knasterbart schien ein wenig kleiner zu werden.

»Ich wollte nur meine Meinung äußern.«

»Beantworten Sie meine Fragen. – Können Sie das Pärchen beschreiben?«

Der Knasterbart zuckte die Schultern.

»Ich weiß nicht, die Frau trug einen Hut mit Schleier vor dem Gesicht und der Mann hatte Locken.«
»War das der Mann?« Melzner zog das Foto vom bärtigen Lockenkopf aus seiner Jackentasche.
»Ja, das war der Mann. Ist er ein Verbrecher?«
»Ich stelle die Fragen. Kommen wir zur Frau. Wie groß war sie? Was hatte sie an? Was für eine Haarfarbe hatte sie? Haben die beiden miteinander gesprochen?«
»Ich weiß es nicht. Die Frau war, glaube ich, blond. Sie hatte die Haare unter einem Hut mit Schleier versteckt und war größer als Frau Martin.«
»War die Frau schon einmal bei Frau Martin?«
»Ich weiß nicht. Ich konnte ihr Gesicht nicht sehen, wegen des Hutes. Sie war bestimmt nie bei Frau Martin zu Gast. Sie war zu elegant gekleidet.«
»Welche Farbe hatte der Hut? Was trug sie sonst noch?«
»Ich weiß nicht, sie hatte ein langes Kleid an, oder einen Rock.«
»Das ist ein wenig dürftig, Herr Kalling. Falls Ihnen noch etwas einfällt, rufen Sie mich an.«
Melzner gab dem Knasterbart seine Visitenkarte und kam zu uns herüber.
»Da lob ich mir meine Nachbarn, die sich um sich selbst kümmern. Obwohl neugierige Menschen bei der Verbrechensaufklärung andererseits ihre guten Seiten haben«, murmelte er. »So wissen wir wenigstens, dass der Mann, der Sie zeitweilig beschattet hat, heute hier gewesen ist. Es würde mich interessieren, wer er ist? Auf dem Aufzeichnung der Überwachungskamera von der Auktion war er nicht zu sehen.«
»Und was ist mit der Autonummer?« fragte Björn.

»Fehlanzeige! Eine solche Autonummer gibt es nicht. Entweder hat sich Frau Martin in der Aufregung geirrt, oder der Wagen hatte ein falsches Nummernschild. – Hm, ich weiß nicht. Die Sache gefällt mir nicht.«

Björn musste für die nächsten Tage beruflich nach Berlin. Erst wollte er sich meinetwegen krank melden, doch da Melzner ihm zugesichert hatte, mich weiter unter Schutz zu stellen, fuhr er schließlich. Begeistert war ich darüber nicht, denn nun stand ich allein vor dem Chaos in meiner Wohnung. Ich hasste jegliches Aufräumen und hatte eine Stinkwut auf den bärtigen Lockenkopf und die unbekannte Frau, die mir das aufgebürdet hatten. Zu allem Überfluss kam Viktoria vorbei und hielt mich vom Aufräumen ab. Sie war aus Düsseldorf zurückgekehrt und wusste nicht, was sich in der Zwischenzeit ereignet hatte. Wie gebannt hing sie an meinen Lippen, damit ihr nicht die geringste Kleinigkeit entging.
»Du Glückliche! Dass du das erleben durftest. Ich hätte viel darum gegeben, dabei sein zu können«, meinte sie schließlich enthusiastisch. »In Romanen leben Detektive ebenso gefährlich.«
»Einen Roman kannst du jederzeit zuklappen. Hilf mir lieber beim Aufräumen. Dann lernst du die Realität kennen.«
»Ach, Sam, nimm nicht alles ernst, was ich sage.« Sie nahm mich kurz in den Arm. »Ich bin nun mal so. – Rate, was ich in Düsseldorf von Seiters erfahren habe?« Sie wartete meine Antwort nicht ab. »Carl Rebmann war vor einigen Monaten mit Maren Fiedler zusammen in Düsseldorf.«
»Ist das alles, was du herausgefunden hast?«

»Was heißt, ob das alles ist? Das beweist, dass sie ein Verhältnis mit Rebmann hatte. Ansonsten war Seiters ziemlich zugeknöpft. Sein Anwalt hatte ihm eingeschärft, mit niemanden über den Fall zu reden. Wenn er mich nicht gekannt hätte, wäre ich nicht von ihm empfangen worden. Wir müssen die Fiedler unbedingt aufsuchen. Enttäuschte Liebe ist ein starkes Mordmotiv.«
»Dann streichst du Björn von deiner Liste?«, fragte ich hoffnungsvoll.
»Nein. Er ist nach wie vor verdächtig. Aber wir müssen allen Spuren nachgehen. Maren Fiedler ist eine Spur.«
»Und wer räumt meine Wohnung auf?«
Ich wusste aus früheren Erfahrungen genau, dass es keine fleißigen Heinzelmännchen gab, die für mich die Hausarbeit übernahmen.
»Das machen wir, wenn wir zurückkommen. Du hast bestimmt von Olli noch Fotos vom Lockenkopf und von Björn. Vielleicht brauchen wir die.«
Das kleine Teufelchen in mir riet, meine Neugier zu stillen und mitzufahren. Womöglich ergab sich etwas, das Viktoria von ihrem Verdacht gegen Björn abbrachte. Mein Verstand war angesichts des Zustandes meiner Wohnung dagegen. Das Teufelchen siegte, wie so oft in der letzten Zeit. In rasanter Fahrt brauste Viktoria an den täglichen Verkehrsstaus in der Feierabendzeit vorbei über die hannoverschen Schnellwege und die Bundesstraßen bis nach Schloss Ricklingen.
»Bist du sicher, dass du nicht vom Mörder beauftragt wurdest mich umzubringen?«, fragte ich Viktoria, als wir vor dem Mehrfamilienhaus ankamen, in dem Maren Fiedler wohnte.

»Och, Sam, ich bin ganz langsam gefahren. Glaub mir, der Tacho ist nicht über fünfzig herausgekommen. Dieser lahme Stadtverkehr kann einem das Motorradfahren richtig vermiesen.«
Maren Fiedler ließ uns auch diesmal gastfreundlich in ihre Wohnung, obwohl es mich nach unserem letzten Besuch nicht gewundert hätte, wenn ihre Tür verschlossen geblieben wäre. Bereits beim Eintreten bemerkten wir ihre verweinten Augen.
»Ich dachte, es sei gut, wenn wir uns noch einmal in Ruhe unterhalten können. Es tut uns leid, wenn wir Ihnen, ohne es zu wollen, Schmerz bereitet haben. Wir wussten nicht, dass Sie mit Carl Rebmann näher befreundet waren«, begann Viktoria einfühlsam das Gespräch.
Sie nickte uns ergeben zu, führte uns in ihr Wohnzimmer und wies uns mit der Hand einen Platz auf ihrem Sofa zu. Dann setzte sie sich zu uns.
»Carl und ich wollten heiraten.«
Eine derart spontane und von unübersehbarer Trauer geprägte Aussage hatten wir nicht erwartet.
»Aber er war verheiratet«, wandte Viktoria leise ein.
»Diese Ehe war ein Irrtum. Das merkte Carl bald nach der Hochzeit. Anne betrog ihn ständig mit anderen Männern. Carl hat gesagt, ich wäre seine letzte Liebe. Als ob er es gewusst hätte.«
Sie hielt mit tränenerstickter Stimme inne. Wir ließen ihr Zeit. Es dauerte eine Weile, bis sie weitersprechen konnte.
»Tut mir leid, ich vermisse ihn sehr. Er war ein großartiger Mensch. Alle mochten ihn.«
»Ein Mensch mochte ihn nicht, Frau Fiedler. Unserer Meinung nach ist Carl Rebmann keinem Raubmord

zum Opfer gefallen. Wer könnte ein Interesse gehabt haben, ihn umzubringen?«

»Anne Rebmann!«, schrie sie hasserfüllt.

Viktoria und ich warfen uns gegenseitig einen überraschten Blick zu.

»Wie kommen Sie darauf?«

»Carl hat ihr gesagt, er werde die Scheidung einreichen. Dann wäre es für sie aus gewesen mit dem feinen Leben. Sie hat ihn nur seines Geldes wegen geheiratet. Im Fall seines Todes, hätte sie viel Geld aus seiner Lebensversicherung erhalten, die er im ersten Überschwang seiner törichten Liebe zu ihr abgeschlossen hatte. Im Fall einer Scheidung hätte sie kaum etwas erhalten. Sie hatten Gütertrennung vereinbart.«

»Dann hat Anne Rebmann durch die Lebensversicherung also von Carl Rebmanns Tod profitiert«, meinte Viktoria nachdenklich. »Das wusste ich nicht.«

»Sie hat nichts erhalten. Carl hat kurz vor seinem Tod heimlich die Lebensversicherung auf mich umschreiben lassen. Nicht einmal mir hat er davon erzählt«, schluchzte sie auf.

»Anne Rebmann hat es auch erst nach seinem Tod erfahren. Er war so ein guter Mensch. Vielleicht würde er noch leben, wenn er nie diese Lebensversicherung abgeschlossen hätte.«

Neue Tränen rannen ihr über die Wangen, die sie mit einem Papiertaschentuch wegtupfte.

»Warum haben Sie niemandem von Ihrem Verdacht gegen Anne Rebmann erzählt?«, fragte Viktoria, als sich Maren Fiedler etwas beruhigt hatte.

»Es hieß, Carl sei von einem Juwelendieb erschlagen worden. Erst gestern, als der nette Kommissar von der Polizei da war und mir erzählt hat, jemand anders könne ihn getötet haben, musste ich sofort an Anne denken. Diese skrupellose Frau hat ihn auf dem Gewissen.«

»Hauptkommissar Melzner war hier?«

Viktoria runzelte überrascht die Stirn. Sie hatte sich meiner Einschätzung, Melzner sei gar nicht so verkehrt, bisher nicht anschließen wollen.

»Ja, ich glaube das war sein Name. Er hat mir erzählt, es sei ein Anschlag auf eine Zeugin verübt worden, genau wie bei Carl. Wäre er damals zur Polizei gegangen, würde er vielleicht leben.« Sie schluchzte auf.

»Es wurde ein Anschlag auf Carl Rebmann verübt?«, fragte ich erstaunt. »Wann?«

»Etwa zwei Wochen vor seinem Tod, kurz nachdem er Anne um die Scheidung gebeten hatte. Damals dachten wir, es wäre ein Versehen gewesen. Ein Auto hätte ihn beinah überfahren, wenn er nicht zur Seite gesprungen wäre. Er dachte, es wäre ein Betrunkener gewesen. An einen Mordanschlag hat keiner von uns gedacht. Aber nach allem, was ich jetzt weiß, bin ich sicher, dass Anne Rebmann einen Mörder bezahlt hat, Carl umzubringen.«

Das waren ja interessante Neuigkeiten.

»Was war das für ein Auto?«

»Carl kannte sich mit Antiquitäten aus. Autos interessierten ihn nicht. Er sprach von einem weißen Auto.«

Viktoria und ich sahen uns bedeutungsvoll an.

»Konnte er den Fahrer erkennen?«

»Nein. Es war dunkel und es ging alles sehr schnell. – Ach, warum bin ich nicht eher darauf gekommen, dass das Absicht gewesen sein könnte. Aber wer denkt denn, dass eine geldgierige Frau so weit gehen würde, ihren eigenen Mann zu töten?«

Sie weinte leise vor sich hin. Sie schien sich mit Selbstvorwürfen zu quälen, weil es ihr nicht gelungen war, Carl Rebmanns Tod zu verhindern.

»Sie sagten vorhin, Anne Rebmann hätte Ihren Mann betrogen. Wissen Sie zufällig, mit wem?«, versuchte Viktoria behutsam mehr über Anne Rebmann zu erfahren.

»Carl meinte, sie hätte einen festen Liebhaber und war am Überlegen, ob er einen Privatdetektiv einschalten sollte. Aber sein Sohn meinte, das sei herausgeworfenes Geld. Heutzutage würde die Schuldfrage bei einer Scheidung keine Rolle mehr spielen, und wegen der Gütertrennung hätte Anne in einem Scheidungsverfahren keine Ansprüche an Carl stellen können.«

»Hat er trotzdem einen Privatdetektiv beauftragt?«

»Nein, das hätte er mir erzählt.«

»Haben Sie zufällig einen dieser beiden Männer irgendwann mit Anne Rebmann zusammen gesehen?«

Viktoria reichte ihr die Fotos vom Lockenkopf und von Björn, die ich vor unserer Abfahrt eingesteckt hatte. Maren Fiedler betrachtete sie eingehend.

»Den kenne ich nicht.«

Sie deutete auf den bärtigen Lockenkopf.

»Aber der hier kommt mir bekannt vor.« Sie starrte auf Björn, schüttelte dann den Kopf. »Ich kann mich nicht erinnern, wo ich ihn gesehen haben könnte.«

Als wir draußen waren, tippte sich Viktoria ärgerlich mit dem Finger gegen die Stirn.

»Warum habe ich nicht gleich daran gedacht, Anne Rebmann zu verdächtigen? Mist! In Dutzenden von Krimis sind es Familienangehörige gewesen, die die Morde verübt oder in Auftrag gegeben haben, und ich

komme nicht auf das Naheliegende. Da kann man sich doch echt selbst in den Arsch treten.«
»Das kann man auch weniger ordinär ausdrücken«, fühlte ich mich bemüßigt die Erzieherin herauszukehren.
»Reg mich nicht auf, Sam. Ich rede, wie ich es will. Erzieh deine Gören, aber nicht mich. Wie stehe ich denn vor Melzner da? Ein älterer Mann heiratet eine jüngere Frau, die klassische Kombination für einen Mord aus Habgier. Wie konnte mir das entgehen?«
»Wir sind anfangs alle von einem Raubmord ausgegangen.«
»Anfangs, ja. Aber spätestens, als ich von Ramirez Unschuld überzeugt war, hätte ich auf sie kommen müssen. Denk nach, Sam. Wenn Anne Rebmann nicht so lange wegen des kleinen Kratzers an der Standuhr im Vitrinenzimmer lamentiert hätte, hätte eine von uns den Mörder sehen können. Bestimmt hat sie den Kratzer selbst gemacht, damit sie einen Grund hatte, uns abzulenken. Jetzt fällt mir ein, wie sie dauernd zum Zifferblatt der Uhr hochgesehen hat. Bestimmt hatte sie mit dem Mörder eine Zeit vereinbart, wie lange sie uns aufhalten sollte. Sie ist hundertprozentig die Komplizin des Mörders. Ich teile Maren Fiedlers Meinung.«
»Könnte Anne Rebmann es allein getan haben? Sie ist größer als wir beide«, gab ich zu bedenken.
»Nein, das ist unmöglich. Ich war in der fraglichen Zeit mit ihr zusammen. Sie wäre nicht gewieft genug, sich einen derart raffinierten Plan auszudenken. Auf sie trifft eher das Bild vom langbeinigen, blonden Dummchen zu, das den Männern die Köpfe verdreht. Sie muss einen Mann aufgestachelt haben, sich einen

Mordplan auszudenken und auszuführen. Sie hat es nie und nimmer allein getan. Außerdem wurde Ramirez von einem Mann angerufen.«
»Glaubst du der Geliebte von Anne Rebmann, den Maren Fiedler erwähnte, könnte der Mörder sein?«, überlegte ich.
»Ja, das vermute ich.«
»Aber wer könnte ihr Geliebter sein? Der Lockenkopf?«
Viktoria schüttelte den Kopf.
»Das glaube ich nicht. Der ist nicht ihr Typ. Sie bevorzugt Männer mit Charisma, die nach außen hin etwas darstellen. Nach den Bildern und deinen Beschreibungen zu urteilen, ist der Lockenkopf höchstens ein Handlanger für sie. Außerdem war er nicht in der Auktion. – Nein, ich tippe auf einen anderen Mann.«
»Und auf wen?«, fragte ich gespannt.
Viktoria schaute mich mitleidig an.
»Na, auf wen wohl? Wer ist denn bei der letzten Auktion in Anne Rebmanns Ausschnitt versunken?«
Björn!

19

»Wir fahren jetzt zu Raimund Rebmann. Sein Haus liegt direkt neben dem seines Vaters. Vielleicht weiß er etwas über eine Beziehung zwischen Anne und Björn.«

Unweit des Schlosses, hinter hohen, weißen Mauern versteckt, lagen die Bungalows der Rebmanns durch vier Garagen voneinander getrennt. So viel konnte ich zumindest durch das große Tor erkennen. Viktoria klingelte. Wenig später ertönte durch eine Sprechanlage die Frage, wer dort sei.

»Ich bin's, Viktoria!«

Augenblicklich öffnete sich das Portal. Über einen Plattenweg, der mit Rosenbüschen eingefasst war, erreichten wir den Eingang des rechten, weiß verklinkerten Bungalows. An der weiß gestrichenen Eingangstür zeugte ein geschwungener, vergoldeter Griff in Form eines Löwenkopfes von der Wohlhabenheit der Anwohner. Raimund Rebmann öffnete uns höchstpersönlich. Diesmal trug er keinen dunklen Anzug, sondern eine beige Sommerhose mit einem farblich darauf abgestimmten Hemd, das er etwas aufgeknöpft trug. Seine feucht glänzenden, braunen Haare, die er glatt nach hinten gekämmt hatte, offenbarten erste Geheimratsecken. Heute zierte eine goldumrandete Brille sein scharf geschnittenes Gesicht, das die Ähnlichkeit zu seinem Vater nicht verleugnen konnte.

»Warum hast du nicht angerufen, Viktoria? Ich habe keine Zeit. Ich muss gleich weg.« Während er mit ihr sprach, ruhte sein Blick auf mir.

»Schön, Sie wieder zu sehen, Frau Martin. Ich hatte gehofft, wir hätten während der Auktion ein wenig

plaudern können, aber leider waren Sie auf einmal verschwunden. – Was kann ich heute für Sie tun?«
»Äh.«
Mehr wusste ich nicht zu sagen. Warum hatte mich Viktoria bloß mitgeschleppt. Diesem gut aussehenden, Erfolg gewohnten Mann Fragen über den Tod seines Vaters zu stellen, war mir peinlich.
»Falls du nachdenkst, wie du meine Freundin in dein Schlafzimmer bekommst, vergiss es. Sie ist im Gegensatz zu mir eine durch und durch moralische Person. – Lass uns rein. Die paar Minuten wirst du erübrigen können.«
Ohne seine Antwort abzuwarten, ging sie forsch an ihm vorbei in sein Haus. Ich stand verwirrt und unschlüssig draußen und schämte mich zum x-ten Mal wegen Viktoria. Gleichzeitig drängte sich mir der Gedanke auf, Viktoria könne mit ihm eine Affäre haben. Glauben mochte ich das nicht. Ein Mann wie Raimund Rebmann würde sich kaum mit einer älteren Frau einlassen. Oder doch?
»Kommen Sie herein, Frau Martin und nehmen Sie Viktoria nicht ernst. Sie übertreibt manchmal ein wenig«, lächelnd trat er zur Seite und ließ mich eintreten.
Eine moderne Ledercouch mit Stahlrohrrahmen, vor der ein mit Intarsien verzierter Holztisch stand, luden zwar zu einem Gespräch ein, aber dem Raum fehlte die Gemütlichkeit eines richtigen Wohnzimmers.
»Nehmen Sie bitte Platz, Frau Martin. Kann ich Ihnen etwas anbieten? Was ist mit dir, Viktoria?«
Einladend öffnete er die Schranktür einer verschnörkelten Anrichte, hinter der sich ein gefüllter Kühlschrank befand.
»Danke, nein. Kommen wir gleich zur Sache «, ergriff

Viktoria das Wort. »Es geht um deinem Vater.«
»Und?«
Er setzte sich, griff mit einer souverän wirkenden Handbewegung in die Brusttasche seines Hemdes und holte ein Päckchen Zigaretten heraus.
»Rauchen Sie?«
Großzügig hielt er mir die Schachtel hin.
»Sam raucht nicht. Du weißt, wie ich darüber denke. Wer sein Leben liebt, sollte es sich nicht durch ätzende Glimmstängel versauen.«
Viktoria hatte einen ärgerlichen Unterton. Er ließ sich nicht beeindrucken und steckte sich eine Zigarette an, deren ersten Zug er tief inhalierte. Während er den Rauch durch die Nasenflügel ausblies, setzte er sich entspannt zurück.
»Kannst du zur Sache kommen?« Er blickte auffällig zur Uhr.
»Ja, ja, ich beeil mich. Wartet wohl 'ne kleine Mieze auf dich, was?«
Irrte ich mich, oder schwang Eifersucht in ihrer Stimme mit?
»Wusstest du, dass dein Vater ein Verhältnis mit Maren Fiedler hatte und sie heiraten wollte?«
»Ja.« Er zog an seiner Zigarette und verengte seine Augen, als er den Qualm ausstieß. »Solange ich denken kann, hatte mein Vater Affären. Er war eben ein Mann. Aber deswegen hätte er sich nicht scheiden lassen.«
»Diesmal schien es ihm ernst gewesen zu sein. Er hatte seine Lebensversicherung auf Maren Fiedler umgeschrieben.«
»Zeitweilig hat er sich wie ein Narr benommen. Meiner Meinung nach hat er sie damit geködert, ein

Schachzug, um aus mir unbegreiflichen Gründen die Gefühle dieser Frau zu gewinnen. Er spielte mitunter solche Spiele, wenn er etwas erreichen wollte. Es kann nie seine Absicht gewesen sein, es bei der Umschreibung zu belassen.«

»Maren Fiedler sagte, sie hätte erst nach seinem Tod von der Lebensversicherung zu ihren Gunsten erfahren«, rutschte es mir heraus.

»Nicht alle Menschen sagen die Wahrheit.«

Er nahm einen weiteren Zug seiner Zigarette und grinste süffisant. »Es wundert mich allerdings, Frau Martin, dass eine intelligente Frau wie Sie, sich als Hobbydetektivin betätigt.«

Das saß! Ich schwieg eingeschüchtert.

Viktoria grinste nur zurück. »Gerade, weil sie intelligent ist, tut sie es. – Seit wann wusstest du von der Änderung der Lebensversicherung.«

»Ich habe es erst nach seinem Tod erfahren. Anne hat die Änderung der Lebensversicherung übrigens angefochten. Ihr Anwalt meint, sie hätte gute Chancen vor Gericht zu gewinnen.«

»Sicher meint das ihr Anwalt. Er verdient in jedem Fall«, äußerte sich Viktoria sarkastisch. »Wusstest du, dass Anne einen Liebhaber hat?«

Erstaunt sah er sie an. Die Asche seiner Zigarette brannte zu lang und fiel auf seine Hose. Er bemerkte es nicht.

»Anne hatte einen Liebhaber? Wen denn?«

»Das wollte ich von dir hören«, meinte Viktoria und nahm ihm die Zigarette ab, um sie im Aschenbecher auszudrücken.

»Rauchen macht impotent! Habe ich dir das schon gesagt?«

»Ja, Dutzende von Malen«, erwiderte er mit verstimmten Unterton und holte eine neue Zigarette aus dem Päckchen. »Du weißt, wie ich es hasse, mich bevormunden zu lassen. – Nun sag, was weißt du?«
»Nichts. Deshalb bin ich hier. Kennst du zufällig diesen Mann?«
Viktoria zeigte ihm das Foto des bärtigen Lockenkopfes. Überlegend sah er sich das Bild an.
»Der Mann kommt mir bekannt vor. Könnte ein Kunde sein. Wer ist das?«
»Das wissen wir nicht. Könnte er Annes Geliebter sein?«
»Tut mir leid, das weiß ich nicht.«
Rebmann zündete sich die nächste Zigarette an.
»Und was ist mit Björn Schneider? Den kennst du. Könnte er Annes Geliebter sein?«
»Björn Schneider?«
Nachdenklich blickte er aus dem Fenster. »Fährt er zufällig einen silbergrauen Audi? Den habe ich hier parken sehen.«
Viktoria warf mir einen triumphierenden Blick zu, bevor sie sich weiter ihrer Befragung widmete.
»Wann?«
»Letzten Sonntag am frühen Nachmittag. Ich kann mich deshalb daran erinnern, weil der Wagen halb vor meiner Ausfahrt parkte, als ich zu einem Kunden wollte.«
Ich schnappte innerlich nach Luft. Björn war nachmittags bei Anne Rebmann gewesen. Das hatte er mir nicht erzählt. Ich konnte mir denken, warum.
»Weißt du, wie lange er geblieben ist?«
»Nein. Ich bin weggefahren und erst spät in der Nacht zurückgekommen. Da war er nicht mehr hier. Selbst

wenn er ein Verhältnis mit Anne hätte, warum interessiert dich das?«
Viktoria zuckte mit den Schultern. »Nur so. Wir haben dich lange genug aufgehalten. Falls dir einfallen sollte, wer der Lockenkopf ist, ruf mich an.«
Sie erhob sich.
»Komm, Sam, da wir gerade hier sind, können wir Anne gleich einen Besuch abstatten.«
»Da werdet Ihr kein Glück haben. Ich habe Anne vorhin wegfahren sehen«, meinte Raimund Rebmann bedauernd.
»Schade, dann besuchen wir sie morgen.«
Ich fand das nicht im Mindesten schade. Ich wollte nur nach Hause, mich in mein Bett legen und ausheulen.

»Das hast du dir gedacht, Trübsal zu blasen.«
Viktoria quartierte sich mit ihrer typischen Selbstverständlichkeit bei mir ein.
»Ich werde dich nicht alleine lassen. Du brauchst jetzt eine Freundin. Glaub mir, die wenigsten Männer sind eine Träne wert.«
Insgeheim war ich froh, Viktoria hier zu haben. Mit zunehmender Dunkelheit kehrte meine Angst zurück. Es waren fremde Menschen in meiner Wohnung gewesen und hatten sie verwüstet. Wer weiß, ob sie nicht zurückkamen, um mich umzubringen? Und wer weiß, ob es nicht sogar Björn war, der hinter allem steckte?
Viktoria und ich ließen uns Pizzas von einem Bringdienst liefern und aßen gemütlich. Kaum waren wir mit Essen fertig, klingelte Gunter Melzner und drängte sich in meinen Flur.
»Wo sind Sie gewesen, Frau Martin?«, bellte er mich an.

Viktoria gesellte sich zu uns und Melzner verzog sofort sein Gesicht.
»Das hätte ich mir denken können, Sie hier zu sehen, Frau von Langen. – Sind Sie dieser verrückte Motorradfahrer gewesen, mit dem Frau Martin weggefahren ist? Björn sagte, Sie besäßen einen Motorradführerschein.«
»Ja und? Was ist so schlimm, wenn eine Frau Motorrad fährt?«, fragte Viktoria scheinheilig.
»Gar nichts, solange sie nicht wie eine Irre durch Hannover jagt und Polizisten abhängt, die zum Personenschutz abgestellt sind. Mein Kollege hat allein in den dreizehn Minuten, die er Ihnen hatte folgen können, drei Verstöße gegen die Straßenverkehrsordnung gezählt. – Frau von Langen, es reicht mir. Richten Sie sich auf einen Strafzettel für die Verkehrsverstöße ein und auf eine Anzeige wegen Behinderung der Polizeiarbeit. Sie haben eine wichtige Zeugin in Lebensgefahr gebracht.«
Er schien Viktoria am liebsten sofort hinter Gitter stecken zu wollen.
»Und du hast mir gesagt, er wäre nett. Dabei ist er ein mieser Scheißer.«
Viktoria war keinesfalls gewillt, Melzners Rügen kleinlaut einzustecken.
»Reden Sie ruhig weiter. Eine Anzeige wegen Beleidigung eines Polizisten rundet die Sache ab.«
Melzners Grinsen sah wie ein Zähnefletschen aus.
Einen Augenblick sah es aus, als würde Viktoria ihm Kontra geben, dann besann sie sich.
»Wir haben Ihnen ein bisschen Arbeit abgenommen. Nach unseren Erkenntnissen könnte Anne Rebmann die Komplizin und Geliebte des Mörders sein.«

Es bereitete Viktoria ein sichtliches Vergnügen, Melzner unsere neuesten Ergebnisse unter die Nase zu reiben.
»So, so. Darf ich fragen, wie Sie auf diese Idee gekommen sind?«
»Wir waren bei Maren Fiedler.«
»Hm und weiter? Wer denken Sie, hat Carl Rebmann umgebracht? Auch Anne Rebmann? Oder gar Maren Fiedler, weil sie von Rebmanns Lebensversicherung überraschend profitiert hat?« Er sah uns erwartungsvoll an.
»Ihr Freund Björn Schneider ist der Mörder. Wir waren bei Raimund Rebmann. Der hat Schneiders Wagen am Sonntagnachmittag, bevor der Anschlag auf Sam verübt wurde, vor Annes Haus parken sehen. Und dass Schneider Carl Rebmann umgebracht haben könnte, werden Sie kaum abstreiten wollen. Es gibt genug Indizien, die gegen ihn sprechen.«
»Was sagen Sie dazu, Frau Martin?«
Melzner wandte sich an mich. »Sind Sie ebenfalls dieser Meinung?«
Ich zuckte die Schultern. »Ich weiß nicht mehr, was stimmt. Einerseits denke ich, Björn könnte es gewesen sein, andererseits kann ich es mir nicht vorstellen. Aber das ist egal. Ich will nichts mehr mit Björn zu tun haben. Soll er mit Anne Rebmann machen, was er will.«
Ganz klar sprach Eifersucht aus meinen Worten.
»Hm, in der Regel pflege ich Zeugen keine Ermittlungsergebnisse mitzuteilen. In diesem Fall erscheint es mir ratsam, eine Ausnahme zu machen, damit Sie begreifen, dass Sie sich beide unter keinen Umständen ...«, er hob bekräftigend seine Stimme, »... weiter ein-

mischen. Die Hinweise, die für eine Mittäterschaft von Anne Rebmann sprechen, verdichten sich tatsächlich mehr und mehr. Ich denke, wir stehen kurz vor dem Abschluss des Mordfalls. Eine weitere Einmischung durch Sie, könnte alles zunichtemachen. Außerdem schwebt Frau Martin meiner Meinung nach in Lebensgefahr, wie der Anschlag beweist. Wenn Ihnen das Leben Ihrer Freundin etwas wert ist, Frau von Langen ...«, er wandte sich eindringlich an sie, »... sorgen Sie dafür, dass mein Kollege, der Posten vor dem Haus bezogen hat, sie nicht aus den Augen verliert. – Ja, ich denke, es wäre sogar gut, wenn sie zur Sicherheit die Nacht bei ihr bleiben könnten.«
Viktoria lächelte. »Sieh an, Sie können sogar vernünftig reden. Warum nicht gleich so? Ich wollte sowieso bei Sam übernachten. Und wir werden nichts mehr in dieser Sache unternehmen. Das verspreche ich Ihnen.«
»Wirklich?« Melzner beäugte sie misstrauisch.
»Wenn ich das sage, können Sie sich auf mich verlassen. Es ging mir nur darum, den wahren Mörder einer gerechten Strafe zuzuführen. – Sind Sie eigentlich verheiratet oder in festen Händen?«
Viktoria schaute dem Kommissar beim letzten Satz unverfroren auf seine Hose.
»Ich stelle hier die Fragen«, erwiderte er knapp und verabschiedete sich eilig.
»Viktoria, du bist unmöglich.«
»Wieso? Ich gebe zu, er ist nicht gerade ein Adonis, aber interessieren würd's mich schon, wie dieser Bullerkopf ohne Hose aussieht. Meinst du, er kriegt ihn überhaupt hoch, immerhin ist er fast fünfzig. Da schaffen es manche nicht mehr.«
»Kannst du nie an etwas anderes denken?«

»Wieso? Das ist die natürlichste Sache der Welt. Sag mir lieber, warum du so verklemmt bist. Ist das der neue Trend bei euch jungen Hüpfern?«
Ich kapitulierte. »Das ist meine Sache und ich habe keine Lust mir dir zu diskutieren. Falls du einen anregenden Film benötigen solltest, irgendwo liegt die Dschungelbuch-DVD, die du deinem ahnungslosen Söhnchen untergejubelt hast. Amüsier dich damit.«
»Habt ihr es euch zusammen angesehen?«, fragte sie gespannt.
»Nein. Olli war das sehr peinlich. – Und nun gute Nacht.«
»Schade, ich hätte nichts dagegen, wenn du und Olli ...«
Ich hörte ihr nicht mehr zu und schlich mich ins Bett. Für heute hatte ich genug.

Zweiundzwanzig Paar Kinderaugen verfolgten am nächsten Nachmittag gebannt, wie ich ihnen aus dem Kindergartenkrimi vom bösen Räuber Hotzenplotz vorlas, der Kasperls und Seppels Großmutter die Kaffeemühle gestohlen hatte. Gerade wollten die beiden den Räuber mit einer Kiste Sand überlisten, auf die sie in großen Buchstaben ›Gold‹ gemalt hatten, als Björn die Tür zu meinem Gruppenraum leise öffnete. Er nahm sich einen Kinderstuhl, setzte sich zwischen die Kinder und lächelte mich an. Ein kleines Mädchen, das ihn vom letzten Mal wiedererkannte, schlich sich auf seinen Schoß und kuschelte sich einen Daumen im Mund an ihn. Er strich ihr väterlich über die Haare. Auch Tönnchen zeigte ihm unverhohlen ihre Zuneigung. Beim Herausgehen schenkte sie ihm einen Lolli. Wenn es stimmte, dass Kinder einen Instinkt für vertrauenswürdige Menschen hatten, konnte Björn kein kaltblütiger Mörder sein.

Als alle Kinder abgeholt worden waren und ich mir meine Jacke anzog, gab er mir den Lolli. »Hier, ich mag die Dinger nicht.«

»Warum warst du am Sonntagnachmittag bei Anne Rebmann?«, fragte ich ihn, als wir draußen waren und ich die Kindergartentür abschloss.

Er zuckte zusammen. Schließlich blickte er mir tief in die Augen.

»Sie hatte mich eingeladen und ich erhoffte mir, von ihr etwas über den Mord zu erfahren, was mir weiterhelfen konnte.«

»Du wolltest also zwei Fliegen mit einer Klappe schlagen, so wie deine dritte Frau, die mit Männern geschlafen hat, wenn es dem Fall diente.«

Mein Zynismus kannte keine Grenzen.

»Ich habe nicht mit Anne Rebmann geschlafen. Sie ist zwar eine attraktive Frau, aber sie bekam einen Anruf und hatte es eilig mich loszuwerden.«

Er strich mir zärtlich eine Haarsträhne aus meinem Gesicht. »Ich habe mich heute extra beeilt, schnell bei dir zu sein. Leider konnte ich Gunter nicht erreichen.«

Wie auf Kommando kam Gunter Melzner mit zwei Beamten auf uns zu. Rüde trennte er mich von Björn, während die Beamten Björn umringten. Blitzschnell ergriff einer seinen Arm. Ich sah das Blinken einer Handschelle in der Sonne, die um Björns Handgelenk gelegt wurde. Der andere Polizist taste Björn eilig ab.

»Er ist unbewaffnet.«

»Was soll das Gunter?« Björn starrte ihn entsetzt an.

»Ich muss dich leider wegen des Mordes an Carl Rebmann verhaften.«

20

»Warum haben Sie Björn verhaften lassen?«, fragte ich Hauptkommissar Melzner später in seinem Büro, nachdem er Björn verhört hatte.
»Die Beweislast ist erdrückend. Ich konnte nicht anders handeln«, rechtfertigte sich Melzner.
»Er ist nicht der Mörder von Carl Rebmann.«
»Gestern haben Sie mir erzählt, sie wüssten es nicht.«
»Aber jetzt weiß ich es. Die Kinder mögen ihn«, wandte ich ein.
»Was glauben Sie, wie viele Mörder gut mit Kindern umgehen können?«, fiel er mir grob ins Wort. »Es fällt mir genauso schwer an seine Schuld zu glauben, wie Ihnen. Aber ich komme nicht an den Tatsachen vorbei.«
»An was für Tatsachen? Warum haben Sie nicht Anne Rebmann festnehmen lassen? Sie sagten gestern selbst, sie könnte in den Fall verwickelt sein.«
»Anne Rebmann ist tot.«
Ich schluckte. Noch vor kurzem hatte ich diese Frau eifersüchtig verflucht und nun gab es sie nicht mehr. Das schockierte mich zutiefst.
»Wie ist das passiert?«, fragte ich erschüttert.
»Sie hat gestern Abend ein starkes Schlafmittel genommen und sich die Pulsadern aufgeschnitten. Ihre Haushälterin hat sie heute Morgen tot auf ihrem Bett aufgefunden.«
Selbstmord? Anne Rebmann hatte auf mich nicht den Eindruck gemacht, lebensmüde zu sein, eher das Gegenteil. Andererseits, wer konnte auf den ersten Blick sagen, ob ein Mensch suizidgefährdet war?
Erklärend fuhr Melzner fort: »Wir haben einen Ab-

schiedsbrief mit ihrer Unterschrift gefunden. Darin gesteht sie den Mord.«
Er reichte mir die Kopie des Briefes, der offenbar mit einem Drucker ausgedruckt worden war. Unter den Zeilen, befand sich eine kaum leserliche Unterschrift, die ich mit Mühe als »Anne Rebmann« entziffern konnte. Ich las:
»Ich kann nicht länger mit der Schuld leben, für Carls Tod verantwortlich zu sein. Ich habe Björn Schneider geliebt und ihm vertraut. Nur deshalb habe ich mich auf seinen Mordplan eingelassen. Ich dachte, dies sei die einzige Möglichkeit, von Carl loszukommen. Jetzt weiß ich, es war falsch. Björn wollte das Geld aus Carls Lebensversicherung. Mich hat er nie geliebt. Stattdessen hat er sich am Sonntag von mir getrennt. Ich sei zu nichts zu gebrauchen, hat er gesagt. Diese Sandra Martin wäre viel cleverer als ich. Aber der habe ich es gezeigt. Die wird Wochen brauchen, ihre Wohnung herzurichten. Und nun ist Björn an der Reihe. Möge er im Gefängnis verschimmeln.«
Verstört ließ ich den Brief sinken und versuchte meine Gedanken zu ordnen. Ich wurde das dumpfe Gefühl nicht los, dass irgendetwas nicht stimmte.
»Falls es sie tröstet, Frau Martin, ich hätte Björn auch nicht für den Mörder gehalten. Es ist nicht leicht, einen Freund festnehmen zu müssen.«
Melzner klang bedrückt.
»Und wenn Anne Rebmann in ihrem Brief gelogen hat? Vielleicht ist der Brief ist eine Fälschung. Vielleicht ist der bärtige Lockenkopf der Mörder und er hat ihn geschrieben.«
Melzner schüttelte bedauernd den Kopf.
»Wir haben in Anne Rebmanns Adressbuch die Karte

einer Privatdetektei gefunden. Einer der beiden Detektive ist der Lockenkopf, wie Sie ihn nennen. Ich habe mit ihm gesprochen. Er und sein Partner sind von Anne Rebmann engagiert worden, Sie zu beschatten. Das erste Mal rief sie am Abend nach dem Mord an. Sonntag und Montag hat der Lockenkopf Sie beobachtet. Dienstag sagte Anne Rebmann ihm, die Sache hätte sich erledigt. Nach der letzten Auktion erhielt er erneut den Auftrag, Ihnen auf den Fersen zu bleiben. Das hat sein Partner übernommen. Deshalb haben sie es wahrscheinlich nicht bemerkt. Vergangenen Samstag hat sich wieder der Lockenkopf um sie gekümmert. Nach der Geschichte im Kindergarten hat er Anne Rebmann erbost angerufen und um eine Erklärung gebeten. Eine Stunde später hat sie ihm aufgetragen, Sie vorerst nicht mehr zu beschatten. Das deutet auf einen Partner hin, mit dem sie sich abgesprochen hat.«

»Und Sie meinen, das wäre Björn gewesen?«

»Das wäre logisch. Interessanterweise hat sie sich Sonntagabend nach dem Anschlag auf Sie, erneut an den Detektiv gewandt. Er sollte Sie in der Nacht ein weiteres Mal beobachten.«

»Mit anderen Worten, Anne und der Mörder wollten keinen unliebsamen Zeugen, während der Anschlag auf mich verübt wurde.«

»Sie denken gut mit, Frau Martin«, lobte mich Melzner. »Ich vermute, Anne Rebmann könnte in ihrer Eifersucht versucht haben, Sie umzubringen. Wie der Brief und die Aussage des Detektivs beweisen, hat sie Ihre Wohnung verwüstet. Er hat ausgesagt, es sei angeblich Anne Rebmanns Wohnung gewesen, in der sie Sie als gute Freundin hat wohnen lassen. Sie hätte einen Schlüssel gehabt. In der Wohnung sei sie völlig

ausgerastet und hätte Ihre Einrichtung verwüstet. Der Detektiv will versucht haben, sie daran zu hindern, doch hätte sie ihn mit einem Tritt in den Unterleib außer Gefecht gesetzt. Vermutlich lügt er in diesen Punkten, weil er seine Lizenz nicht verlieren will. Nachdem es ihr nicht gelungen war, Sie zu töten, wollte sie sich auf diese Weise rächen.«
»Der Wagen ist nicht von einer Frau gesteuert worden. Da bin ich mir vollkommen sicher.«
»Wir haben in ihrer Garage einen auf sie zugelassenen weißen, beschädigten Mercedes sichergestellt. Er hatte ein ähnliches Nummernschild, wie das von Ihnen notierte Kennzeichen. Mit schwarzen Klebestreifen wurde es verfälscht. Wir haben Reste davon gefunden. Spätestens übermorgen werden wir genau wissen, ob der Wagen für den Mordanschlag auf Sie verwendet wurde. Wenn nicht Anne Rebmann den Wagen gesteuert hat, muss es Björn gewesen sein«, stellte Melzner mit Bedauern fest.
»Björn?«, fragte ich voller Entsetzen. »Das glaube ich nicht.«
»Er hat für die Zeit des Anschlages kein Alibi, Frau Martin.«
Ich dachte an die Augen, die mich hasserfüllt aus den Schlitzen der schwarzen Mütze angestarrt hatten. Nein, das war nicht Björn gewesen. Niemals!
»Warum sollte er mich umbringen wollen? Das wäre unlogisch, wenn Anne Rebmann behauptet, er hätte mit ihr meinetwegen Schluss gemacht«, trumpfte ich auf.
Melzner rutschte unbehaglich auf seinem Schreibtischstuhl herum.
»Er könnte versucht haben, Sie und Anne Rebmann

gleichzeitig loszuwerden. Da er wusste, wie labil Anne Rebmann war, hoffte er, sie würde sich selbst richten, wenn er ihre Beziehung Ihretwegen beendete. Bei Ihnen sah er nur die Möglichkeit, Sie selbst zum Schweigen zu bringen.«

»Trauen Sie ihm ernsthaft derartig durchtriebene Gemeinheiten zu?«

»Der Mord an Carl Rebmann und die Idee, es Ramirez in die Schuhe zu schieben, war nicht weniger gemein.«

Da hatte er Recht. Trotzdem weigerte ich mich, Björn für derart skrupellos zu halten.

»Und was ist mit dem Detektiv? Könnte er der Mörder sein? Anne könnte ihn dafür bezahlt haben.«

»Leider nicht. Er war zu den Tatzeiten mit seiner Freundin zusammen. Auch sein Partner scheidet als Mordverdächtiger aus. Das haben wir sorgfältig recherchiert.«

»Aber warum hat Anne Rebmann überhaupt eine Detektei engagiert? Was wollte sie von mir? Kurz nach dem Mord an Rebmann kannte ich Björn nicht.«

»Sie hat dem Detektiv keinen Grund genannt. Ich vermute, Björn und sie waren irritiert, weil Sie Carl Rebmann so schnell gefunden haben und Björn zudem hätten identifizieren können. Was Sie ja ein paar Tage später getan haben.«

»Und was ist, wenn Anne Rebmann gelogen hat und Björn kein Verhältnis mit ihr hatte? Gibt es außer ihrem Brief irgendwelche Beweise dafür?«

Eigentlich war diese Frage überflüssig, nach allem, was Viktoria und ich herausgefunden hatten. Wahrscheinlich wollte ich mich nicht damit abfinden, wieder von einem Mann betrogen worden zu sein, in den ich mich verliebt hatte.

Melzner schüttelte den Kopf. »Sie scheint im Angesicht des Todes die Wahrheit geschrieben zu haben. Der Computer, auf dem sie den Brief geschrieben hat, war eingeschaltet. Der Stift mit dem sie unterschrieben hat, lag auf dem Nachttisch. Und wir haben Björns Zahnbürste in ihrem Badezimmer gefunden.«
Ich nickte resignierend. Es wurde langsam Zeit, den Tatsachen endgültig ins Auge zu sehen.
»Verstehe. Und wahrscheinlich war ihr Bungalow mit seinen Fingerabdrücken übersät.«
»Nein. Die Haushälterin ist leider supergründlich. Lediglich an einer Tierfigur in einer der Vitrinen fanden sich noch Björns Fingerabdrücke.«
In meinem Kopf schwirrte alles durcheinander. Mir hatte Björn erzählt, zwischen Anne Rebmann und ihm sei nichts gewesen. Aber untreue, ertappte Männer leugneten sowieso. Das hatte mein Ex-Mann ebenso gemacht. Und hatte ich Björn nicht von Anfang an misstraut? Warum sollte er also nicht der Mörder von Carl Rebmann sein, zumal sich alles passend zusammengefügt hatte?
»Ob es Ihnen und mir gefällt, oder nicht«, fuhr Melzner fort, »Björn ist nicht der Mensch für den wir ihn gehalten haben. Er hat uns, fürchte ich, beide benutzt.«

Nach meinem Besuch bei Melzner im Garbsener Polizeirevier fuhr ich deprimiert mit Bus und Straßenbahn in Richtung City, um von dort zu mir nach Hause zu gelangen. Während ich trübsinnigen Gedanken hinterher hing, huschten die Häuser der Stadt an mir vorüber. Die Haltestelle der Herrenhäuser Gärten wurde angekündigt. Die königlichen Gärten gehörten zu den Attraktionen Hannovers. Kurfürstin Sophie hatte Ende

des siebzehnten Jahrhunderts den Hofgärtner Martin Charbonnier beauftragt, aus einem kleinen Lustgarten der Familie diesen Garten im barocken Stil anzulegen.
Nicht weit von hier bewohnte Viktoria eine modernisierte Wohnung in einer alten Villa. Ausnahmsweise nahm ich es als Wink des Schicksals und stieg aus. Ich hatte das Gefühl vor Wut und Selbstmitleid zu platzen, wenn ich nicht mit jemanden reden konnte.
»Es tut mir leid, dass ich Recht hatte«, meinte Viktoria mitfühlend, aber mit einem gewissen Stolz in den Augen, nachdem ich von Björn und meinem Besuch bei Melzner berichtet hatte.
Ich zuckte traurig die Schultern und gab mich stark.
»Nicht zu ändern.«
»Ich habe das auch nicht geglaubt«, meinte Olli verständnisvoll.
Er wusch gerade seine Wäsche bei Viktoria, weil seine Waschmaschine keinen Mucks mehr von sich gab.
Viktoria entkorkte eine Flasche Wein.
»Der Fall ist geklärt. Nun sollten wir ihn ad acta legen und uns freuen. Schließlich haben wir geholfen, einen Mörder zu überführen.«
Ein kleiner Schluck zum Herunterspülen meines Kummers könnte nicht schaden, sagte ich mir. Aus dem einen Schluck wurden mehrere und am Ende brauchte ich erneut Ollis Kuschelpulli, damit ich bei Viktoria im Gästezimmer einschlafen konnte. Weil es spät geworden war, schlief Olli auf einem Beistellbett in ihrer Bibliothek. Am nächsten Morgen warf mich Viktoria rigoros um sieben Uhr aus dem Bett.
»Olli braucht seinen Pulli. Er muss jetzt los und deine Kinder warten. Also mach zu.« Sie drückte mir eine eingepackte Zahnbürste, ein Zahnputzglas und ein

Handtuch in die Hand und schleifte mich fast ins Badezimmer.
»Kommst du allein in die Gänge, oder soll ich dich mit kaltem Wasser abduschen?«
»Du bist unfair«, protestierte ich.
Sie lachte. »Damit kannst du mich nicht beeindrucken. Warum trinkst du so viel Wein, wenn du ihn nicht vertragen kannst?«
Das war eine gute Frage. Offenbar entwickelte ich mich langsam zur Kummer-Trinkerin. Vor weit über einem Jahr, als ich meinen Ex-Mann zufällig in Bremens City mit einer anderen Frau Arm in Arm aus einem Teeladen hatte kommen sehen, hatte ich mich das erste Mal mit dem Rum zugeschüttet, der eigentlich als Teezusatz in meiner Küche aufbewahrt wurde. Angesichts meiner Magenbeschwerden und dem schweren Kopf danach, sollte ich mir besser eine Kummerbewältigungsstrategie zulegen, die keine Nebenwirkungen hatte.
Mühsam versuchte ich die Zahnbürste auszupacken. Warum mussten die Hersteller ihre Produkte derart mit Verpackung zukleistern, dass eine Öffnungsaktion unweigerlich zum Fluchen führte? Ich starrte die Zahnbürste feindlich an. Unter meinem Blick verwandelte sich plötzlich ihre Farbe von einem grellen Gelb in einen Blauton. Als Krönung der Verwandlung erschien Björns Namenszug auf dem Griff. Björns Zahnbürste! Das erste Mal war sie mir in seinem Appartement auf La Palma aufgefallen. Er hütete sie wie seinen Augapfel, weil seine Tochter sie ihm geschenkt hatte. Ich erinnerte mich genau, wie er sie Montagmorgen liebevoll in den Behälter in seiner Kulturtasche gepackt hatte. Am Abend, als Björn seine Wa-

schutensilien für seine Dienstreise nach Berlin aus dem großen Kleiderhaufen in meinem Schlafzimmer herausgesucht hatte, war die Zahnbürste nicht auffindbar gewesen. Wir hatten angenommen, sie sei irgendwo in dem Durcheinander bei mir verloren gegangen.
Aber vielleicht lag sie nirgendwo bei mir herum, sondern befand sich jetzt eingetütet unter Melzners Beweismitteln. Anne Rebmann oder der bärtige Lockenkopf hätten sie stehlen und in Annes Badezimmer gestellt haben können. Aber warum hätte sie einer von beiden mitnehmen sollen? Anne Rebmann konnte es nach ihrem Selbstmord nicht mehr erklären. – Selbstmord?
»Bist du eingeschlafen, Sam? Oder geht es dir nicht gut? Ich höre gar nichts von dir«, fragte Viktoria durch die geschlossene Tür.
Jäh fiel mir ein, wie wir Björn mit einem Schlafmittel außer Gefecht gesetzt hatten, um in Ruhe seine Wohnung durchsuchen zu können. Angenommen, jemand, dem Anne Rebmann vertraut hatte, hätte ihr ebenfalls ein Schlafmittel verabreicht. Sie hätte dann nicht bemerken können, wie dieser Jemand ihr die Pulsadern aufschnitt. Das wäre Mord gewesen!
»Sam? Antworte!«
»Ich bin heute Morgen ein bisschen langsam«, erwiderte ich, während ich zu frösteln begann.
Björn das Schlafmittel zu verabreichen war Viktorias Idee gewesen. Hatte sie am Ende etwas mit dem Mord an Carl Rebmann zu tun? – Nein! Rigoros wischte ich diesen Gedanken beiseite. Viktoria war meine Freundin und keine Mörderin.
Es konnte ein Zufall sein, dass jemand eine ähnliche Idee gehabt hatte, Anne Rebmann umzubringen. Je-

mand, der sie für ewig zum Schweigen bringen wollte: Carl Rebmanns Mörder. – Björn? Nein, er wäre kaum so dumm gewesen, den Verdacht durch den Abschiedsbrief und die Zahnbürste auf sich selbst zu lenken. Wenn meine Vermutung zutraf, war der Abschiedsbrief vom Mörder geschrieben und Anne Rebmanns Unterschrift gefälscht worden. Aber wer war dieser Jemand, der Carl Rebmann und aller Wahrscheinlichkeit nach auch Anne ermordet hatte?
Es konnte nur der bärtige Lockenkopf gewesen sein, selbst wenn Melzner anderer Meinung war. Seit dem Mord an Carl Rebmann war er immer wieder aufgetaucht. Er war auch in meiner Wohnung gewesen. Dort hätte er Björns Zahnbürste gestohlen haben können, um seinen perfiden Plan umzusetzen. Wer weiß, was er seiner Freundin für ein falsches Alibi versprochen hatte? Sehr wahrscheinlich war er nicht Annes Geliebter gewesen, sondern gegen Bezahlung von ihr mit dem Mord beauftragt worden. Da Carl überraschend die Lebensversicherung geändert hatte, war sein Honorar geringer ausgefallen. Vielleicht war er mit Anne Rebmann in Streit geraten, und sie hatte ihm gedroht, ihn zu verraten. Das wäre ein Motiv gewesen, seine Auftraggeberin aus dem Weg zu räumen.
Was mich anging, hatte er wahrscheinlich gedacht, ich hätte etwas über ihn herausgefunden. Deshalb hatte er mich beseitigen wollen. Vielleicht stand ich nach wie vor auf seiner Abschussliste und er wartete auf einen günstigen Moment. Jetzt, da Melzner Björn festgenommen hatte, stand ich nicht mehr unter Polizeischutz. Ich musste handeln. Abermals ließ ich mir alle Fakten durch den Kopf gehen. Ein Punkt, weswegen ihn Melzner für unschuldig hielt, war die Tatsache,

dass er am Tag als Rebmann in der Auktion ermordet worden war, nicht von der Überwachungskamera aufgenommen worden war.

»Gibt es unbewachte Nebeneingänge zum Schloss?«, fragte ich Viktoria am Frühstückstisch.

Sie hörte auf ihr Brötchen aufzuschneiden und schaute mich neugierig an. »Warum fragst du?«

Ich teilte ihr von meine Überlegungen mit. Sie schüttelte den Kopf.

»Du willst es nicht wahrhaben, dass Björn der Mörder ist, was? – Aber um deine Frage zu beantworten, nein. Es gibt zwar andere Eingänge, aber die werden während der Auktion ebenfalls überwacht.«

»Aber irgendwie muss der Lockenkopf in die Auktion gelangt sein. Wie ist es mit Fenstern? Könnte er durch ein geöffnetes Fenster hineingekommen sein?«

»Das wäre eher möglich. Aber mir ist keines aufgefallen. Und ich habe auch von den anderen nichts dergleichen gehört.«

»Ob Raimund Rebmann ein offenes Fenster aufgefallen ist?«

Sie runzelte die Stirn. »Raimund? Ich muss gestehen, danach hatte ich ihn nie gefragt. Ich dachte, der Mörder sei durch den Haupteingang gekommen.«

»Dann sollten wir heute Nachmittag bei Raimund Rebmann vorbeifahren.«

»Du hast es aber eilig ihn wiederzusehen. Gefällt er dir etwa?«, grinste sie. »Allerdings muss ich dich warnen. Er ist zwar im Bett nicht übel, aber überragend ist er nicht.«

Also doch! Meine Ahnung hatte mich nicht getrogen. Viktoria hatte ein Verhältnis mit Raimund Rebmann. Ich fragte mich, warum ein gut aussehender Mann in

den Dreißigern sich mit einer über zwanzig Jahre älteren Frau einließ. Aber möglicherweise hatte er eine Art Mutterkomplex. Oder er hatte wie Viktoria nichts gegen ein kleines sexuelles Abenteuer einzuwenden.
»Schockiert?«
»Ich glaube nicht. Seit ich dich kenne, überrascht mich fast nichts mehr.«

»Ich hatte mit dir allein gerechnet, Viktoria«, begrüßte Raimund Rebmann uns erstaunt.
»Sam bleibt nicht lange«, beruhigte ihn Viktoria mit einem Zwinkern in seine Richtung. »Sie verdünnisiert sich, wenn ihre offenen Fragen geklärt sind. Sie hält Björn für unschuldig und glaubt nicht an Annes Selbstmord«, erklärte Viktoria, während sie ihre Motorradjacke aufknöpfte.
»Wie bitte?«
Für einen Moment verlor er sein Lächeln und seine Augen verengten sich zu Schlitzen, bevor er in seiner Hose nach einer Packung Zigaretten suchte.
»Ja, ich habe gleichfalls Zweifel an Sams Idee. Aber sie glaubt felsenfest, dieser Mann hätte deinen Vater und auch Anne ermordet.« Sie holte das Foto vom bärtigen Lockenkopf aus ihrer Jackentasche heraus. »Erinnerst du dich an ihn? Wir haben dir das Bild schon einmal gezeigt. Er ist Detektiv und hat für Anne gearbeitet. Sam hält ihn für den Mörder.«
»Ach«, Raimund zeigte sich mehr daran interessiert, eine Zigarette anzuzünden.
»Ja, ich weiß, du möchtest wegen der Todesfälle in Ruhe gelassen werden. Aber Sam ist meine Freundin. Und was schadet es, ihrer These nachzugehen. Das Problem ist, dass der Detektiv nicht von den Überwa-

chungskameras aufgezeichnet wurde. Ist dir vielleicht ein geöffnetes Fenster aufgefallen?«
»Nein. Die Polizei hat das gleich nach dem Mord an meinem Vater überprüft. Der Mörder muss zum Vordereingang hereingekommen sein. – Tut mir leid, Ihnen nicht weiterhelfen zu können, Frau Martin.«
»Auch die Polizei kann irren«, antwortete Viktoria für mich. »Wenn Sam Recht hat und Anne ermordet worden ist, könnte es in Annes Haus Hinweise auf den wahren Mörder geben. Lass uns rübergehen. Du hast doch einen Schlüssel, Raimund.«
»Was?«, fragten Raimund Rebmann und ich fast gleichzeitig.
Ich war bestürzt. Von einem Besuch in Anne Rebmanns Bungalow war nie die Rede gewesen.
»Schaut mich nicht an. Detektive finden oft wichtige Details, die übersehen worden sind«, behauptete sie. »Außerdem bist du diejenige, Sam, die ihre Zweifel hat. Willst du jetzt kneifen, wo du eine echte Chance hättest, Björn helfen zu können?«
Es war unfair, so zu argumentieren. Was sollte ich jetzt tun?
»Dein Spleen, dich als Hobbydetektivin zu betätigen, ist nervtötend, Viktoria. Es ist makaber, sich den Ort anzusehen, an dem ein Mensch Selbstmord begangen hat.«
»Du glaubst auch an Selbstmord, Raimund?«
»Ja, natürlich. Sie litt unter Depressionen. Aber das wussten nur engste Familienmitglieder.«
»Trotzdem möchte ich mir den Bungalow ansehen. Oder soll ich überall herumerzählen, ein junger Bursche wie du hätte ein Verhältnis mit einer Oma?«
»Wie du willst, Viktoria«, murrte er.

Widerstrebend holte er die Schlüssel und ging voraus. Sein Ärger auf Viktoria war ihm anzumerken. Als Raimund Rebmann den hell verklinkerten Bungalow aufschloss, blieb ich unschlüssig stehen, während Viktoria sofort durch die geöffnete Tür trat.
»Worauf wartest du, Sam?«, fragte sie mich.
»Ich weiß nicht, Viktoria, ich finde es nicht richtig ...«
»Komm schon, Sam«, unterbrach sie mich und hakte mich mütterlich unter, um mich ins Haus zu ziehen. »Tu's für Björn.«
Die Räumlichkeiten waren anders angeordnet, als in Raimund Rebmanns Bungalow. Hier standen wir nach dem Eintreten mitten im Wohnzimmer. Riesige Fensterscheiben, durch die wir bis in den Garten sehen konnten, ließen den Raum größer wirken, als er eigentlich war. Moderne Gemälde mit farbigen Streifen und Quadraten belebten das eintönige Weiß der Wände. Die hellen, modernen Möbel sahen teuer aus und ließen auf den ersten Blick nicht erkennen, dass Carl Rebmann von Berufs wegen mit Antiquitäten gehandelt hatte. Erst hohe gläserne Vitrinen, die geschmackvoll an den Wänden und als Raumteiler aufgestellt waren, offenbarten den Kenner antiquierter Kunstwerke. Wertvoll aussehende Porzellanfiguren, die eindeutig aus vergangenen Jahrhunderten stammten, waren akkurat aufgestellt. Wahrscheinlich war es eine der Figuren gewesen, an der Björn seine Fingerabdrücke hinterlassen hatte.
»Sehr schön«, murmelte ich verlegen, um das eigenartige Schweigen zu brechen, das den Raum zu füllen.
»Und? War's das, Viktoria?«
Raimund Rebmann zog nervös an seiner Zigarette.
»Wo ist das Schlafzimmer?«

Sie schien sich im Gegensatz zu mir nicht im Mindesten unbehaglich zu fühlen.
»Wie kannst du derart sensationsgeil sein?«, meinte er ungehalten.
Mein Verstand hämmerte wie wild auf mich ein, diesen Bungalow umgehend zu verlassen. Wir hatten in diesen fremden Räumen nichts zu suchen. Es nützte nichts. Meine Beine folgten Raimund Rebmann, der uns unwillig durch den Flur, der seitlich vom Wohnraum abzweigte, bis zum Schlafzimmer führte.
Als ich die abgezogenen und zum Trocknen aufgestellten Matratzen auf dem schmiedeeisernen Doppelbett und die riesigen Blutflecken auf dem hellen Teppich sah, spürte ich Übelkeit in mir aufsteigen. Ich schluckte, um meine trocken werdende Kehle zu befeuchten. Warum hatte ich mich wieder von Viktoria mitziehen lassen? Ich fand alles grauenhaft, konnte mich aber dennoch nicht vom Fleck rühren.
»Lag der Abschiedsbrief auf dem Nachttisch?«, fragte Viktoria interessiert.
Ich folgte ihrem Blick zu einer Nachtkonsole aus dunklem Rattan auf der eine Tiffany-Lampe stand.
»Ja, und darin stand, Anne hätte meinen Vater zusammen mit Björn Schneider getötet. Wenn du von dem Abschiedsbrief weißt, verstehe ich nicht, wieso du glauben kannst, Anne wäre umgebracht worden? Es war ihre Unterschrift. Ich habe sie eindeutig erkannt.«
»Und wenn die Unterschrift gefälscht war?«, fragte das Teufelchen in mir.
»Das kann ich mir nicht vorstellen. Wer sollte das tun?«
»Ihr Mörder natürlich«, erklärte Viktoria und warf einen Blick in das angrenzende Badezimmer mit anth-

razitfarbenen Fliesen und einem Whirlpool.
»Wurde Björns Zahnbürste hier gefunden? Oder gab es noch ein anderes Badezimmer?«
»Ja, dort«, antwortete er unwirsch und deutete auf eine leere Glaskonsole. »Können wir jetzt gehen?«
Ich musste an Björn denken. War er unschuldig? Oder war er Anne Rebmanns Geliebter gewesen? Der Rauch von Rebmanns Zigarette stieg mir kribbelnd in die Nase und unterbrach meine Gedanken. Plötzlich musste ich niesen und kramte in meinen Hosentaschen nach einem Taschentuch, fand aber keines. Wie selbstverständlich, fast als wäre er hier Zuhause, ging Raimund Rebmann an die Nachttischschublade, zog aus einer Packung ein Kosmetiktuch heraus und hielt es mir höflich hin.
»Danke. Wie gut, dass Sie sich hier auskennen«, sagte ich dahin und plötzlich fügte sich das Puzzle zu einem vollständigen Bild zusammen.
Raimund Rebmanns schmale Augen funkelten mich bösartig an.
»Ich war gestern hier und habe mir alles angesehen«, sagte er ausweichend.
Viktoria beachtete ihn nicht und schaute stattdessen in den großen, mit Spiegeltüren versehenen Wandschrank an der einen Seite des Schlafzimmers. Ich dagegen konnte mich nicht von seinem Blick lösen. Er wusste, dass ich es wusste... Panik ergriff mich. Bloß schnell raus hier!
»Mir ist schlecht«, stammelte ich und wollte an Raimund Rebmann vorbeilaufen.
Seine Faust traf mein Kinn. Ich taumelte, verlor das Bewusstsein ...

21

Als ich zu mir kam, lag ich auf einem kalten Betonfußboden. Meine Hände waren auf den Rücken gefesselt. Noch halb benommen, versuchte ich mich umzusehen. Der Raum war in diffuses Licht getaucht, das durch das schmale, vergitterte Fenster im oberen Bereich des Raumes einfiel. Mehrere große Pappkisten standen teilweise gestapelt an der Wand, andere standen im Raum. Auf einer stabilen Kiste hockte die ebenfalls gefesselte Viktoria. Auf einer anderen saß Raimund Rebmann.
»Warum konntet ihr euch nicht aus der Sache heraushalten? Jetzt bin ich gezwungen, euch umzubringen«, meinte er kalt zu Viktoria.
»Ich kann's nicht glauben. Wie kann ein Mann wie du, der alles hat, der erfolgreich ist, sowohl beruflich, als auch bei den Frauen, einen hirnrissigen Mord begehen?«, brüllte Viktoria ihn wütend an.
»Einen? Es waren zwei, Viktoria. Das hat Frau Martin richtig erkannt. Anne wusste zu viel und drohte die Nerven zu verlieren, als Schneider und der Kommissar begannen, dumme Fragen zu stellen. Deshalb blieb mir nichts anderes übrig, als sie abzuservieren. Die Geschichte mit dem Schlafmittel, das ihr Björn verabreicht habt, habe ich deshalb auf meine Bedürfnisse umgemünzt.«
Ein versonnenes Lächeln glitt über sein Gesicht.
»Du hast ihm von unseren Ermittlungen erzählt?«, fragte ich Viktoria verstört. Das erklärte manches.
»Konnte ich etwa ahnen, dass er der Mörder ist?«, knurrte sie wütend. »Ich dachte, er wollte Gerechtigkeit für den Tod seines Vaters. Deshalb habe ich ihn

über unsere Ermittlungen auf dem Laufenden gehalten.«
»Ja, du warst recht nützlich. Auch wenn es mich Überwindung gekostet hat, mich an dich heranzumachen, war es der einzige Weg, dich auszuhorchen und notfalls zu beeinflussen. Du solltest jeden im Verdacht haben, nur nicht mich. Bis heute hat das perfekt geklappt.«
Raimund Rebmann grinste selbstgefällig vor sich hin und wandte sich zum Gehen. »Sobald ich mir in Ruhe einen Plan zurecht gelegt habe, werde ich euch beide auf die Ewige Reise schicken.«
»Wenn Sie uns umbringen wollen, können Sie uns auch erzählen, warum Sie Ihren Vater getötet haben«, rief ich hinter ihm her.
Nachdem wir solange versucht hatten, den Fall zu lösen, wollte ich wenigstens die Hintergründe kennen lernen. Er drehte sich überlegend um.
»Ja, warum sollte ich es nicht erzählen. Bei Ihnen sind meine kleinen Schachzüge sicher wie in einem Grab«, unterbrach er sich lächelnd, als hätte er einen guten Witz gemacht. Ich konnte nicht darüber lachen.
»Mein Vater und ich hatten nie ein gutes Verhältnis, obwohl wir uns sehr ähnlich waren. Er hat sich genommen, was er wollte: Menschen, Objekte, alles. Das habe ich an ihm bewundert, obwohl er sich erst für mich interessierte, als ich älter war und mich in seinem Geschäft nützlich machen konnte. Jahrzehntelang war das Geschäft das Wichtigste in seinem Leben. Doch plötzlich ist er übergeschnappt, meinte, alles anders machen zu müssen. Aufgestachelt durch seine neueste Liebhaberin wollte er eine Luxusjacht kaufen und über die Meere schippern. Das Auktionshaus wollte er ver-

kaufen. Ich sollte mit einem Hungerlohn abgespeist werden. Das konnte ich unter keinen Umständen zulassen. Ich hatte andere Pläne für mein Leben.«
»Was für Pläne?«
»Ich will unser Auktionshaus größer und bekannter machen. Der Name Rebmann soll in einem Atemzug mit Sotheby und Christie's genannt werden. Und ich werde an der Spitze stehen. Leider fehlt mir das Geld aus der Lebensversicherung meines Vaters und der Erlös aus dem Verkauf des Armbandes, aber ...«
»Aber die Begünstigte war zunächst Anne Rebmann«, unterbrach ich ihn.
»Ich hatte vor, Anne zu heiraten. Sie war verrückt nach mir und hat es bedauert, mich nicht vor ihrer schnellen Hochzeit mit meinem Vater kennen gelernt zu haben. Zugegeben, sie war nicht schlecht im Bett, aber für mich war sie nur Mittel zum Zweck.«
»Du bist ein mieser, egoistischer Dreckskerl.« Viktoria schäumte vor Wut. »Damit wärst du nie durchgekommen.«
»Wenn du die Polizei nicht wegen Ramirez rebellisch gemacht hättest, wäre alles bestens gelaufen«, ärgerte er sich.
»Ramirez war unschuldig...«, rechtfertigte sich Viktoria lautstark.
»Unschuldig? Ein Juwelendieb? Die Polizei kann mir dankbar sein. Ich habe ihnen Ramirez auf dem Silbertablett serviert. Sonst wären seine Diebstähle und der Versicherungsbetrug, mit dem Seiters sich bei einem Barbesuch gebrüstet hat, nie aufgeklärt worden.«
»Es war gemein, Ramirez den Mord in die Schuhe schieben zu ...«, beschwerte sich Viktoria, brach aber ab, als Raimund einen Schritt auf sie zu machte.

»Nein, es war clever. Ein aufgeklärter Mord wird in der Regel nicht aufgerollt und ich hätte für alle Zeiten meine Ruhe gehabt. Mein perfekter Plan hat einwandfrei funktioniert. Anne hat euch mit dem Kratzer an der Uhr im Vitrinenzimmer abgelenkt, während ich unbemerkt in den Rokokosalon schleichen konnte. Einen in schwarzen Samt eingewickelten Hammer hatte ich früh morgens in der Vitrine im Jugendstil-Boudoir bereit gelegt.«

Ich spürte nur eine schwache Befriedigung angesichts der Richtigkeit meiner Theorie. Warum war mir nicht eher der Gedanke gekommen, es könnte Raimund Rebmann gewesen sein? Dann befänden wir uns jetzt nicht in dieser misslichen Lage.

»Im Rokoko-Salon habe ich die Tür abgeschlossen. Mein Vater hat mich gleich angefahren, er würde auf seinen Kunden warten. Natürlich habe ich ihm verschwiegen, dass der von ihm heiß erwartete Kunde, niemals erscheinen würde.«

»Was hätten Sie gemacht, wenn ihr Vater das Armband für den Kunden nicht aus der gesicherten Vitrine herausgenommen hätte?«

»Ich kannte meinen Vater genau, Frau Martin. Für jenen Kunden, dessen Stimme ich am Telefon imitiert habe, hätte er alles getan.«

»Und wie hast du deinen Vater dazu gebracht, in den Schrank zu kriechen. Da nirgendwo anders Blutflecken zu finden waren, musst du ihn dort erschlagen haben.«

»Gut erkannt, Viktoria. Ich bat meinen Vater, sich den Schrank wegen einer Beschädigung an der Rückwand von innen anzusehen. Er beugte sich in den Schrank und ich brauchte nur zuzuschlagen. Zweimal, dann war er tot, und ich meinem Ziel einen gewaltigen

Schritt näher. Danach musste alles schnell gehen. Ich habe ihm das Armband abgenommen, es für Ramirez in die Kommode gelegt und die Schranktür verschlossen. Den Hammer wickelte ich wieder in den Samt und versteckte ihn in der Vitrine. Wie erwartet, hat die Polizei ihn nicht gefunden und ich konnte ihn später in aller Ruhe wegwerfen.«
Stolz schwang in seiner Stimme mit.
»Die Polizei ist bloß nicht auf die Idee gekommen, den Hammer in der Vitrine zu suchen, weil die blöde Jokisch einen Blutfleck weggewischt hat, den du hinterlassen hattest«, bremste Viktoria seinen Höhenflug.
»Tatsächlich? Das hatte ich nicht bemerkt. Wie dem auch sei, danach habe ich die Nummern des Meissner Porzellans mit der des Nachttopfes vertauscht, um Ramirez das mit ihm abgesprochene Zeichen zu geben. Leider wurde die Leiche zu schnell gefunden. Ich hatte den Schrank absichtlich mit einem falschen Schlüssel verschlossen, der beim Aufschließen Schwierigkeiten bereitete. So hatte ich gehofft, vor neugierigen Kunden sicher zu sein. Das Auffinden der Leiche hatte ich erst für den späten Nachmittag vorgesehen. Dann wäre ein großer Teil der Auktionsware versteigert gewesen und ich hätte keine Einbußen erlitten.«
»Björn Schneider hat einen Zipfel des Jacketts deines Vaters unten heraushängen sehen. Das war dein Fehler«, versuchte Viktoria seiner Selbstherrlichkeit einen weiteren Dämpfer aufzusetzen.
Er zuckte die Schultern.
»Im Nachhinein hat sich das als vorteilhaft herausgestellt. So konnte ich Schneider den Mord anhängen.«
Ich konnte nicht umhin, ihn die ganze Zeit anzustarren, während er sich mit seinen Taten brüstete. Vor allem

sein Gesicht hatte es mir angetan. Je intensiver ich es betrachtete, desto mehr veränderte es sich, bis es schließlich zu einer verzerrten Fratze unter einer Strumpfmaske wurde.
»Sie wollten mich umbringen« brach es aus mir heraus.
»Ja, das stimmt«, antwortete er gelassen.
»Aber warum? Ich habe Ihnen doch nichts getan!«
»Zu diesem Zeitpunkt musste ich befürchten, Sie seien auf etwas gestoßen. Viktoria konnte ich nicht fragen. Sie war an dem Wochenende nicht da. Nachdem, was der Detektiv Anne erzählt hatte, schien es mir ratsam, schnell zu handeln und Sie zum Schweigen zu bringen. Sie waren mir von Anfang an ein Dorn im Auge. Ich dachte zuerst, Sie hätten den Schrank aufgeschlossen und meinen Plan durcheinander gebracht. Um mehr über Sie zu erfahren, bat ich Anne eine Detektei zu beauftragen. So konnte kein Verdacht auf mich fallen. Erst als ich von Viktoria erfuhr, dass sie harmlos waren, bat ich Anne den Detektiv auszubezahlen.«
»Du widerliche Ratte«, stieß Viktoria hervor und zerrte aufgebracht an ihren Fesseln. »Wenn ich gewusst hätte ...«
»Du hast es aber nicht gewusst. Es ist leicht, euch Frauen um den Finger zu wickeln. Anne war genauso einfältig. Ohne nachzufragen hat sie Frau Martins Wohnung verwüstet und von Schneider einen persönlichen Gegenstand gestohlen, nur weil ich es von ihr verlangt habe. Die dumme Gans ahnte nichts von meiner Planänderung und dass sie das nächste Opfer sein würde. Du musst zugeben, alles war genial geplant. Die Kripo hat nicht am Selbstmord dieser betrogenen, eifersüchtigen Frau gezweifelt. Und Sie Frau Martin

werden leider nicht mehr zur Aufklärung beitragen können.«

»Unser Tod wird Ihnen nichts nützen. Hauptkommissar Melzner wird das nicht hinnehmen, ohne Nachforschungen anzustellen«, wandte ich tapfer ein.

»Er wird es hinnehmen müssen, denn ich werde Ihren Tod wie einen Unfall aussehen lassen. Selbst wenn er Verdacht schöpft, wird er mir nichts beweisen können. Ich muss nur alles genau durchdenken. Wir sehen uns in Kürze.«

Siegesgewiss stieß er die stabile Brandschutztür des Kellerraumes auf und schloss sie von außen ab. Dann entfernten sich seine Schritte.

»Das hast du großartig hingekriegt«, beschwerte sich Viktoria.

»Wieso ich?«

»Wer wollte denn unbedingt hier her?«

»Und wer wollte unbedingt in den Bungalow? Dass er der Mörder ist, ist mir erst klar geworden, nachdem er die Papiertücher aus der Nachttischschublade geholt hat. Warum hast du mir nicht geholfen, als er mir den Kinnhaken verpasst hat?«

»Es ging alles so schnell und ehe ich reagieren konnte, schmiss er mich zu Boden und fesselte mich mit seinem Gürtel. Ich wäre nie auf ihn gekommen. Er konnte wirklich nett sein«, lenkte sie ein.

»Wenigstens wissen wir jetzt, dass Björn unschuldig ist.«

»Na und? Das wird er nie erfahren. Tote reden gewöhnlich nicht.«

»Ich habe in meiner Jacke einen Kuli. Wir könnten uns damit die Wahrheit auf die Haut schreiben. Wenn unsere Leichen dann gefunden werden...«

»Toll, deine Idee. Kapier endlich, ich habe keine Lust ermordet zu werden. – Verdammt, wie konnte ich auf diesen Scheißkerl hereinfallen?«
Sie schien vor Wut zu kochen.
»Musst du dauernd solche Wörter gebrauchen?«
Ich konnte das nicht leiden.
»Willst du mich verarschen? Ich sage, was ich will!«, brüllte sie mich fuchsteufelswild an. »Er will uns umbringen, abmurksen, killen, ins Jenseits befördern. Geht das nicht in deinen Schädel, was das bedeutet?«
»Vielleicht holt Olli uns rechtzeitig hier raus,« hoffte ich.
»Olli weiß nicht, dass wir hier sind. Für ihn ist der Fall abgeschlossen. Bis jemand unser Verschwinden bemerkt, ist es für uns zu spät.«
»Olli weiß, wo wir sind. Ich habe ihn gefragt, ob er mich abholen könne, sobald ich hier fertig bin. Ich sollte ihn anrufen, damit du mit Rebmann ...«
»Sprich es nicht aus«, donnerte sie. »Mir ist jetzt nicht danach. Außerdem hat er unsere Handys.«
Dann fügte sie kleinlaut hinzu: »Olli will dich hier wirklich abholen?«
Ich nickte. »Aber wer weiß, wann er hier ist und ob er überhaupt kommt, wenn du ihn nicht anrufst. Wir müssen uns selbst helfen.«
»Wir könnten versuchen, uns gegenseitig die Fesseln aufzufummeln«, schlug ich vor.
»Ja, dann könnten wir Raimund überwältigen, wenn er hereinkommt und fliehen.«
Viktorias Optimismus kehrte zurück.
Ich versuchte, mich hinzusetzen. Mit den nach hinten gefesselten Händen war das schwierig, denn ich war nicht die Gelenkigste. Aber es klappte. Wir setzten uns

Rücken an Rücken, zogen an den Fesseln. Es dauerte und dauerte, nichts tat sich. Meine Hände wurden feucht, als ich daran dachte, dass Rebmann uns zuvorkommen könnte. Angst und Panik kehrten zurück. Ich fühlte mich hilflos ausgeliefert.
Auf einmal gab meine Fessel millimeterweit nach. Es gelang mir, erst die eine, dann die andere Hand herauszuziehen. Meine Hände fühlten sich wie abgestorben an. Ich schüttelte sie und bewegte vorsichtig meine Finger. Dann holte ich aus meiner Jackentasche ein Taschentuch, um meine feuchten Hände ein wenig abzutrocknen. Dabei fiel der Lolli auf den Boden, den Tönnchen eigentlich Björn verehrt hatte.
»Na, zu verhungern brauchen wir nicht«, meinte Viktoria sarkastisch. »Du kannst ihn natürlich Rebmann schenken und einen Bestechungsversuch wagen. Der mag Süßes. Vielleicht lässt er uns dann laufen.«
»Der kriegt den Lolli nicht. Ein Mörder verdient keine Süßigkeiten.«
Ich packte den Lutscher aus. Er war durch den Aufprall teilweise zerbrochen.
»Möchtest du probieren?«, bot ich Viktoria ein Stückchen an.
»Danke, kein Bedarf. Hilf mir endlich, die Fesseln abzumachen. – Scht! Sei still, ich glaube, ich höre etwas.«
Einen Moment lauschte ich angestrengt, dann hörte ich ebenfalls Schritte auf der Kellertreppe. Rebmann jr. war auf dem Weg zu uns.
»Jetzt kommt er gleich rein und killt uns«, flüsterte Viktoria.
Vor lauter Angst leckte ich immer schneller an meinem Lolli. Würde ich das letzte Mal diesen herrlich

süßen Geschmack auf der Zunge haben?
»Schieb schnell die Kisten vor die Tür. Dann kann er nicht rein«, sagte Viktoria leise.
Ich schaute zur Tür.
»Sie geht nach außen auf. Das nützt nichts.«
»Mein Gott, hör auf an deinem Lolli zu nuckeln und tue etwas«, zeterte sie.
»Und was?!«
»Irgendetwas.«
Ratlos ging ich zur Tür und sah durchs Schlüsselloch. Außer einem dunklen Keller war nichts zu sehen. Aber aus einem anderen Raum drangen Geräusche zu uns herüber. Es hörte sich an, als würde jemand etwas durchsuchen und nicht darauf achten, alles ordentlich wegzustellen. Hoffentlich fand Rebmann nicht so schnell, wonach er suchte. Als ich mich aufrichtete, blieb ich mit meinem Lolli an der Tür kleben. Ein Gedanke durchzuckte mich. Was würde passieren, wenn...
Ich biss hastig von meinem Lutscher kleine klebrige Stückchen ab und stopfte sie mit Hilfe des Holzstils in das Schlüsselloch, Stück für Stück, bis es vollkommen verkleistert war und für einen Schlüsselbart keinen Platz mehr bot. Zu guter Letzt zerbrach ich den Stil und steckte die Teile ebenfalls in das Schlüsselloch. Das sollte genügen.
Die Schritte näherten sich. Jemand versuchte den Schlüssel ins Schloss zu stecken. Gespannt hielten wir den Atem an.
»Verflucht! Warum geht das nicht?«
Rebmann probierte es wieder und wieder, vergeblich! Schließlich trat er wütend gegen die Tür.
»Euch verdammte Weiber kriege ich! Wenn nötig,

werde ich euch aushungern.« Seine Schritte entfernten sich und wir atmeten auf.

Da die Tür verschlossen und das Fenster vergittert war, konnten wir nur abwarten, was als nächstes passieren würde. Als es draußen dämmerig wurde, suchten wir nach einem Lichtschalter.
»Dann könnten wir Morsezeichen geben«, überlegte Viktoria.
Es gab zwar einen Lichtschalter, die Lampe blieb jedoch dunkel. Entweder war die Birne kaputt oder Rebmann hatte den Strom abgedreht. Sozusagen als Schutzschild stapelten wir drei Pappkartons direkt vor der Kellertür aufeinander. Sollte es Rebmann doch gelingen, den ›Lolli zu knacken‹, würde er zunächst gegen die Pappkisten laufen. Wir hofften, ihn dann überwältigen zu können. Die Zeit verging schrecklich langsam. Wir unterhielten uns über Krimis und wie die Helden in ihnen ihre Fälle gelöst hatten. Schließlich kamen wir zu dem Schluss, dass Fantasie und Realität arg auseinander klafften. Plötzlich hörten wir Schritte.
»Er kommt zurück.«
Mir brach der Schweiß aus. Viktoria klammerte sich kurz an meinem Arm fest.
»War trotzdem schön, den Fall mit dir zu lösen«, meinte sie und schnappte sich ihre Fesseln als einzige Waffe, die uns zur Verfügung stand.
»Auf geht's.«
Wir hörten, wie er erneut versuchte, den Schlüssel ins Schloss zu stecken. Kampfbereit stellten wir uns neben die Kisten.
»He, kommt mal einer her, ich krieg die Tür nicht auf.«

Das war nicht Rebmanns Stimme. Hatte er sich Verstärkung geholt?
»Frau von Langen, Frau Martin hier ist die Polizei. Wir holen Sie gleich da raus. Bitte gedulden Sie sich einen Moment«
Glaubte Rebmann etwa, darauf würden wir hereinfallen und ihm die Tür freiwillig öffnen? Oh nein, nicht mit uns. Draußen wurde es lauter. Stimmengewirr drang an unser Ohr. Jemand machte sich mit Werkzeugen an der Tür zu schaffen.
»Sam? Mutter?« Das war Ollis Stimme.
»Er hat ihn erwischt.« Viktoria klang verzweifelt.
»Hört Ihr mich? Es ist alles vorbei. Ihr seid sicher. Raimund Rebmann ist eben verhaftet worden. Alles bei euch okay?«
Ja, mit uns war alles okay. Es dauerte eine Weile, bis es der Polizei gelang, die Tür aufzuhebeln. Dann waren wir frei. Olli umarmte uns beide gleichzeitig. Ich hörte sein Herz unter seinem Kuschelpulli heftig schlagen und roch seinen Schweiß. Er hatte Angst um uns gehabt. Das war irgendwie schön zu wissen.
»Das eine sage ich Ihnen, Frau von Langen und Frau Martin. Wenn Sie sich noch einmal in polizeiliche Angelegenheiten einmischen, kriegen Sie hundertprozentig Ärger mit mir«, wetterte Hauptkommissar Melzner.
Irrte ich mich, oder schwang Erleichterung bei ihm mit. Viktoria löste sich von uns.
»Wenn Sie Ihre Arbeit richtig erledigen würden, bräuchten wir uns nicht darum zu kümmern.«
Viktoria ahmte seinen Tonfall perfekt nach.
»Statt sich zu bedanken ...«
Ich hörte ihrem Gezanke nicht mehr zu. Wir lebten.

Und ich nahm mir endgültig vor, nie wieder Detektivin zu spielen.

»Wie bist du draufgekommen, dass etwas nicht stimmt?«, fragte ich Olli, während ich mich weiter wie bei einem großen Bruder ankuschelte, den ich nie gehabt hatte.

»Es war schon spät und du hattest dein Taxi nicht bestellt, Sam. Da habe ich bei Rebmann angerufen. Er hat mir erzählt, ihr wäret nur kurz bei ihm gewesen, weil ihr angeblich etwas anderes vorgehabt hättet. Das kam mir merkwürdig vor. Schließlich hatten wir es anders abgesprochen und du hättest dich bestimmt gemeldet. Also bin ich hierher gefahren. Mutters Motorrad stand auf der Straße. Das erschien mir noch eigenartiger. Da habe ich Melzner angerufen. Er ist sofort mit seinen Leuten hergekommen.«

»Da begeht Rebmann zwei fast perfekte Morde und macht so einen blödsinnigen Fehler, Viktorias Motorrad draußen stehen zu lassen? – Verrückt!«

»Es gibt keinen perfekten Mord, denke ich. Irgendeinen Fehler begehen alle Mörder. Die Frage ist, ob ihn jemand bemerkt.«

»Gut, dass du ihn bemerkt hast. Bringst du uns nach Hause?«

»Klar, Sam.«

Er drückte mich fest an sich. Dann hakte er Viktoria unter, die sich noch immer mit Melzner fetzte.

»Komm, Mutter! – Tut mir leid, Hauptkommissar Melzner, Mutter muss immer erst Dampf ablassen, wenn sie sich aufgeregt hat. Sie ist ein wenig eigen. Was sie auch gesagt hat, sie hat es bestimmt nicht so gemeint.«

»Das kenne ich«, murmelte Melzner verständnisvoll.

»*He*, Sam, wo willst du die Teller hinstellen?«
Olli stand unschlüssig in meiner Küche und hielt mir einen abgetrockneten Teller hin. Er und Viktoria halfen mir, die Unordnung in meiner Wohnung zu beheben und das neue Geschirr abzuwaschen, das Viktoria und ich heute Morgen gekauft hatten.
»Hier«, zeigte ich ihm ein Plätzchen in meinem Schrank.
»Hättest du Lust am Samstagnachmittag zu Proben ins Varieté mitzukommen? Der Lokalredakteur hat mich gebeten, ein paar Aufnahmen dort zu machen«, fragte Olli schüchtern, während er Teller für Teller abtrocknete.
Und ob ich dazu Lust hatte. Ehe ich dazu kam, Olli zuzusagen, klingelte es an meiner Tür.
»Hallo, Sam ...« Björns Stimme drang durch einen Blumenstrauß hindurch, bevor er ihn sinken ließ und mich unsicher lächelnd ansah.
»Du? Komm rein.«
Er kam auf mich zu, legte achtlos die Blumen auf meine Flurkommode, riss mich in seine Arme und küsste mich überschwänglich.
»Am liebsten wäre ich sofort gekommen, um mich bei dir zu bedanken, aber ich musste erst zu meiner Tochter nach Hamburg. Das arme Kind war völlig aufgelöst, weil ihr Vater im Gefängnis war. Das verstehst du, nicht wahr?«
»Sicher und was hat deine Ex-Frau gesagt?«
Ich hatte nicht vergessen, wo sie wohnte.
»Ach, Sam, wie oft soll ich es dir noch sagen: Ich verführe nicht reihenweise Frauen.«
Er blickte mir zärtlich in die Augen.
»Ich könnte meinen Job als Versicherungsdetektiv an

den Nagel hängen und versuchen als Lehrer eine Stelle in Hannover zu finden, wenn dir das lieber ist. Dann habe ich mehr Zeit für dich.«
»Kommt überhaupt nicht in Frage«, erklärte Viktoria rigoros. »Als Detektiv gefallen Sie mir besser.«
»Sie habe ich nicht gefragt«, erwiderte Björn ungehalten. »Ich dachte, du wärst allein, Sam.«
»Allein macht aufräumen keinen Spaß.«
»Jetzt bin ich da. Ich helfe dir. Sie können gehen, Viktoria.«
Wenn Björn dachte, Viktoria mit seiner unmissverständlichen Aufforderung in die Flucht zu schlagen, irrte er.
»Sam braucht jede Hilfe. Ich gehe erst, wenn wir hier fertig sind«, erwiderte sie aufsässig
Es war Björn anzusehen, wie er darüber dachte. Er schaute mich Hilfe suchend an. Doch als ich sagte: »Je mehr wir sind, desto schneller sind wir fertig«, lenkte er ein.
»Wir haben ja nächstes Wochenende für uns. Ich habe für Samstagnachmittag zwei Karten für das Fußballspiel im Niedersachsenstadion bekommen. Da könnten wir hingehen.«
»Wo sollen die Tassen hin?«
Olli lugte um die Küchenecke.
»Sie sind auch hier?« Björns Blick verfinsterte sich.
»Stell sie in den Schrank neben die Teller.«
Meine Augen wanderten unentschlossen zwischen beiden Männern hin und her. Wieso mussten mich ausgerechnet beide Männer zur gleichen Zeit einladen? Mich hätte beides interessiert.
»Also für Samstag bin ich mit Viktoria verabredet«, entschied ich diplomatisch. »Sie hat zuerst gefragt.«

»Seit wann sind wir beide für Samstag verabredet?«, fragte mich Viktoria später, als die beiden Männer im Wohnzimmer meine Bücher einordneten.
»Seit eben. Ich konnte keinem von beiden eine Absage erteilen und mit dem anderen losziehen. Olli mit seinem kindlichen Gemüt wäre bestimmt enttäuscht gewesen. Und Björn wäre vor Eifersucht geplatzt.«
»Verstehe! Du willst es dir mit keinem verderben. Na ja, wie ich immer sage, zwei Liebhaber sind besser als einer. Trotzdem würde ich mich am nächsten Samstag für einen von beiden entscheiden. Ich habe eine Verabredung.«
»Du verstehst alles falsch. Ich will nicht beide als Liebhaber. Olli sehe ich als eine Art jüngeren Bruder und guten Freund. Björn dagegen ..., na, du weißt, was ich meine«, zwinkerte ich ihr verschämt zu.
»Och, weißt du was? Wirf doch eine Münze, mit wem du am Samstag weggehst.« Sie kramte hilfsbereit ein Geldstück aus ihrer Hosentasche hervor.
»Nein, Viktoria, ich werde nie wieder eine Münze werfen. Das letzte Mal, als ich mich nicht entscheiden konnte und eine Münze geworfen habe, bin ich über Rebmanns Leiche gestolpert. Und was mir das eingebrockt hat, weißt du. Münzen werfen und Kriminalfälle sind für mich seitdem tabu.«
»Ach? Das glaubst du?«, fragte sie mit einem verschmitzten Ausdruck in den Augen. »Wer weiß, ob du dich nicht irrst. Mir ist nicht entgangen, wie viel Spaß dir unsere Ermittlungen gemacht haben? Wenn sich unser Erfolg als Detektivinnen erst in meinem Bekanntenkreis herumspricht, werden wir bestimmt das eine oder andere Mal um Hilfe gebeten werden. Das wäre ein netter Ausgleich zu deinem Beruf.«

»Niemals!«

Viktoria setzte ein diabolisches Grinsen auf und zeigte auf die Münze in ihrer Hand. »Gut. Lassen wir das Schicksal in die Zukunft sehen. Kopf ist nein, du wirst nie wieder als Detektivin tätig sein. Zahl heißt ja.«

Ehe ich sie daran hindern konnte, warf sie die Münze. Die Zahl lag oben ...

Anmerkung der Autorin

Natürlich sind alle Personen und die Handlung frei erfunden. Sollte es dennoch Ähnlichkeiten geben, schreiben Sie sie dem Zufall zu. Nicht erfunden sind dagegen die Örtlichkeiten.

Da ich Hannover für eine sympathische Stadt halte, habe ich dort meine Hauptfiguren angesiedelt. Die Stadt hat alles zu bieten, was eine Krimi-Reihe braucht: Sehenswertes und nette Menschen, aber auch Viertel und Menschen, die jeder Stadt etwas Dunkles, Abgründiges verleihen, selbst wenn statistisch gesehen fast alle Morddelikte von der hiesigen Kripo aufgeklärt werden.

Beim idyllisch gelegenen Schloss Ricklingen, das gebietsmäßig zur Stadt Garbsen in der Region Hannover gehört, habe ich bei der Innenbeschreibung gemogelt, doch das Schloss selbst existiert. Bevor es in private Hände gegangen ist, haben dort tatsächlich jahrelang Auktionen stattgefunden.

Auch die kanarische Insel La Palma mit ihren Naturschönheiten und dem Observatorium halte ich für ein lohnenswertes Reiseziel. Meines Wissens gibt es weder das Restaurant ›Sevilla‹ am bezeichneten Ort, noch das Hotel ›Hacinda‹. Wenn Sie allerdings glauben sollten, meine Phantasie sei ein bisschen zu weit gegangen, ein Fußballspiel mitten auf die Hauptstraße in Santa Cruz zu verlegen, muss ich Sie enttäuschen. Ich habe tatsächlich gesehen, wie die Avenida Maritima vor vielen Jahren an einem Nachmittag in ein Fußballfeld verwandelt wurde.